Stephanie Laurens

Atrapado por sus besos

ATRAPADO POR SUS BESOS, Nº 8 - 1.6.05
Título original: Tangled Reins
Publicada originalmente por Mills & Boon®, Ltd., Londres
Traducido por Victoria Horrillo Ledesma

Editor responsable: Luis Pugni
Editado por HARLEQUIN IBÉRICA, S.A. Hermosilla, 21
28001 Madrid

I.S.B.N.: 84-671-2867-4
Depósito legal: B-20381-2005
Impresión: LITOGRAFÍA ROSÉS, S.A.
C/. Energía, 11. 08850 Gavá (Barcelona)

Distribuidor para España: MELISA

1

–Mmmm.

Dorothea cerró los ojos y paladeó el sabor de las moras silvestres maduradas al sol. Sin duda, el más delicioso goce del verano. Contempló la mata frondosa que, rebosante de frutos maduros, se extendía a un lado del pequeño claro. Había moras suficientes para la tarta de esa noche, y aún sobrarían para hacer mermelada. Dejó la cesta en el suelo y comenzó a recogerlas. Recorriendo metódicamente la zarza, seleccionó los mejores frutos y fue echándolos en la cesta con ligereza. Mientras sus manos trabajaban, su mente funcionaba a toda prisa. Qué niña era aún su hermana, pese a sus dieciséis años. Dorothea se hallaba allí, en el corazón de los bosques de la hacienda vecina, por sugerencia suya. A Cecily le apetecía cenar pastel de moras. Así pues, con sus ojos castaños centelleantes y sus rubios tirabuzones danzarines, le había suplicado a su hermana, quien se disponía a salir a recoger hierbas aromáticas, que se desviara hasta el zarzal.

Dorothea suspiró. ¿Destruiría Londres aquella deslumbrante espontaneidad de su hermana? Y, lo que era más importante, ¿libraría a Cecily el inminente viaje a la capital de su monótona existencia? Habían pasado seis meses desde que su madre, Cynthia, lady Darent, muriera de un mal catarro, dejando a sus dos hijas al cuidado del primo de éstas, lord Herbert Darent. Cinco interminables meses pasados en Darent Hall, en el condado de Northampton, durante los cuales los abogados que examinaban el testamento habían convencido a Dorothea de que por ese lado no podía esperarse ninguna ayuda y sí numerosos impedimentos. Herbert era, por decirlo con delicadeza, un infatigable pelmazo. Y Marjorie, su esposa, presuntuosa, pueril y desesperadamente vulgar en todos los sentidos, no servía para nada. De no haber aparecido la abuela cual hada madrina de cuento, sólo Dios sabía qué habrían hecho.

De repente, incapaz de moverse, Dorothea se detuvo y miró, impasible, una mora que había quedado prendida al bajo de su vestido. ¡Menos mal que llevaba las enaguas viejas! A pesar de los reproches de la tía Agnes por no respetar el luto, Dorothea había insistido en ponerse el vestido verde, pasado ya de moda, para sus salidas campestres. El escote de forma cuadrada y el corpiño ceñido a la cintura pertenecían a otra época; la falda amplia, sin el apoyo del voluminoso miriñaque, colgaba suelta de su esbelto talle. Examinó los pequeños desgarrones que las espinas del zarzal habían dejado en la tela.

Al incorporarse, el calor que hacía en el claro, rodeado de matorrales y árboles e iluminado por el sol que se filtraba oblicuo por entre las ramas altas, la sofocó de nuevo. Se llevó impulsivamente las manos al pelo, que le caía en un pesado rodete sobre el cuello. Se quitó las horquillas que lo sujetaban y lo dejó caer en una hermosa cascada de color caoba hasta la cintura. Sintiéndose más a gusto, siguió recogiendo moras.

Sabía, al menos, qué le reservaba a ella el destino en Londres. Por más que se empeñara, a ella su abuela no podría conseguirle marido. Destellos verdes relucían como esmeraldas en sus grandes ojos. Éstos eran, por descontado, su único atractivo. Sus demás méritos, inofensivos, estaban por desgracia pasados de moda. Tenía el pelo oscuro y no rubio, como por entonces se prefería; su tez era pálida como alabastro y no suavemente rosada como la de Cecily. Su nariz no estaba mal, pero su boca era muy grande y de labios excesivamente carnosos. Los labios delgados y pequeños eran el último grito. Era, además, demasiado alta y delgada para el gusto tan en boga por las curvas voluptuosas. Para colmo, tenía veintidós años y unas endiabladas ansias de independencia. No era, pues, el tipo de mujer capaz de atraer la atención de los hombres preocupados por la moda. Dejando escapar una risa profunda, se echó otra mora madura entre aquellos labios excesivamente carnosos.

Su postergación al rango de las solteronas no la inquietaba lo más mínimo. Tenía lo suficiente para vivir cómodamente el resto de sus días y aguardaba con espíritu ecuánime los largos años de excursiones campestres que la esperaban en La Grange. Había recibido una atención considerable de los caballeros del lugar, pero ningún hombre había despertado en ella el más leve deseo de trocar su independencia por el respetable estado del matrimonio. Mientras las jóvenes de su edad conspiraban y urdían maquinaciones para conseguir el tan preciado anillo, ella no veía razón alguna para seguir su ejemplo. Sospechaba que únicamente el amor, esa extraña y estimulante emoción que, como bien sabía, aún no había tocado su corazón, podría tentarla a abandonar su confortable estado. En realidad, le resultaba difícil imaginarse a un caballero cuya apostura bastara para animarla a renunciar a su sólida existencia. Hacía ya mucho tiempo que era su dueña y señora. Libre para hacer cuanto se le antojaba, activa y segura, se encontraba plenamente satisfecha. Cecily, en cambio, era otro cantar.

Alegre como un pájaro, su hermana anhelaba una vida

de más brillo. A pesar de su juventud, sentía una ardiente curiosidad por el mundo, y el horizonte de La Grange era demasiado estrecho para saciar sus ansias. Dulce, joven y bella como mandaban los cánones de la moda, ella encontraría sin duda un elegante y apuesto caballero que le proporcionaría todo cuanto ansiaba su corazón. Ésa era la principal razón de su marcha a Londres.

Dorothea había estado mirando una mora particularmente grande casi fuera de su alcance. Con una sonrisa, alzó su mano blanca para recoger el fruto tentador. Súbitamente la sonrisa se disolvió al sentir que un recio brazo rodeaba su cintura. Apenas se había dado cuenta de ello cuando, bruscamente, se halló envuelta en un fuerte abrazo. Entrevió una cara de tez oscura. Un momento después, sintió que la besaban apasionadamente.

Por un largo instante, su mente se quedó en blanco. Luego recobró la consciencia. No carecía del todo de experiencia. Si se mostraba pasiva, se vería libre mucho antes que si reaccionaba de cualquier otro modo. Prosaica y práctica, procuró mantenerse fría.

Sin embargo, había juzgado erróneamente la amenaza. A pesar de sus instrucciones perfectamente claras, su cuerpo se negaba a hacerle caso. Horrorizada, sintió que un súbito sofoco la inundaba y que, acto seguido, un deseo casi irresistible de abandonarse a aquel abrazo se apoderaba de ella. Ninguno de sus admiradores había osado besarla así. El deseo de responder a aquellos labios exigentes que se comprimían contra los suyos se hacía cada vez más fuerte, escapando a su control. Conmocionada, intentó soltarse. Unos dedos largos se deslizaron entre su pelo, sujetándole la cabeza, y el brazo que rodeaba su talle la apretó sin contemplaciones. La fortaleza del cuerpo contra el que se hallaba comprimida le constató su impotencia. De entre un tropel de pensamientos dislocados, que rápidamente parecían hacerse menos coherentes, emergió la certeza de que su captor no era ni un gitano ni un vagabundo. Pero, ciertamente, tampoco era de por allí. La fugaz visión que había tenido de él le había dejado una impresión de negligente elegancia. A medida que se sentía arrastrada inexorablemente más allá de la razón, entre un torbellino de sensaciones, un extraña turbulencia fue apoderándose de ella. Después, bruscamente, como si de golpe se cerrara una puerta, el beso cesó.

Aturdida y sofocada, Dorothea alzó la mirada hacia aquel rostro de tez morena. Unos ojos castaños, de expresión divertida, miraban sus pupilas verdes. Una intensa rabia surgió dentro de ella. Le lanzó una bofetada a aquella cara sonriente. Pero no dio en el blanco. A pesar de que ni un solo parpadeo delató su movimiento, una garra firme detuvo su mano en el aire y suavemente la bajó.

Su asaltante sonrió provocativamente, complacido por la bella expresión de furia del rostro de Dorothea.

–No, creo que no voy a permitir que me pegue. ¿Cómo iba a saber yo que no era usted la hija del herrero?

Su voz era ligera y suave, la voz inconfundible de un hombre educado. Recordando el aspecto de debía de tener con su vieja falda verde y el pelo suelto sobre los hombros, Dorothea se mordió el labio y de pronto, mientras un delator sonrojo se extendía por sus mejillas, se sintió ridículamente joven.

–Así pues –continuó aquella voz suave–, si no es la hija del herrero, ¿quién es?

Advirtiendo su tono burlón, ella alzó el mentón con desafío.

–Soy Dorothea Darent. Ahora, ¿hará usted el favor de soltarme?

El brazo que sujetaba su talle no se movió ni un ápice. La frente de su captor se frunció levemente.

–Ah... Darent. ¿De La Grange?

Ella sólo pudo asentir levemente con la cabeza. Era sumamente difícil hablar mientras él la sujetaba con tanta fuerza contra su cuerpo. ¿Quién demonios era aquel hombre?

–Yo soy Hazelmere.

La mera constatación de un hecho. Por un instante, Dorothea creyó no haber oído bien. Pero aquel rostro, aquella expresión malévola y arrogante, profundamente grabada en las líneas que rodeaban su boca firme, no podía pertenecer a nadie más.

Dorothea había oído rumores. Lady Moreton, su vieja amiga, a cuyo señorío pertenecían aquellos bosques, había muerto durante la estancia de Cecily y Dorothea en Darent Hall. Según se decía, su sobrino nieto, el marqués de Hazelmere, había heredado Moreton Park. La noticia había hecho correr las habladurías por el distrito. En aquel pequeño y rural remanso de paz, la posibilidad de que un miembro destacado de la alta sociedad fuera el nuevo propietario de uno de los mayores señoríos de la región estaba destinada a generar, bajo cualquier circunstancia, cierta curiosidad. Tratándose del marqués de Hazelmere, la curiosidad campaba abiertamente por sus respetos.

La esposa del vicario había torcido la boca con gesto sumamente desdeñoso.

–¡Cielo santo! Nada en el mundo podría inducirme a presentarle mis respetos a semejante individuo. ¡Con una reputación tan repugnante! ¡Y tan notoria...!

Al preguntar Dorothea inocentemente cómo se había ganado su reputación, la señora Matthews había recordado de pronto con quién estaba hablando y se había apresurado a excusarse con el pretexto de que tenía que seguir pasando los bizcochos entre sus invitados. En casa de la señora Manerim, Dorothea había oído que se acusaba al marqués de ser jugador, mujeriego y dado en general a una conducta licenciosa. A pesar de que ella desconocía los ambientes de la alta sociedad, gozaba de sentido común. Aunque lord Hazelmere no fuera un dechado de virtudes, los rumores eran, posiblemente, y como de costumbre, infundados. Además, Dorothea no podía creer que una mujer respetable como lady Moreton tuviera un sobrino nieto tan licencioso.

Apartando su pensamiento de la mirada hipnótica de aquellos ojos castaños, revisó apresuradamente su opinión acerca del marqués. A decir verdad, aquel hombre era incluso más peligroso de lo que sugería su fama.

Esos pensamientos cruzaron rápidamente su semblante, pasando con nitidez del asombro a la perplejidad y finalmente a una escandalizada certidumbre. Los ojos castaños relampaguearon. Para un paladar estragado por una dieta constante de sofisticadas beldades, en cuyas caras de sonrisa afectada no se permitía jamás ni el rastro de una emoción genuina, la belleza y expresividad de aquel rostro resultaban infinitamente atractivas.

–Excelente –dijo para ver si ella volvía a sonrojarse de aquel modo tan delicioso, y se vio ampliamente recompensado.

Dorothea, indignada, fijó la vista en su hombro izquierdo. Ella no era baja, pero los rizos de su coronilla apenas alcanzaban la barbilla de él. Así pues, su pecho quedaba muy cerca, justo a la altura de los ojos. En su limitada experiencia, nada la había preparado para enfrentarse a una situación como aquélla. Nunca, en toda su vida, se había sentido tan impotente.

Al desviar la mirada, no advirtió el esbozo de sonrisa de los labios severos que un instante antes se habían apoderado de los suyos.

–¿Y se puede saber qué está haciendo exactamente la señorita Dorothea Darent en mis bosques?

Su tono altivo hizo que ella levantara la cabeza, como él esperaba.

–¡Oh! ¡Usted ha heredado las tierras de lady Moreton!

Él asintió y la soltó de mala gana, apartándose casi imperceptiblemente. Sus ojos castaños no se apartaron del rostro de ella.

Liberada de su aturdidora cercanía, Dorothea procuró recobrar la compostura y del modo más imperioso que pudo, añadió:

–Lady Moreton siempre nos dio permiso para recoger cuanto quisiéramos en sus bosques. Sin embargo, ahora que son de usted...

–Puede, naturalmente –dijo Hazelmere suavemente–, seguir recogiendo cuanto guste y en todo momento –sonrió–. Incluso procuraré no confundirla con la hija del herrero la próxima vez.

Dorothea, cuyos ojos verdes centelleaban, le hizo una desdeñosa reverencia.

–Gracias, lord Hazelmere. Me aseguraré de advertírselo a Hetty.

Su comentario lo sorprendió, como ella pretendía. Dorothea recogió su cesta y, todavía aturdida por el beso, concluyó apresuradamente que, en aquel caso, la retirada era la mejor estrategia. Pero no había contado con lord Hazelmere.

–¿Y quién es Hetty exactamente?

Detenida en medio de una ignominiosa huida, procuró recobrarse y contestó, muy digna:

–La hija del herrero, naturalmente.

Bajo la mirada fascinada de Dorothea, el hermoso semblante de lord Hazelmere, de rasgos casi agrestes, se relajó, siendo reemplazada su expresión irónica por un genuino regocijo. Riéndose abiertamente, él extendió una mano para agarrar la cesta e impedir que Dorothea se fuera.

–Creo que estamos empatados, señorita Darent, así que no se vaya. Su cesta está sólo medio llena y hay muchas moras en esta zarza –sus ojos castaños la escudriñaban mientras su boca esbozaba una sonrisa desarmante. Advirtiendo la vacilación de Dorothea, prosiguió–: Sí, sé que no puede alcanzarlas, pero yo sí. Si aguarda aquí y sujeta la cesta de este modo, pronto la tendremos llena.

De pronto, Dorothea comprendió que no estaba preparada para tratar con el caballero que tenía enfrente. Desconocedora de las maneras mundanas, ignoraba qué hacer. Por un lado, la esposa del vicario esperaría de ella que se retirara de inmediato; por otro, la curiosidad la instaba a quedarse. Y, en cualquier caso, aunque decidiera marcharse, era improbable que aquella criatura dominante le permitiera hacerlo. Además, dado que él la había colocado allí, con la cesta en las manos, mientras la llenaba con las mejores moras de lo alto del zarzal, sería una descortesía marcharse. Razonando de este modo, Dorothea permaneció donde estaba y aprovechó la ocasión para examinar más de cerca a su asaltante.

La impresión de discreta elegancia que le había producido inicialmente se debía en buena parte, decidió, al excelente corte de su levita de caza. Sin embargo, su honestidad la forzó a reconocer que los hombros anchos y la complexión atlética y musculosa contribuían significativamente al efecto general de enérgica virilidad de su figura, sólo superficialmente disimulado por las ropas. Llevaba el pelo negro cortado a la moda y suavemente rizado sobre la frente. La mirada franca de sus ojos castaños resultaba desconcertante. La nariz aristocrática, su mentón y su boca firmes delataban que era hombre hecho a dominar su mundo. Ella, sin embargo, había visto cómo el humor suavizaba sus ojos y su boca, dándole un aspecto mucho más accesible. De hecho, decidió Dorothea, su sonrisa haría estragos entre las damas jóvenes, más impresionables que ella. Recordando su fama, no pudo encontrar ningún indicio de disipación. Sus actos, sin embargo, dejaban pocas dudas sobre la existencia del fuego que había levantado aquella humareda.

Adivinando los pensamientos que cruzaban en tropel la cabeza de Dorothea, Hazelmere observaba subrepticiamente su rostro por el rabillo del ojo. ¡Qué joya era! La cara, de molde clásico, encuadrada por el oscuro y abundante cabello, era por sí misma perturbadora. ¡Pero esos ojos...! Como enormes esmeraldas gemelas, claras y brillantes, reflejaban sus pensamientos de modo encantador. Él, que ya había probado sus labios suaves y tiernos, deliciosamente sensuales, se imaginaba presto a quedar prendado de ellos. El resto de su persona era igualmente atrayente. Sin embargo, si quería que llegaran a conocerse mejor, debía andarse con cuidado.

Le quitó la cesta llena de las manos y recogió su escopeta de caza, que había dejado al otro lado del claro. Interpretando correctamente la pregunta escrita con claridad en la expresión dubitativa de Dorothea, dijo:

–Ahora voy a escoltarla a su casa, señorita Darent –sonriendo para sus adentros al ver la expresión rebelde que provocó su afirmación tajante, Hazelmere continuó antes de que ella pudiera decir nada–. No, no diga nada. En el círculo social al cual pertenezco, ninguna joven dama sale de casa sola.

Su tono bondadoso hizo que los ojos de Dorothea centellearan. Las tácticas de lord Hazelmere estaban demostrando ser extremadamente difíciles de combatir. Al no encontrar nada que decir, ni ver modo alguno de alterar su resolución, Dorothea echó a andar de mala gana a su lado cuando Hazelmere emprendió la marcha.

–Por cierto –prosiguió él con naturalidad, abundando en un asunto que sin duda mantendría a Dorothea a la defensiva–, satisfaga usted mi curiosidad. ¿Por qué estaba paseando sola por el bosque, sin siquiera una doncella.

Ella había sospechado que iba a hacerle esa pregunta, justamente porque no tenía respuesta alguna. Estaba claro que aquel hombre de conducta reprobable se estaba mofando de ella. Tragándose su irritación, contestó con calma:

–En estos contornos me conocen bien, y a mi edad ya no puede considerárseme una jovencita que necesite constantemente una carabina –hasta a sus oídos sonaron endebles sus palabras.

Él se echó a reír.

–Mi querida niña, ¡no es usted una anciana! Y es evidente que necesita los servicios de un ayudante.

Dado que él acababa de demostrar que tenía razón en eso, Dorothea no podía objetar nada a sus palabras. Pero, como la templanza había salido volando y con ella su precaución, su lengua ingobernable se desató del todo.

–En el futuro, lord Hazelmere, le aseguro que sin duda alguna, cada que vez que sienta la tentación de pasear por sus bosques, llevaré un ayudante.

–Una decisión muy sabia –murmuró él.

Ajena al matiz de la entonación de lord Hazelmere, ella no se paró a pensar antes de decir con su voz más razonable:

–Aunque, a decir verdad, no veo qué necesidad hay de ello. Usted ha dicho que la próxima vez no me tomará por una muchacha del pueblo.

–Lo cual significa únicamente –dijo él en un tono tan provocativo que Dorothea sintió un estremecimiento– que la próxima vez sabré de quién son los labios que beso.

–¡Oh! –exclamó ella, y se detuvo para mirarlo, enfurecida.

Hazelmere se paró a su lado, riendo, y le tocó suavemente la mejilla con un dedo, incrementando aún más su ira.

–Repito, señorita Darent, que necesita un ayudante. No

se arriesgue a pasear por mis bosques o por parte alguna sin él. Por si los caballeros de estos contornos no se lo han dicho, es usted demasiado bella para pasear sola, a pesar de su avanzada edad.

Mientras decía esto, sus ojos castaños, llenos de regocijo, miraban fijamente los de Dorothea. Ésta, advirtiendo bajo su ironía algo que la hizo sentirse extraña, no supo qué contestar. Exasperada, furiosa y aturdida a un tiempo, dio media vuelta y siguió andando por el camino, agitando las faldas enérgicamente.

Al ver la expresión ceñuda de su acompañante, la sonrisa de Hazelmere se hizo más amplia. Rebuscó entre la maraña de datos que su tía abuela había vertido en sus oídos antes de morir, un tema de conversación apropiadamente inofensivo.

–Tengo entendido que ha perdido recientemente a su madre, señorita Darent. Creo que mi tía abuela me dijo que se habían ido a pasar una temporada al norte con unos parientes.

Su ofensiva tuvo pleno éxito. Dorothea posó sus grandes ojos verdes en él y, haciendo caso omiso del precepto según el cual una dama no debía responder a la pregunta de un caballero con otra pregunta, dijo casi sin aliento:

–Entonces, ¿la vio antes de que muriera?

Su evidente incredulidad dolió a Hazelmere sin saber por qué.

–Lo crea o no, señorita Darent, yo visitaba con frecuencia a mi tía abuela, a quien estaba muy unido. Sin embargo, como rara vez me quedaba más de un día, no es de extrañar que ni usted ni, con toda probabilidad, el resto del condado, estuvieran al corriente de ese hecho. Estuve con ella los tres días anteriores a su muerte y, siendo yo su heredero, se esforzó por instruirme acerca de las familias de esta región.

Este discurso, como cabía esperar, hizo que las mejillas de Dorothea se sonrojaran. Sin embargo, en lugar de apartar turbada la mirada, como él esperaba, ella lo miró a los ojos sin vacilar.

–Verá, es que éramos tan buenas amigas que lamenté mucho no haberla visto otra vez.

Los ojos castaños le sostuvieron la mirada un momento. Luego, Hazelmere se aplacó.

–Apenas sufrió al final. Murió durmiendo y, teniendo en cuenta los dolores que había padecido durante los últimos años, hemos de considerarlo necesariamente un alivio –ella asintió con los ojos bajos. En un intento por aligerar el cariz de su conversación, él añadió–: ¿Piensan su hermana y usted quedarse indefinidamente en La Grange?

Esta vez, tuvo más éxito. El semblante de Dorothea se aclaró.

–Oh, no. A principios de año nos iremos a casa de nuestra abuela, lady Merion.

Lady Hermione Merion, antes la viuda de lord Darent, había pasado por los fríos corredores de Darent Hall como una brisa de verano, caldeada por el glamour de Londres. Y se había hecho con el mando sin encontrar resistencia. Las hermanas, junto con la tía Agnes, la anciana solterona que les servía oficialmente de carabina, habían sido despachadas a su hogar en La Grange, enterrado en lo más profundo de Hampshire, para que pasaran allí su año de duelo. En febrero, seis meses después, debían presentarse ante lady Merion en Cavendish Square. Y lo que ocurriera de allí en adelante, como su abuela había dejado bien claro, quedaba por entero en las manos competentes de la anciana señora. Dorothea sonrió al recordarla.

–Mi abuela tiene intención de presentarnos en sociedad –viendo que él levantaba repentinamente las oscuras cejas, añadió poniéndose a la defensiva–: Cecily es considerada una joven muy bella y, en mi opinión, hará una boda excelente.

–¿Y usted?

Sintiéndose de pronto inexplicablemente suspicaz ante aquel tema, ella creyó detectar un tono burlón en su voz suave y respondió con más sequedad de la que pretendía.

–Yo soy una mercancía de escaso valor para el mercado matrimonial. Pienso pasar mis días en Londres disfrutando de las vistas y, a decir verdad, también observando a los que me rodean.

Alzó la mirada y vio con sorpresa que él tenía fija en su cara una mirada extrañamente intensa. Luego Hazelmere sonrió de modo tan enigmático que Dorothea no supo si sonreía para ella o únicamente para sí mismo. De pronto, se le ocurrió una idea.

–¿Conoce usted a lady Merion?

La sonrisa de él se hizo más amplia.

–Creo que todo el Londres elegante conoce a lady Merion. Sin embargo, en mi caso, he de decir que se trata de un amiga particularmente cercana de mi madre.

–Por favor, dígame cómo es –él pareció sorprendido. Advirtiéndolo, Dorothea añadió precipitadamente–: Verá, es que yo no la he visto desde que era niña, quitando la noche que pasó en Darent Hall a principios de año, cuando vino a decirnos que íbamos a ir a Londres.

Hazelmere, pensando que aquella conversación era a no dudarlo la más extraña que había tenido nunca con una joven dama, le ofreció el brazo para subir la escalinata que daba a la avenida y luego pensó en lady Merion.

–Su abuela ha sido siempre un árbitro de la moda, y está bien relacionada con todas las viejas damas que importan en Londres. Es uña y carne con lady Jersey y la princesa Esterhazy. Ambas son patronas de Almack's, lugar al que debe usted conseguir acceso si desea pertenecer a la alta sociedad. En su caso, eso no será un obstáculo. Lady Merion es rica y vive en una mansión en Cavendish Square que le dejó su segundo marido, lord George Merion. Se casó con él unos años después de la muerte del abuelo de usted. Lord Merion falleció hace unos cinco años, según creo. Ella es una mujer de mucho carácter, y muy estricta, así que le aconsejo que no intente aventurarse por Londres sin compañía. Por otro lado, lady Merion tiene un sentido del humor excelente y es célebre por la bondad y la generosidad que demuestra con sus amigos. En cierto modo es excéntrica y rara vez sale de Londres, salvo para visitar a sus amigos del campo. En resumen, dudo que pudiera usted encontrar una señora más capaz de introducirlas a su hermana y a usted en el gran mundo.

Dorothea consideró aquella biografía improvisada de su abuela y finalmente comentó en tono pensativo:

–Sin duda parecía una mujer muy sofisticada –habían llegado a una puerta de la alta tapia de piedra que habían seguido, bordeando la avenida, durante los últimos metros. Dorothea se detuvo y tendió la mano hacia la cesta–. Estos son los jardines de La Grange.

–Entonces, la dejo aquí –contestó Hazelmere con presteza. La había acompañado a casa únicamente para prolongar su encuentro, pero no tenía ganas de que lo vieran con ella. Sabía perfectamente que ello provocaría inevitablemente rumores y habladurías. Tomó su mano y se la llevó a los labios viendo con satisfacción el destello de rabia de sus ojos verdes y el rubor que cubría su rostro en respuesta a su maliciosa sonrisa–. Pero recuerde mi advertencia. Si quiere mantener el favor de su abuela, no se pasee sola por Londres. Las jóvenes que se aventuran por las calles de la ciudad sin compañía, no permanecen solas mucho tiempo. Adiós, señorita Darent.

Liberada al fin, Dorothea abrió la cancela y escapó.

Cruzó apresuradamente el jardín, sin reparar por una vez en el aroma embriagador de las flores. Las largas sombras que proyectaba el vetusto tejado de La Grange cruzaban el camino, anunciando el final del día. Dorothea se detuvo en el vestíbulo que daba al jardín. La frescura de la estancia de paredes de piedra, apenas iluminada, alivió el calor de sus mejillas. En la galería resonó el repiqueteo de los pasos de la criada. Acercándose a la puerta, Dorothea le dijo que entrara.

–Llévale estas moras a la cocinera, por favor, Doris. Y, por favor, dile a mi tía que me he ido a la cama a echarme un rato antes de cenar. Creo que he pasado demasiado tiempo al sol.

A decir verdad, había pasado demasiado tiempo con lord Hazelmere, pensó enfurecida. Logró atravesar la galería y subir las escaleras sin que la oyeran, cerró la habitación de su alcoba y se dejó caer sobre el asiento de la ventana.

Contempló el jardín envuelto en profundas sombras y trató de poner orden en sus pensamientos, que aún seguían bullendo. ¡Qué absurdo! Había salido de La Grange siendo una serena joven de veintidós años, segura y confiada en su independencia. Y sin embargo allí estaba, apenas una hora después, sintiéndose como se habría sentido Cecily de haber puesto el hijo del juez sus ojos en ella. No era la primera vez que la besaban. Quién lo hiciera no debía suponer diferencia alguna. Pero el hecho de que fuera diferente, de hecho, muy diferente, exacerbaba una rabia que ya habían puesto a prueba unos ojos castaños. Unos ojos excesivamente perspicaces. Durante los siguiente diez minutos, Dorothea se sermoneó con firmeza acerca de la imprudencia que suponía el tomarle afecto a un libertino.

Fortalecida, se obligó a considerar el asunto a la luz de la razón. Indudablemente tenía razones para sentirse furiosa, lista para denigrar al marqués como a un crápula licencioso. Sin embargo, a pesar de su irritación, era demasiado honesta como para no admitir que su inadecuado atuendo tenía parte de culpa en lo sucedido. Además, sospechaba que, de hallarse en los brazos del marqués de Hazelmere, la respuesta de cualquier joven dama habría sido muy distinta a la suya. En su defensa, no obstante, debía alegar que, de haberse desmayado en sus brazos, él no habría tenido más remedio que esperar hasta que se reanimara. Y, en ese caso, la situación habría sido aún más embarazosa. Siguiendo este razonamiento, Dorothea se convenció de que no había nada particularmente reprobable en lo sucedido después de que lord Hazelmere la soltara. En realidad, él le había proporcionado una información valiosa acerca de su abuela.

Lo que seguía inquietándola era lo ocurrido antes de verse libre del osado abrazo del marqués. Se llevó la mano a los labios, que, a pesar de la destreza de lord Hazelmere, tenía levemente arañados. El recuerdo del cuerpo recio del marqués seguía siendo una sensación física. El reloj del descansillo dio un cuarto de hora. Dorothea hizo a un lado con determinación sus pensamientos acerca de lo acontecido aquella tarde y desterró resueltamente al marqués y sus hazañas al rincón más remoto de su mente. Tenía la absoluta certeza de que él la habría olvidado por la mañana.

Se quitó el vestido viejo y se puso uno de muselina con ramitos, recién planchado, más adecuado para aquella noche calurosa. Mientras tanto, sopesaba sus posibilidades de volver a toparse de nuevo sin pretenderlo con lord Hazelmere. Versada en las costumbres de la nobleza rural, sabía que sería prácticamente imposible encontrarlo en alguna reunión de sociedad allí en el campo. Y, como él mismo había dicho, no tenía costumbre de permanecer mucho tiempo en Moreton Park. Dorothea se dijo que era un alivio. Para asegurarse de que su tranquilidad no se veía perturbada, resolvió que, en el futuro, se aseguraría de que su perezosa hermana la acompañara en sus salidas campestres.

Tomó un cepillo y se peinó enérgicamente la larga melena antes de recogérsela en un sencillo rodete. Echó un rápido vistazo al espejo que había sobre la cómoda. Satisfecha por haber sopesado con detenimiento las posibles implicaciones de la aparición del marqués de Hazelmere en su vida, bajó a cenar.

Dos semanas después, al regresar a Hazelmere House, su mansión en Cavendish Square, situada casi enfrente de Merion House, el marqués encontró un grueso fajo de cartas e invitaciones aguardándolo. Mientras les echaba un vistazo, entró en la biblioteca. Extrajo del montón un sobre escrito con un tono de púrpura particularmente violento, lo sostuvo con el brazo extendido para evitar el perfume mareante que emanaba de él y buscó su binóculo. Reconociendo la florida letra de su amante más reciente, una deslumbrante criatura extraordinariamente dotada para su papel en la vida, frunció las cejas oscuras. Abrió la carta y leyó las líneas que contenía. Sus cejas se alzaron. Una sonrisa de una clase que Dorothea Darent no habría reconocido torció sus labios. Echó la carta y el sobre al fuego y se volvió hacia su escritorio.

El lacayo que acudió a la llamada de la campanilla de la biblioteca, diez minutos después, encontró a su señor lacrando una carta. Hazelmere alzó la mirada al oír la puerta, agitó el sobre para secar la cera y se la extendió.

–Entrega esto en mano de inmediato.

–Sí, milord.

Mientras observaba la espalda del lacayo que se alejaba, Hazelmere imaginó cómo sería recibida aquella misiva cortésmente feroz. Así acababa otra aventura. Estiró las largas piernas hacia el fuego y dio por pensar en aquel constante desfile de aristocráticas amantes. A pesar de que proporcionaba a los círculos de la alta sociedad londinense una fuente inagotable de rumores y habladurías, tenía la sensación de que la infalibilidad de aquel juego comenzaba a aburrirle. Tras más de diez años en la ciudad, había pocos placeres mundanos que no hubiera disfrutado su paladar, y la pauta de sus actividades empezaba a volverse insoportablemente predecible.

Pensando otra vez en la desdeñada Cerisa, comparó su belleza en sazón con la de la muchacha de ojos verdes cuyo rostro le había resultado extrañamente perturbador. La insatisfacción que le causaba su presente situación radicaba en gran medida en aquel encuentro en los bosques de Moreton Park. Naturalmente, ello era por entero culpa suya.

Marc Saint John Ralton Henry, a sus treinta y un años de edad, quinto marqués de Hazelmere y uno de los pares más ricos del reino, dejó que su mente retrocediera perezosamente hasta el instante en que había oído el nombre de la señorita Darent por primera vez, durante una conversación con su tía abuela, la noche antes de su muerte. Siendo una mujer sin pelos en la lengua, lady Moreton había clavado en él una mirada acerada y emprendido un interrogatorio acerca de las intenciones de su sobrino nieto respecto al matrimonio. Dicha conversación se había iniciado con el preámbulo:

–Sé que tu madre no te hablará de este asunto, así que voy a aprovechar que, dado que me estoy muriendo, no te atreverás a mandarme al infierno.

Agradeciendo su cómica salida y tras admitir que por el momento no tenía planes en ese sentido, él se había preparado para escuchar con calma y buen humor la subsiguiente disertación de su tía abuela, cosa que no habría hecho de haberse tratado de otra persona.

–No te culpo por no querer casarte con una de esas pánfilas que se presentan en sociedad cada año –bufó lady

Moreton desdeñosamente–. ¡Ni siquiera yo soporto a esas pelmazas! Pero ¿por qué no extiendes tu horizonte? Hay muchas jóvenes convenientes que, por una razón u otra, nunca han ido a Londres –advirtiendo su expresión escéptica, su anciana tía había añadido–: Oh, no creas que, sólo porque sean señoritas de campo, no podrían afrontar la vida en la ciudad. Ahí está Dorothea Darent, sin ir más lejos. Joven, bonita, dotada con una buena renta y de tan buena cuna como tú mismo. La única razón por la que no ha sido presentada en sociedad es que se ha pasado los últimos seis años llevando la casa de su madre viuda. A Cynthia Darent debían haberle dado una patada en las posaderas por no haberla llevado a conocer mundo hace años –llegada a este punto, la tía abuela Etta había hecho una pausa, pensando en los pecados de la difunta lady Darent–. En fin, ahora ya es demasiado tarde para eso, porque está muerta.

–¿Quién? ¿La bella Dorothea? –había preguntado Hazelmere, perplejo.

–¡No, idiota! ¡Cynthia! Murió hace unos meses y las niñas han ido a Darent Hall a pasar una temporada. Es una lástima. Me habría gustado ver a Dorothea otra vez. Esa sí que no es ninguna pánfila.

–¿Y cómo es que, a pesar de que no haya sido presentada en sociedad, ese dechado de virtudes aún no se ha casado? Imagino que los caballeros rurales no serán todos ciegos.

La tía abuela Etta se había echado a reír.

–Yo tiendo a pensar que se debe más bien a que ningún caballero le ha dado aún ninguna buena razón para casarse. Considéralo desde este punto de vista. Ella tiene una buena posición, una buena renta e independencia a mansalva. ¿Para qué iba a casarse?

Él había sonreído, respondiendo a la mirada risueña de la anciana.

–Me atrevo a decir que yo podría hacerle ciertas sugerencias.

–Sí, yo también lo creo. Pero eso no importa, porque es improbable que llegues a conocerla. A menos que Hermione Merion se tome algún interés en ella, claro. Le he enviado una carta, así que puede que lo haga. Además, está Cecily, la hermana pequeña, otra belleza, aunque de otro estilo. A ella también habría que sacarla de aquí. Pero Cecily agotaría la paciencia de un santo. Y, dado que tú no eres precisamente un santo, a ti no te conviene. Pero basta ya de hablar de las hermanas Darent. Sólo las he puesto como ejemplos –y, de este modo, la conversación había seguido hacia delante.

La idea de que la tía abuela Etta hubiera, en realidad, intentado hacerle pensar en Dorothea Darent como en una posible esposa se le había ocurrido poco después de conocer a aquella notable joven. Durante los diez años anteriores, había rehusado tenazmente tomar en serio a cualquiera de las atolondradas jovencitas que desfilaban ante él buscando su aprobación en Almack's o en las fiestas de la alta sociedad. Ello había causado considerable consternación en otros miembros de su familia, y especialmente en sus dos hermanas mayores, Maria y Susan, quienes de continuo ponían en su camino a una u otra de sus aspirantes favoritas. Su madre y la tía abuela Etta habían apoyado por entero su postura respecto a este asunto, pues ambas parecían comprender el casi sofocante aburrimiento que sentía tras intentar conversar durante unos minutos con la atolondrada coqueta de turno. En cuanto a la tía abuela Etta, esta nunca le había dicho una sola palabra sobre el asunto hasta esa noche.

Dado que su tía abuela lo conocía tan bien como su madre, era muy posible que hubiera intentado llamar su atención sobre la señorita Darent. Ella jamás hubiera cometido la indelicadeza de abordar la cuestión sin ambages, sabiendo que, de haber seguido ese camino, el resultado más probable hubiera sido una cortés y fría negativa a tener algo que ver con aquella muchacha. Por el contrario, lady Moreton había introducido de rondón el nombre de Dorothea Darent en su conversación, diciéndole sencillamente que aquella joven era de todo punto deseable, pero dejándole el camino abierto para que fuera él quien sacara sus conclusiones. Lo cual era muy propio de la tía abuela Etta. «Bueno, tía Etta», pensó con una sonrisa divertida, «ya he conocido a tu Dorothea, y de un modo tan eficaz que ni siquiera tú podrías haberlo imaginado».

2

Un leve gemido hizo volver a Dorothea la cabeza para mirar en la penumbra a su hermana, acurrucada en el rincón opuesto del carruaje. Cecily tenía los ojos cerrados, pero el ceño fruncido sobre sus cejas rubias mostraba claramente que no estaba dormida. La joven movió nerviosamente la cabeza apoyada en el cabecero del asiento. El carruaje comenzó a traquetear violentamente sobre los surcos dejados por las ruedas en la carretera y los cascos de los caballos resbalaban sobre la tierra helada. Dorothea asió la agarradera de cuero que colgaba del techo para no caerse del asiento. Cuando el carruaje volvió a enderezarse trabajosamente y retomó su lento avance, vio que Cecily se había arrebujado firmemente en el rincón, con la cara vuelta hacia un lado.

Dorothea volvió a fijar su atención en el lúgubre paisaje que se vislumbraba intermitentemente a través de las ramas desnudas de los árboles y las cercas que bordeaban la carretera. Caía la tarde gris de febrero. El golpeteo de la llovizna en las ventanas del carruaje acentuaba el silencio que reinaba en su interior. Luego, alzándose como un castillo entre la oscuridad creciente, encaramada a la cresta de una colina y rodeada por las negras sombras de sus muros, apareció ante su vista la posada de las Tres Plumas. Dorothea la había elegido para pasar la noche porque estaba a medio camino entre Londres y La Grange por la calzada de Bath. De haber viajado ella sola a Londres, habría hecho el trayecto en un solo día. Pero a Cecily los viajes le sentaban muy mal. Con suerte, a aquel paso y tras una noche de descanso, su hermana llegaría a Cavendish Square en un estado aceptable para presentarse ante su abuela.

La única otra ocupante del carruaje era Betsy, una doncella de edad madura que las había atendido desde la cuna. Betsy dormitaba envuelta en un chal de lana en el asiento frontero al de Dorothea. Tras muchas deliberaciones, se había decidido que la tía Agnes permaneciera en La Grange. La carta de lady Merion en la que la anciana señora las exhortaba a ir a Londres no decía nada al respecto, pero las conversaciones en Darent Hall habían transcurrido sobre el supuesto tácito de que la tía Agnes continuaría cumpliendo con su deber y acompañaría a sus pupilas a Cavendish Square. Sin embargo, la tía Agnes padecía un reumatismo legendario, y Dorothea no tenía ganas de cargar con la quejumbrosa aunque querida anciana, ni en el viaje a Londres ni una vez llegaran, supuestamente con intención de divertirse. Además, las opiniones de la tía Agnes respecto a los hombres de cualquier condición eran extremadamente cortas de miras. Dorothea creía improbable que su presencia ayudara a Cecily a encontrar marido. Aun así, en la educada nota que le había enviado a lady Merion anunciándole el día de su llegada, no había hecho mención alguna a la tía Agnes.

El carruaje siguió avanzando lentamente entre la niebla que poco a poco se hacía más densa. El cielo había estado nublado todo el día, pero durante la mayor parte de él no había caído ni una gota, para contento de Lang, el cochero.

El viaje a Londres, con los caminos recién despejados, era siempre arriesgado. Envuelto en su grueso abrigo de lana, Lang sintió un profundo alivio cuando la reata pasó bajo el arco de la posada, un establecimiento espacioso y unas de las casas de posta más frecuentadas del distrito. El patio principal estaba destinado en primer lugar a los viajeros que querían cambiar de caballerías o hacer un alto en el camino. El gran carruaje atravesó traqueteando ruidosamente otra arcada y entró en el patio de las caballerizas. Los mozos corrieron a desenganchar a los bufantes caballos, y el mesonero se acercó para conducir a las hermanas a la posada.

Allí, sin embargo, les aguardaba un problema. Mientras se calentaban ante el fuego rugiente de un acogedor salón de techo bajo, el señor Simms procedió a disculparse profusamente.

–Hay un concurso de lucha en el pueblo, señorita. Estamos al completo. Les he reservado una habitación, pero me temo que no podrán disponer de un salón privado –el rubicundo posadero, entrado en años, observó ansiosamente a las dos jóvenes damas.

Dorothea dejó escapar un profundo suspiro. Tras pasarse el día viajando a paso de tortuga, apenas le importaba lo que ocurriera en la posada, mientras Cecily y ella dispusieran de una habitación decente donde pasar la noche. Ya había notado la limpieza y el orden de la estancia en la que estaban. Por lo menos, en aquella posada no había peligro de encontrarse con sábanas húmedas o mala comida. Era absurdo molestarse abiertamente por la falta de un salón privado. Irguiéndose cuan alta era, Dorothea inclinó la cabeza mirando a Simms, que parecía muy preocupado.

–Muy bien. Comprendo que no haya podido evitarlo. ¿Le importaría enseñarnos nuestro dormitorio?

El señor Simms había adivinado acertadamente el rango

de las hermanas Darent por la carta que Dorothea le había enviado solicitándole un dormitorio y un saloncito. A pesar de que raramente criticaba las costumbres de sus clientes, pensó que era una auténtica lástima que dos jóvenes tan bonitas viajaran escoltadas únicamente por sirvientes. Las condujo a la alcoba que había preparado para ellas en el piso de arriba. Consciente de las cosas que podían pasar entre los muros de su establecimiento antes de que acabara la noche, había decidido alojarlas en la espaciosa recámara del lado norte de la posada. A aquella parte, la más vieja y aislada del resto, se llegaba únicamente por una escalera exenta pegada a la vivienda del posadero.

Al llegar resoplando al descansillo, el señor Simms abrió la pesada puerta.

–Las he puesto en esta habitación, señorita, porque está apartada, digamos. Dentro de poco la posada estará llena hasta rebosar de jóvenes caballeros que vienen a ver el combate. Mi mujer me ha dicho que les advierta que se queden en la habitación y cierren la puerta con llave. Ella se encargará de que sólo mi hija o ella en persona les traigan la comida y lo que necesiten. De ese modo, todo nos ahorraremos sinsabores. Haré que les suban el equipaje en un santiamén, señorita –con estas palabras, Simms hizo una reverencia y se retiró, dejando a Dorothea con el ceño fruncido y a Cecily patéticamente pálida y mirándose la una a la otra con consternación.

–¡Oh, Dios mío! –exclamó Betsy, dejándose caer en una de las sillas colocadas junto al fuego, con los ojos como platos por la sorpresa–. Tal vez deberíamos proseguir el viaje, señorita Dorothea. Estoy segura de que vuestra abuela no querría que se quedaran en una posada llena de borrachos vociferantes y pendencieros.

–No creo que haya ninguna otra posada cerca, Betsy. Y, a fin de cuentas, como dice el posadero, si mantenemos la puerta cerrada y nos quedamos en la habitación, no nos pasará nada –dijo Dorothea con su acostumbrada calma mientras se quitaba los guantes y dejaba su manto de viaje sobre una silla. Tras un instante de desaliento, sin duda causado por la fatiga, se sentía inclinada a restarle importancia a la situación.

–Bueno, si a ti te da igual, Thea, yo prefiero quedarme aquí que seguir el viaje –dijo Cecily.

La voz débil y aguda de su hermana convenció a Dorothea de lo mal que se sentía ésta. Se acercó con viveza a la cama y apartó la colcha. Las sábanas estaban limpias y secas. Ahuecó las almohadas enérgicamente.

–Y eso vamos a hacer, querida mía. ¿Por qué no te echas un poco hasta que llegue la cena? Confieso que no sé si, marchándonos de aquí, no acabaríamos peor de lo que estamos.

Alguien llamó dubitativamente a la puerta.

–¿Quién es? –dijo Betsy, poniéndose en pie.

–Yo, señora. Hannah, la hija del posadero.

Betsy abrió la puerta y ante ellas apareció una fornida muchacha cuyo agraciado rostro remataba una cofia.

–Mi madre tendrá la cena lista enseguida, pero quiere saber si necesitan algo más, señorita –Hannah metió las bolsas de viaje de las hermanas en la alcoba y miró inquisitivamente a Dorothea.

–Pues sí. Querríamos un poco de agua caliente y ¿sería posible poner una cama ahí para nuestra doncella? Preferiría que pasara la noche con nosotras.

La muchacha asintió.

–Enseguida vuelvo, señorita.

Cinco minutos después, Hannah había vuelto con un jarro de agua humeante y un camastro plegado. Mientras Betsy y ella luchaban con la cama, Dorothea y Cecily se quitaban el polvo del camino de la cara, después de lo cual se sintieron mucho mejor. Por fin, tras hacerse con el recalcitrante camastro, Hannah se limpió las manos en el delantal y se dirigió a Dorothea.

–Volveré dentro de media hora con su cena, señorita. Tengan cuidado de cerrar la puerta con llave cuando salga.

Dorothea le dio las gracias y echó los cerrojos cuando la enérgica muchacha se fue. Cecily, aturdida, se acurrucó en la cama. Betsy se sentó junto al fuego y sacó una labor de costura que había llevado para matar el tiempo.

Con sus necesidades inmediatas ya satisfechas, Dorothea comenzó a dar vueltas por la habitación, inquieta y entumecida. Tras pasarse el día en el carruaje, deseaba respirar una bocanada de aire fresco antes de pasar la noche en el sofocante encierro de la alcoba. De pronto se acordó de Lang. Yendo Cecily con ellos, seguramente no partirían hasta media mañana. Sin embargo, su limitado conocimiento de los concursos de lucha y las consecuencias que llevaban aparejadas le hacía pensar que sería preferible salir temprano. Miró afuera, pero aquella ventana daba a la parte de atrás de la posada. No se oía ruido ni tumulto alguno que indicara que había llegado el público que asistiría al combate.

Se acercó rápidamente al lado de Betsy.

–Voy a bajar a hablar con Lang. Mañana deberíamos salir temprano para evitar el tumulto –había bajado la voz–. Tú quédate aquí y cuida de Cecily. Enseguida vuelvo.

Antes de que Betsy pudiera decir nada, Dorothea recogió su desgastada capa de viaje y salió sigilosamente. Se detuvo en el descansillo para abrocharse la capa. Un ruido amortiguado de risas estentóreas llegaba de lo que supuso era la taberna. Bajó las escaleras sin hacer ruido, recorrió el pasillo en dirección contraria y al fin llegó a la puerta que daba al patio de las caballerizas. Se detuvo entre las sombras y escudriñó la explanada intentando localizar a Lang. De éste no había ni rastro. Recordando que, en momentos como aquellos, los lacayos privados a menudo ayudaban a los mozos de cuadra, se aventuró hasta la arcada y se asomó al establo principal.

–¡Vaya, vaya! ¿Qué tenemos aquí? ¡Una preciosidad que ha venido a brindar con nosotros!

Dorothea contuvo el aliento. Al notar que un brazo se deslizaba por su talle, creyó que se le paraba el corazón, pero en lugar de unos ojos castaños que la miraban lánguidamente, halló ante sí un vacuo rostro de angelicales ojos azules que parecían enfocarse con dificultad. El hombre que la sujetaba había bebido, pero no estaba del todo borracho. Mientras ella forcejeaba furiosamente, tiró de ella y, doblando la esquina, la llevó hasta un ruidoso grupo formado por siete caballeros medio borrachos, listos para pasar una noche de parranda tras haber visto vencer a su luchador favorito. Dorothea comprendió su error demasiado tarde. El patio principal de la posada estaba lleno a rebosar. Uno de los hombres le quitó la caperuza y la luz de la puerta principal de la posada cayó de lleno sobre su cara. Ella intentó desesperadamente desasirse, pero el joven la tenía bien sujeta por el brazo. Dorothea hizo una mueca de dolor al sentir que la apretaba más fuerte.

Un instante después, una voz pausada se abrió paso entre el alboroto.

–Suelta a la señorita, Tremlow. Tengo el placer de conocerla y, créeme, no puedo permitir que sigas molestándola.

Reconociendo aquella voz, Dorothea deseó que se la tragase la tierra.

El efecto de aquella reconvención fue inmediato. El joven caballero soltó su brazo en el instante en que la oscura sombra del marqués de Hazelmere se materializaba junto al grupo.

–¡Disculpa, Hazelmere! No sabía que era una señorita.

Esta última frase, dicha en voz baja, hizo que Dorothea se pusiera colorada y se apresurara a subirse la caperuza mientras los hombres del grupo la escudriñaban para ver qué dama podía beneficiarse de aquel modo de la protección de Hazelmere.

El marqués cruzó lentamente entre el grupo y se acercó a ella, ocultándola de la vista de los caballeros. Al llegar a su lado, se volvió hacia los jóvenes y prosiguió en el mismo tono desapasionado:

–Estoy seguro de que todos vosotros estaréis ansiosos por presentarle a esta dama vuestras disculpas por cualquier molestia que le hayáis causado, aun sin saberlo.

Un coro de «¡oh, sí! ¡Desde luego! ¡Disculpe, señorita! No pretendíamos ofenderla» acompañó a la seca afirmación del marqués.

Simms, que se había percatado tarde del problema, se había acercado al grupo, ansioso por ofrecerle su ayuda a uno de sus clientes más estimados. La mirada del marqués se posó en él.

–¡Ah, Simms! Estos caballeros merecen una ronda de cerveza tras este pequeño malentendido, ¿no le parece?

Simms captó la indirecta.

–¡Sí, señor! ¡Desde luego! Caballeros, si hacen el favor de venir por aquí, tengo un tonel de cerveza nueva sobre el que quisiera que me dieran su opinión –con semejante ofrecimiento, no le costó mucho esfuerzo conducir al grupo hacia la taberna.

Mientras los jóvenes se alejaban, lord Anthony Fanshawe apareció junto a su amigo alzando inquisitivamente las cejas. Un instante antes iba cruzando el patio de las caballerizas junto a Hazelmere para tomar una cena caliente, cuando de pronto Marc se había detenido lanzando un furioso juramento, y se había abalanzado entre la multitud hacia un pequeño grupo de juerguistas situado junto a la cochera. A pesar de que era casi tan alto como su amigo, yendo Marc delante de él no había tenido ocasión de ver qué era lo que había atraído su atención. Al acercarse, oyó hablar a Marc con toda calma. Presumió que había una dama de por medio, pero sólo cuando Hazelmere se giró para hacer algún comentario a su espalda vio que, efectivamente, estaba protegiendo a una mujer de la vista de quienes se hallaban en el patio de las caballerizas.

Hazelmere se volvió hacia él.

–Cuida de que lo metan todo dentro, ¿quieres, Tony? Me reuniré contigo en el salón dentro de unos minutos.

Fanshawe asintió y, sin decir palabra, se volvió hacia la posada. El tono galante de su amigo había desaparecido por completo y su habla corriente, en el que las consonantes sonaban algo crispadas, había tomado su lugar. Con sólo entrever la expresión de su amigo de la infancia, había confirmado sus sospechas. El marqués de Hazelmere estaba furioso.

Al llegar al lado de Dorothea, Hazelmere la había agarrado del brazo, sujetándola a su lado. Cuando el grupo se alejó, después de disculparse, la ocultó tras de sí, de modo que quedó protegida por la alta figura y la voluminosa capa del marqués. Consciente sólo de sus deseos desesperados de escapar de allí, Dorothea intentó retirarse hacia el patio de la cochera. Él se dio la vuelta, pero no la soltó. Con la luz a su espalda, su rostro parecía impenetrable.

–Aguarde un momento y la acompañaré dentro. Quisiera tener unas palabras con usted.

Incluso Dorothea, que apenas conocía al marqués, reconoció en su voz un tono amenazador. Estaba furiosa consigo misma por haberse metido en aquel lío y avergonzada porque, entre todos los hombres del mundo, hubiera tenido que ser Hazelmere quien la rescatara. ¡Y de aquel modo!

Él se dio la vuelta para hablar un instante con otro

hombre alto que se había acercado. Luego, para alivio de Dorothea, quien sentía una extraña debilidad en las piernas, Hazelmere la condujo hacia el patio de la cochera.

Una vez estuvieron en el patio, relativamente despejado, él se detuvo y le hizo darse la vuelta para mirarlo. Ella estuvo a punto de gemir cuando la luz de la puerta iluminó la cara del marqués. Sus ojos castaños, que reflejaban la luz de la posada, tenían una expresión implacable; sus labios se apretaban en una línea severa. Era evidente hasta para la inteligencia más roma que estaba furioso y que ella era el objeto de su ira.

–¿Puedo preguntarle qué demonios pretendía hacer aquí fuera? –su tono sarcástico laceró a Dorothea como un látigo.

Lejos de acobardarse, ella se puso de inmediato a la defensiva. Alzó la cabeza y lo miró fijamente a los ojos.

–Ya que le interesa, estaba buscando a mi cochero para decirle que quiero que nos vayamos de la posada mañana temprano para evitar precisamente la clase de atenciones que, por desgracia, no he podido evitar esta noche –al final de su discurso estaba casi sin aliento, pero siguió mirando al marqués con obstinación.

Él entrecerró los ojos. Tras una breve pausa, añadió en tono menos áspero:

–Me parece muy irresponsable por parte de Simms no haberla advertido de que se quedara en su habitación con la llave echada.

Ella tuvo que tragar saliva antes de contestar, pero logró sostener la implacable mirada del marqués.

–Sí que me lo advirtió.

La expresión de Hazelmere se tornó aún más severa.

–No puedo sino maravillarme por la indiferencia que demuestra usted por su propia reputación. Ya le advertí en otra ocasión que sus chiquilladas no le harían ningún bien cuando saliera al mundo –había agarrado con fuerza los brazos de Dorothea por encima del codo. Por un instante, ella pensó, asustada, que iba a zarandearla. Pero, tras una pausa cargada de tensión, Hazelmere volvió a hablar con furia contenida–. Sólo puedo repetirle lo que ya le dije otra vez: no debe salir sola bajo ninguna circunstancia. ¡Y si alguna vez vuelvo a encontrarla sola por ahí, me aseguraré personalmente de que no pueda sentarse en una semana –ella dejó escapar un leve gemido de sorpresa y abrió los ojos con asombro mientras él continuaba enérgicamente–. ¡Oh, sí! ¡Soy muy capaz de hacerlo!

Al mirar su rostro implacable y sus ojos casi negros, Dorothea comprendió que la amenaza iba en serio. Para entonces, estaba ya tan furiosa como él. ¿Con qué derecho le daba órdenes y la amenazaba aquel arrogante? ¡Arrogante, autoritario y completamente insufrible! Normalmente la más tranquila de las mujeres, Dorothea procuró controlar su ira y dirigirla hacia el responsable.

Pero Hazelmere no le dio tiempo a desahogarse. Dándose cuenta de que estaba sujetándola en medio del patio de la cochera, que por suerte estaba ya casi desierto, bruscamente la hizo girarse hacia la posada y, agarrándola del codo, la condujo dentro.

–¿Qué habitación le ha dado Simms? –incapaz de dominar su lengua, Dorothea indicó la puerta en lo alto de la pequeña escalera–. Sabia decisión. Ésa es posiblemente la alcoba más segura de la posada esta noche. Puede que no peguen ojo, pero con un poco de suerte no recibirán ninguna visita inesperada.

Observando el rostro pálido y desencajado y los ojos brillantes de Dorothea, Hazelmere la condujo hacia las escaleras. En el segundo escalón, ella se dio la vuelta, dispuesta a decirle lo que pensaba mientras él estaba en un escalón más bajo, en vez de cerniéndose sobre ella. Pero, adivinando sus intenciones, Hazelmere se deslizó por su lado y siguió tirando de ella escalera arriba hasta llegar al pequeño descansillo.

El posadero apareció de repente en el corredor, de camino al fondo de la posada.

–¡Simms!

–¿Sí, milord?

–Un vaso de su mejor brandy. Enseguida.

–¡Sí, milord!

A Dorothea aquella petición le pareció extremadamente rara, pero la consideró otro ejemplo de la extravagancia del marqués. Le preocupaba más darle voz a su enojo. Volviéndose para mirarlo en el pequeño descansillo, consciente de pronto de su perturbadora cercanía, lo miró fijamente, molesta por tener que alzar tanto los ojos para ver los de él.

–Lord Hazelmere, he de decirle que encuentro inaceptable su modo de dirigirse a mí. No acepto de ningún modo sus reconvenciones acerca de mi conducta. En realidad, no sé con qué derecho se atreve a reprenderme. El de esta noche ha sido un desafortunado accidente, nada más. Soy perfectamente capaz de cuidar de mí misma y...

–¿De verdad hubiera preferido que la dejara en manos de Tremlow y compañía? Le aseguro que no le habría parecido divertido –Hazelmere interrumpió su diatriba pensando que no podía permitir que hablara hasta ponerse histérica. Sus palabras, pronunciadas en tono seco y aburrido, actuaron como una ducha fría, atajando a Dorothea en mitad de una frase.

Hazelmere vio de nuevo cómo pasaban los pensamientos de Dorothea por su rostro con toda claridad. Notó que ella se daba cuenta al fin de que, en efecto, gracias a él no se hallaba metida en un atolladero. Aunque le parecía imposible, Dorothea palideció aún más. Mientras la miraba notó que Simms se aproximaba. Tomó el vaso de brandy y despachó al posadero con una seca inclinación de cabeza, diciendo:

–Hablaré con usted dentro de unos minutos, Simms –y, girándose, levantó el vaso de brandy delante de ella–. Bébaselo.

–No. Yo no bebo brandy.

–Siempre hay una primera vez –al ver que ella seguía mirándolo con expresión desafiante, suspiró y añadió–: Aunque no se dé cuenta, presenta usted todos los síntomas de un estado de conmoción. Está blanca como una sábana y sus ojos parecen diamantes verdes. Pronto empezará a temblar, se sentirá débil y tendrá mucho frío. El brandy le sentará bien. Así que sea buena chica y bébaselo. Si no, sabe perfectamente que soy capaz de obligarla.

Los relucientes ojos verdes de Dorothea se agrandaron levemente. El tono de Hazelmere no había cambiado y ella no sentía ya una amenazada directa, como antes. Luego, mirándolo a los ojos, abandonó aquel desigual combate. Tomó el vaso y, temblando ligeramente, se lo llevó a los labios y bebió. Hazelmere aguardó pacientemente hasta que ella apuró el contenido del vaso y, quitándoselo de las manos, se lo guardó en uno de los bolsillos de su capa. Al alzar ella la mirada, recordó el propósito de la intempestiva salida.

–Supongo que se dirigen a Londres.

Ella asintió. La expresión de Hazelmere se había suavizado, y las amenazantes arrugas que cubrían su rostro diez minutos antes habían desaparecido, dejando únicamente la máscara encantadoramente cortés que ella sospechaba mostraba al mundo. Dorothea sintió de pronto como si, de un modo sutil, se hubiera alejado de ella.

–¿Cómo se llama su cochero?

–Lang. Había pensado que nos fuéramos a las ocho.

–Será lo más conveniente. Me ocuparé de que reciba el

mensaje. Le sugiero que entre en su alcoba, cierre la puerta con llave y no le abra a nadie, más que a la gente del posadero –su tono era tranquilo y desapasionado.

–Sí, muy bien –ella estaba completamente desconcertada. Le daba vueltas la cabeza. El susto, la rabia, el brandy y el marqués de Hazelmere se habían aliado para aturdirla. Se llevó una mano a la sien, intentando concentrarse en lo que él le estaba diciendo.

–Bien. Intente dormir un poco. Y una cosa más: dígale a lady Merion que iré a verla pasado mañana.

Ella asintió y se acercó a la puerta. Luego se dio la vuelta. A pesar de su enojo, sabía que debía estarle agradecida y su honor le impedía retirarse sin expresarle su gratitud, por más que le fastidiara. Dejó escapar un profundo suspiro y, con la cabeza muy alta, comenzó a decir:

–Milord, debo darle las gracias por librarme de esos caballeros –alzando los ojos hacia él, vio que sus palabras habían producido una devastadora sonrisa en el rostro de Hazelmere.

Dándose cuenta del esfuerzo que le había supuesto disculparse, él contestó en tono ligero:

–Sí, me temo que así es. Pero no importa. Una vez esté usted en Londres, estoy seguro de que encontrará numerosas oportunidades para hacer que lamente mi odioso comportamiento autoritario –alzó una ceja y la escrutó suavemente con sus ojos castaños. La mirada de fuego verde con que le respondió ella le hizo reír. Oyendo voces abajo, alzó una mano para acariciarle delicadamente la mejilla y dijo con mayor seriedad–: Buenas noches, señorita Darent.

Atónita, ella se apartó de él y llamó a la puerta.

–¡Betsy, soy yo! Dorothea.

Hazelmere, esbozando una sonrisa que, de haber sido vista por Dorothea, habría reducido a ésta a un estado de temblorosa incertidumbre, se internó entre las sombras al tiempo que la puerta se abría con una prontitud que evidenciaba el temor de quienes estaban al otro lado.

–¡Cielo santo, señorita! Entre, rápido. ¡Qué pálida está!

Dorothea entró en la habitación y la puerta se cerró. Hazelmere aguardó hasta que oyó que echaban los cerrojos y luego bajó pensativo las escaleras. En la puerta trasera se encontró a Simms.

–Simms, tengo un problema.

–¿Cuál, milord?

–Quiero asegurarme de que esas damas no sean molestadas esta noche. ¿No tendrá, por casualidad, un primo corpulento por ahí que pueda hacer guardia en la escalera?

Simms sonrió al ver un soberano de oro en los largos dedos del marqués.

–Da la casualidad, milord, de que mi hijo mayor tiene un espantoso dolor de muelas. Lleva todo el día dormitando en la cocina. Estoy seguro de que podrá hacer guardia, como es su deseo.

–Excelente –la moneda cambió de manos–. Y, Simms...

–¿Sí, milord?

–Quiero que esas damas reciban el mejor trato.

–Naturalmente, señor. Mi mujer está a punto de subirles la cena.

Hazelmere asintió y, saliendo al centro del patio de la cochera, miró las estrellas que, ahora que las nubes se habían disipado, titilaban en el cielo. Se quedó quieto, aparentemente perdido en sus pensamientos. A unos metros de distancia, Jim Hitching, su mozo, aguardó hasta que su señor se dirigió a él. Era su criado desde que el joven lord había requerido uno. Acostumbrado a los caprichos de su amo, esperó pacientemente. Hazelmere se desperezó y se volvió hacia él.

–¿Jim?

–¿Milord?

–Quiero que busques a un hombre que se aloja aquí, un tal Lang. Es el cochero de las señoritas Darent. Su señora desea marcharse mañana a las ocho, para evitar el ajetreo que inevitablemente habrá en la posada. Es evidente que ella no puede darle personalmente el recado.

–Sí, milord.

–Y, Jim...

–¿Sí, milord?

–Mañana por la mañana, si las Darent tienen alguna dificultad para marcharse, quiero que me avises. ¿Está claro?

–Sí, milord.

–Estupendo. Buenas noches, Jim.

Jim se marchó, dispuesto a madrugar si ello significaba ver a la señorita Darent a la luz del día. Había contemplado desde lejos la escena del patio de la cochera. A su parecer, su amo no se estaba comportando como solía. Perder los nervios con una dama no era su estilo. Jim ardía en deseos de ver qué aspecto tenía la dama capaz de sacar al marqués de quicio.

Ajeno a las especulaciones de su lacayo, Hazelmere traspuso tranquilamente la entrada principal de la posada y se detuvo para abrir la puerta de la taberna. El bullicio, semejante a una nube, se extendió flotando sobre el umbral para recibirlo. A través del humo azulado del tabaco, vio que el grupo de jóvenes espadachines de cuyas garras había rescatado a Dorothea estaba al fondo de la taberna. Tardó algo más en dar con el último de sus acompañantes, que estaba sentado en la mesita del rincón, enfrascado en una conversación con sir Barnaby Ruscombe. Tras observar un momento la escena, se dirigió al saloncito privado del que siempre disponía cuando se alojaba en las Tres Plumas. Al entrar vio a Fanshawe con los pies encima de la mesa, pelando cuidadosamente una manzana.

Fanshawe levantó la mirada y sonrió.

–¡Vaya! ¡Al fin has vuelto! Empezaba a preguntarme si sería prudente ir en tu rescate.

Una fantasmal sonrisa saludó la ironía de Fanshawe.

–He tenido que ocuparme de unos asuntos después de devolver a la señorita Darent a su habitación –Hazelmere se quitó la capa, recordando sacar el vaso del bolsillo antes de arrojarla sobre una silla. Se acercó al aparador y se sirvió un vaso de vino.

–¿Quién demonios es esa misteriosa señorita Darent?

El marqués alzó las cejas oscuras.

–No es nada misteriosa. Vive en La Grange, junto a Moreton Park. Su hermana y ella se dirigen a Londres para pasar una temporada con su abuela, lady Merion.

–Comprendo. ¿Y cómo, me pregunto, es que nunca había oído hablar de ella?

–Muy sencillo. Ha vivido toda su vida en el campo y desconoce los círculos que tú y yo frecuentamos.

Fanshawe acabó de pelar su manzana y bajó los pies de la mesa cuando la puerta se abrió para dar paso a Simms, que llevaba una bandeja cargada de comida.

–¡Por fin! –gritó Fanshawe–. Estoy muerto de hambre.

Simms dejó los platos sobre la mesa y, comprobando que todo estaba en orden, se volvió hacia Hazelmere.

–Me he ocupado de todo, milord, como me ha pedido.

Hazelmere asintió dándole las gracias y Simms se retiró. Fanshawe levantó la mirada de su plato repleto, pero no dijo nada.

Los amigos cenaron tranquilamente, en silencio. Habían crecido casi literalmente juntos, pues habían nacido en señoríos contiguos con un mes de diferencia, y habían compartido sus días de colegiales en Eton y, posteriormente, en Oxford. Durante los diez años anteriores, transcurridos en la ciudad, el lazo de amistad entre lord Hazelmere y Fanshawe se había convertido casi en proverbial. Durante aquellos años había habido pocos secretos que no hubieran compartido y, sin embargo, por razones que no deseaba considerar en ese instante, Hazelmere había preferido no contarle a su mejor amigo su primer encuentro con Dorothea Darent.

Tras vaciar los platos, retiraron las sillas y, mientras paladeaban un clarete especial extraído de las profundidades de la bodega de Simms, Fanshawe, cuyos desordenados mechones castaños le caían pintorescamente sobre la frente, retomó la ofensiva.

–Aquí hay gato encerrado.

Resignado a lo inevitable, Hazelmere siguió sin embargo aparentando inocencia.

–¿A qué te refieres?

–A ti y a la señorita Darent.

–Pero ¿por qué? –sus ojos castaño claro, aparentemente inocentes, se agrandaron, pero sus labios se curvaron suavemente.

Fanshawe frunció el ceño, pero le siguió la corriente.

–Bueno, para empezar, dado que la tal señorita Darent no se mueve en los círculos que tú y yo frecuentamos, dime cómo la conociste.

–Sólo nos vimos una vez, por casualidad.

–¿Cuándo?

–En agosto pasado, cuando estuve en Moreton Park.

Los ojos marrones de Fanshawe se entrecerraron.

–Pero yo visité Moreton Park en agosto pasado y recuerdo claramente que me dijiste que allí la caza era muy escasa.

–Ah, sí –dijo Hazelmere, acariciando el pie de la copa–. Recuerdo que te dije algo parecido.

–Y supongo que en aquel momento olvidaste por casualidad mencionar a la señorita Darent.

El marqués sonrió maliciosamente.

–Tú lo has dicho, Tony.

–¡Y un cuerno! ¿No esperarás que me trague eso? Y, si yo no me lo trago, nadie más lo hará. Y, dado que nuestro amigo Ruscombe ronda por aquí, será mejor que se te ocurra una explicación más convincente. A menos, claro –concluyó sarcásticamente–, que quieras ser la comidilla de todo Londres.

Hazelmere levantó las cejas y dejó escapar un largo suspiro.

–Por desgracia, tienes razón –aún parecía absorto mirando la copa. Fanshawe, que lo conocía mejor que nadie, esperó pacientemente.

Sir Barnaby Ruscombe era hombre al que las damas de sociedad recibían únicamente por su inagotable caudal de maliciosos cotilleos. Era imposible que se abstuviera de contar a los cuatro vientos la historia de cómo lord Hazelmere había rescatado a una dama de una multitud de borrachines en el patio de una posada. El hecho de que a Hazelmere le desagradara ver asociado su nombre a semejante relato aseguraba su diseminación entre los círculos de la alta sociedad. Aunque en sí misma apenas tenía importancia, aquella anécdota revelaría el hecho interesante de que el marqués ya conocía a la señorita Darent. Y eso, como Fanshawe estaba ansioso por señalar, le causaría complicaciones.

Tras guardar silencio varios minutos, Hazelmere alzó los ojos.

–Me temo que sería la confesión de un libertino –dijo en tono burlón. Advirtiendo la expresión de sorpresa de los ojos castaños de Fanshawe, continuó–. Esta vez, la verdad no sirve. Los detalles de mi primer encuentro con la señorita Darent harían hablar durante semanas a los chismosos de Londres.

Tony Fanshawe pareció asombrado. No se esperaba

aquello. Sabía mejor que nadie que, aunque las aventuras de Hazelmere entre las señoritas de clase media eran legión, su comportamiento con las mujeres de su clase era irreprochable. Entonces le pareció ver la luz.

–Supongo que, cuando la conociste en el campo, iba sin carabina.

La curiosa sonrisa de los labios de Hazelmere se hizo más amplia. Sus ojos castaños sostuvieron la mirada de los de Fanshawe un instante antes de mirar de nuevo la copa.

–Naturalmente, odio contradecirte. Tienes razón al suponer que no llevaba carabina. Pero lo que quiero decir es que, si la verdad de lo ocurrido llegara a hacerse pública, la señorita Darent se vería inevitablemente comprometida y yo, por mi parte, me vería obligado a casarme con ella.

Era imposible malinterpretar sus palabras.

–¡Cielo santo! –exclamó Fanshawe, intrigado–. Pero ¿qué hiciste?

Advirtiendo las conclusiones a las que había llegado su amigo, Hazelmere se apresuró a sacarlo de su error.

–Refrena tu fantasía. La besé, si te interesa saberlo.

–¿De veras? –Fanshawe estaba atónito.

Sintiéndose como un colegial que les contara a sus amigos su primer encuentro con una moza, Hazelmere lo miró divertido, ocultando su irritación, e, interpretando acertadamente la expresión de Fanshawe, asintió.

–Exacto. No precisamente en la mejilla.

Fanshawe se quedó mirándolo un minuto antes de decir con voz temblorosa por la incredulidad apenas contenida:

–¿Quieres decir que la besaste como hubieras besado a una de tus amantes? –Hazelmere se limitó a alzar las cejas–. ¡No! ¡Que me aspen! No puedes ir por ahí besando a las jovencitas como si fueran furcias de un burdel.

–Muy cierto. El hecho es, sin embargo, que, en el caso de la señorita Darent, eso fue lo que hice.

Fanshawe parpadeó. Estaba a punto de preguntarle por qué. Pero al final no se atrevió. En vez de hacerlo, dijo:

–¿Cuánto tiempo tardó en recobrar el sentido?

–Oh, no se desmayó –contestó Hazelmere, divertido–. Intentó darme un bofetada.

Fanshawe estaba fascinado.

–He de conocer a la señorita Darent. Parece una joven ciertamente notable.

–Dentro de poco podrás verla en Londres. Pero recuerda quién la vio primero.

Fanshawe pensó que aquél era un comentario muy revelador y suspiró, exasperado.

–Tú siempre encuentras los mejores bocados antes que nadie. ¿Supongo que no tendrá una hermana?

–Da la casualidad de que sí. Acaba de cumplir diecisiete años y es una bellísima rubia.

–Entonces aún hay esperanza para el resto de los mortales –zanjando de pronto aquella cuestión, Fanshawe volvió a concentrarse en el lado serio del asunto–. ¿Cómo vas a explicar que ya conocías a la señorita Darent?

–Recuerda que es la nieta de lady Merion. Iré a Merion House en cuanto lleguemos a la ciudad y me arrojaré a los pies de milady, metafóricamente hablando, por supuesto, para suplicar su clemencia –hizo una pausa para beber un sorbo de vino–. Supongo que lograremos inventar alguna explicación convincente.

–Siempre y cuando lady Merion esté dispuesta a pasar por alto tu comportamiento con su nieta –señaló Fanshawe.

–Yo me inclino a pensar –dijo Hazelmere con mirada abstraída–, que se trata más bien de que la señorita Darent esté dispuesta a pasar por alto mi conducta.

–¿Quieres decir que podría intentar utilizarla contra ti?

La mirada castaña de Hazelmere se quedó inexpresiva de

repente. Luego, comprendiendo el razonamiento de su amigo, el marqués esbozó una sonrisa fantasmal.

–No. Lo que quiero decir es que, aunque estaba furiosa conmigo, dudo que le cuenta a lady Merion toda la historia.

Fanshawe se quedó pensando y luego sacudió la cabeza.

–No lo entiendo. Ya sabes cómo son las jovencitas. Siempre con sus ensueños románticos. Esa muchacha probablemente se lo habrá contado todo por lo menos a tres de sus amigas del alma antes de que llegues a ver a lady Merion.

La sonrisa extrañamente evasiva que aparecía de cuando en cuando en la cara de Hazelmere afloró de nuevo.

–En este caso, me parece improbable.

A Fanshawe se le ocurrió una idea.

–No será un adefesio, ¿verdad?

–No. No es una belleza, pero, adecuadamente vestida, sería muy atractiva.

–¿Quieres decir que, cuando la conociste, no iba adecuadamente vestida?

Hazelmere dejó escapar una risa suave.

–No exactamente.

Fanshawe decidió de mala gana no indagar más en aquel asunto. La curiosidad lo consumía, pero al mismo tiempo las revelaciones de su amigo lo habían escandalizado. Nunca había visto a Hazelmere de aquella guisa. Por primera vez en su vida, estaba seguro de que Marc le estaba ocultando algo.

Hazelmere le ofreció un par de piezas más del rompecabezas.

–La señorita Darent tiene veintidós años y es sensata y práctica. No se desmayó, ni me hizo una escena. De haberlo permitido yo, nuestra entrevista hubiera terminado mucho antes. Esta noche, en lugar de arrojarse en mis brazos y darme las gracias por liberarla de las garras de Tremlow y compañía, ha estado a punto de mandarme al diablo. En resumen, dudo seriamente que la señorita Darent esté en peligro de sucumbir a los perversos encantos del marqués de Hazelmere.

Fanshawe se quedó boquiabierto.

–Ah, comprendo –pero no lo comprendía en absoluto.

Por desgracia, no pudieron seguir hablando. Un fuerte golpe en la puerta anunció la llegada de un grupo de amigos que habían llegado tarde a la pelea. Pidieron más vino y la conversación tomó otros derroteros. Hasta mucho después, Tony Fanshawe no volvería a su convicción de que Marc Henry le estaba ocultando algo.

3

A la mañana siguiente, antes de la hora fijada y sin incidente alguno, la comitiva de La Grange partió de las Tres Plumas bajo la atenta mirada de Jim Hitchin.

El aire era frío, pero el deshielo había comenzado. Las carreteras mejoraron a medida que se acercaban a la capital; el carruaje se zarandeaba menos y avanzaban más rápidamente. Dorothea se hallaba en un estado de ánimo melancólico. La noche anterior, al regresar a su habitación, Cecily y Betsy la habían sometido a una batería de preguntas. Todavía aturdida, había aguantado el chaparrón sabiendo por experiencia que el silencio era un arma más eficaz para atajar el interrogatorio que cualquier discusión. Esta vez, sin embargo, su estratagema había fracasado. Las preguntas habían continuado hasta que había perdido los nervios.

–¡Dejad de aturdirme de una vez! Para que lo sepáis, de camino aquí me he encontrado con un caballero extremadamente impertinente y estoy muy enfadada.

Sólo la aparición de la cena había conseguido distraer a Cecily, picada en su orgullo por la negativa de su hermana a contarle el incidente. En agosto, en un momento de flaqueza, Dorothea le había contado a su hermana su intempestivo encuentro con lord Hazelmere en el bosque. El recuerdo de las tortuosas explicaciones que había tenido que inventar para poner a salvo del ávido interés de Cecily el relato completo de aquel encuentro, la había puesto sobre aviso, y esta vez se cuidó de no mencionar el nombre del caballero en cuestión. Bajo ninguna circunstancia habría soportado de nuevo aquel tormento. Sobre todo, sintiéndose tan extrañamente cansada.

Se le había quitado el apetito, pero admitiéndolo sólo habría conseguir reabrir la discusión. Así pues, se había obligado a comer un poco de pastel de ave. Después del brandy, no se había atrevido a catar el vino. Acabada la cena, se había preparado resueltamente para irse a la cama. Cecily había hecho lo mismo, por fortuna sin comentario alguno.

Dorothea, que tenía el sueño ligero, no había podido pegar ojo hasta el amanecer, cuando al fin amainó el bullicio de la posada. Así pues, había tenido largo tiempo para meditar sobre su segundo encuentro con el marqués de Hazelmere. La calma con que éste había desplegado su autoridad la irritaba profundamente. Su arrogante convicción de que ella haría cuanto a él se le antojase la exasperaba sin medida. Dorothea arrumbó resueltamente a un rincón de su mente la constatación de que aquel hombre ejercía, pese a todo, una extraña atracción sobre ella. Se decía con obstinación que lo último que deseaba era cobrarle afecto a aquel hombre odioso. Con toda probabilidad, él habría pasado la noche disfrutando de los favores de alguna buscona en algún lugar de la posada. Por alguna razón, aquella idea le resultaba absurdamente deprimente y, furiosa consigo misma, había procurado concienciarse de que debía dormir un poco. Pero incluso entonces, cuando al fin se había quedado dormida, habían asaltado sus sueños unos ojos castaños.

Una vez emprendieron la marcha, el coche la acunó con su balanceo hasta adormecerla. Se despertó cuando pararon para comer en una posada a orillas del Támesis. Un tanto repuesta, intentó pensar en cómo afrontaría la inminente entrevista con su abuela. ¿Cómo iba a sacar a relucir el tema de Hazelmere y de su anunciada visita? De vuelta en el carruaje, durmió intermitentemente mientras las zozobras giraban en su cabeza como los engranajes de un reloj. Despertó del todo cuando las ruedas pisaron los adoquines de las calles. Mirando a su alrededor, quedó asombrada ante el trasiego de la capital. A medida que el coche se adentraba en las zonas ocupadas por los ciudadanos más ricos, el bullicio fue quedando atrás, y ambas hermanas se enfrascaron en la contemplación de los elegantes atuendos que veían.

Tras pedir indicaciones, Lang finalmente detuvo el carruaje frente a una imponente mansión, a un lado de una plaza rectangular situada en la que era obviamente una de las zonas más distinguidas de la ciudad. En el centro había un jardín cercado en el que los niños y sus amas tomaban el aire al caer la tarde. Los últimos rayos de sol teñían de oro las ramas desnudas de los cerezos cuando las hermanas se apearon del carruaje con la ayuda del estirado mayordomo que respondió a la llamada de Lang.

Aligeradas de sus capas y conducidas al salón del piso de arriba, las hermanas le hicieron una reverencia a su distinguida abuela. Lady Merion corrió a abrazarlas, envolviéndolas en una nube de gasa y perfume. Llevaba la peluca rubia impecablemente colocada sobre un rostro en el que aún se distinguían vestigios de la pálida belleza que había sido en otro tiempo. Sus penetrantes ojos azules lo observaban todo, colocados sobre una larga nariz recta y una boca siempre dispuesta a reírse de lo que se presentaba ante su vista.

–¡Queridas mías, me alegra tanto ver que habéis llegado

sanas y salvas! Sentaos y dejadme que os ofrezca un té. Henri, mi cocinero, ha mandado subir estas delicias para tentar vuestro apetito después del viaje –lady Merion hizo que se sentaran alrededor del fuego, que ya ardía con viveza, y advirtió que las hermanas no presentaban su mejor aspecto–. Esta noche pasaremos una velada tranquila. Debéis iros a la cama en cuando cenéis. Mañana por la mañana tenemos una cita con Celestine, la mejor modista de Londres. Para entonces ya os habréis restablecido del viaje.

No bien se hubieron tomado las deliciosas pastas y el té, lady Merion tocó la campanilla. A su llamada acudió Witchett, una mujer alta y angulosa de ralo pelo gris, cuyo particular talento consistía en ser capaz de vestir a su señora con los más elegantes vestidos de Londres. Witchett ardía en deseos de ver el desafío que aguardaba a su destreza. Un rápido vistazo a las señoritas Darent bastó para convencerla de que Mellow, el mayordomo, no había exagerado. A pesar del cansancio, las nietas de lady Merion prometían. La más joven, convenientemente vestida, sería un bombón. Y la mayor poseía ese algo que Witchett, ya veterana en aquellas lides, reconocía al instante. Así pues, obsequió a las hermanas con una fina sonrisa.

–Ah, estás ahí, Witchett. Por favor, lleva a la señorita Darent y a la señorita Cecily a sus habitaciones. Os sugiero, queridas, que descanséis antes de la cena. Witchett se ocupará de que deshagan vuestro equipaje y se hará cargo de vuestra ropa hasta que encontremos doncellas adecuadas. ¡Hala, idos! –lady Merion las despachó agitando su mano blanca, profusamente cargada de anillos.

Las hermanas siguieron a Witchett hasta dos hermosas habitaciones que parecían recién renovadas. En la de Dorothea dominaba un suave verde pastel; en la de Cecily, un azul delicado. Todo estaba ya desembalado, y Witchett las ayudó a desvestirse.

–Vendré luego para ayudarlas a vestirse para la cena, señorita Darent.

Dorothea se dejó caer, aliviada, en el mullido lecho de plumas y al instante se quedó dormida.

Lady Merion le había dicho a su cocinero que la velada requería únicamente una cena sencilla y ligera. Hubo, por consiguiente, sólo tres servicios, cada uno de ellos compuesto de cerca de media docena de platos. Dorothea y Cecily habían recobrado por suerte el apetito y pudieron dar buena cuenta de su primer contacto con las delicias culinarias de Londres.

Su abuela se mostró agradablemente sorprendida al verlas tan restablecidas. Durante la cena, ella monopolizó por entero la conversación.

–La primera y más importante tarea sin lugar a dudas es vestiros adecuadamente. Para eso, no hay nadie como Celestine. Por algo es la más célebre modista de la calle Bruton.

Lady Merion había visitado a Celestine nada más decidir que presentaría a sus nietas en sociedad. Le había dejado claro a la modista que demandaba de ella sus mayores esfuerzos. Celestine había edificado su floreciente negocio gracias a su astucia para valorar las posibilidades que le ofrecían sus clientes para exhibir sus creaciones en los círculos de la alta sociedad. Las nietas de lady Merion desfilarían por las reuniones más distinguidas. Tras procurarse una descripción de las jóvenes, había aceptado de buena gana hacer lo posible por asegurar su éxito.

–Celestine tiene un talento verdaderamente excepcional. Después de ir a verla, tendremos que ocuparnos de vuestro pelo. Y, además, también he contratado a un maestro de baile. Supongo que no sabréis bailar el vals –hizo una pausa mientras se servía una nécora–. Una vez estéis presentables, nuestra primera salida consistirá en un paseo en coche por el parque. Iremos sobre las tres, que, en esta época del año, es la hora adecuada para encontrarse con todo el mundo. Os presentaré a muchos miembros distinguidos de la alta sociedad, y con un poco de suerte también encontraremos a algunas jóvenes con las que podréis trabar amistad. Confío en particular en que veamos a lady Jersey. La apodan Silencio porque no se calla nunca. No os extrañéis si lo que dice os suena raro. Quizá también nos encontremos con la princesa Esterhazy. Ambas damas son patronas de Almack's. Necesitáis invitaciones suyas para entrar. Y, si no sois admitidas en Almack's, ya podéis dar por perdida la temporada y volver a casa.

–Cielo santo –exclamó Dorothea–, no tenía idea de que fuera tan importante.

–Pues lo es –respondió su abuela con absoluta convicción.

Lady Merion continuó hablando de este modo, vertiendo ante sus nietas un caudaloso flujo de información. Dorothea y Cecily escuchaban con avidez. Ambas poseían un grado considerable de sensatez y no necesitaban, por tanto, que las apremiaran a aprender todo lo posible sobre las prácticas y costumbres en boga de labios de su experimentada abuela antes de aventurarse por vez primera en el proceloso mundo de la alta sociedad.

A las nueve en punto, viendo que Cecily refrenaba un bostezo, lady Merion puso punto final a su disertación.

–Es hora de que os vayáis a la cama. Llama a Witchett, Dorothea. Ella os ayudará a cambiaros. Vamos, idos. Ya habéis tenido bastante por un día.

Cuando la puerta se cerró tras las soñolientas muchachas, lady Merion se arrellanó en el rincón de su elegante sofá. Iba a disfrutar mucho de aquella temporada. Últimamente, a su acostumbrada rutina de placeres mundanos le faltaba por desgracia un poco de excitación.

Nadie se movía durante sesenta años en el meollo de la vida aristocrática sin aprender a evaluar las cualidades de quienes lo rodeaban. Tan perspicaz como distinguida, lady Merion había quedado favorablemente impresionada por sus rústicas nietas al verlas por primera vez desde hacía muchos años en Darent Hall. Tras pasar con ellas una sola tarde, había decidido que sería sumamente entretenido soltarlas en medio de la alta sociedad. Aunque apenas tenía dudas de que llegaría a cobrarles un sincero afecto, su principal propósito había sido puramente egoísta. Ahora, al volver a examinar su fresco cutis y sus encantadores modales, se preguntaba irónicamente si ella estaría a su altura.

Pensando de nuevo en las chicas, frunció el ceño. Dorothea le había parecido extrañamente preocupada. Lady Merion confiaba en que no se hubiera enamorado de algún caballero rural. Sin embargo, aunque así fuera, los placeres de la temporada de Londres pronto la harían olvidar su letárgico pasado campestre.

Una llamada a la puerta interrumpió sus cavilaciones. Dorothea, vestida con un delicado peinador rosa y con el pelo suelto sobre los hombros, asomó la cabeza por la puerta. Al ver a su abuela, entró.

Las cejas rubias de lady Merion se alzaron hasta alturas inconcebibles sobre sus aguzados ojos azules.

–¿Qué ocurre, niña?

–Abuela, hay algo que debo decirle.

«¡Ajá!», pensó lady Merion, «ahora sabré qué la preocupa». Le indicó a Dorothea que se sentara junto a ella.

Dorothea se sentó con elegancia, fijó los ojos en el fuego y con suma calma dejó caer su bomba.

–Bueno, para empezar, he de decirle que el marqués de Hazelmere vendrá a verla mañana.

–¡Cielo santo! –exclamó lady Merion, incorporándose en el asiento y fijando sus ojos fascinados en su nieta–. Querida niña, ¿cómo demonios has conocido tú a un hombre de la calidad de Hazelmere? No sabía que tu madre se tratara con los Henry.

Hermione experimentó un doloroso desasosiego al oír el nombre de Hazelmere. ¡Condenado truhán! Había sido el azote de muchas madres llenas de esperanzas, a cuyas impresionables hijas fascinaba de tal modo que nada podía hacerse con aquellas necias muchachas. Dado que el marqués sólo se mostraba sensible a los encantos de ciertas burguesas particularmente hermosas, las madres precavidas acostumbraban a avisar a sus hijas de que, pese a la indudable conveniencia de su posición, lord Hazelmere no figuraba en su lista de posibles pretendientes. Las palabras de Dorothea habían hecho saltar toda clase de alarmas en la mente de lady Merion y, sin embargo, la anciana señora no acertaba a adivinar por qué deseaba Hazelmere una entrevista con ella.

Lady Merion se sentó de modo que pudiera ver por entero el rostro de su nieta.

–Empieza por el principio, niña, o no entenderé nada.

Consciente del escrutinio de su abuela, Dorothea asintió y comenzó cuidadosamente.

–Bueno, la primera vez que vi a lord Hazelmere fue el pasado agosto, mientras recogía moras en los bosques de Moreton Park. Él acababa de heredar el señorío de su tía abuela, lady Moreton.

–Sí, lo sé –dijo lady Merion–. Conocía a Etta Moreton bastante bien. De hecho me escribió tras la muerte de vuestra madre, pidiéndome que me hiciera cargo de vosotras.

–¿De veras? –aquello era nuevo para Dorothea.

–Ajá. Pero ¿qué ocurrió cuando conociste a Hazelmere? Supongo que se mostró tan encantador como de costumbre, ¿no es cierto?

Dorothea recordó cuán encantador se esperaba que fuera lord Hazelmere y prefirió ceñirse a la versión que llevaba ensayada.

–Él se presentó. Luego, como yo iba sola, insistió en acompañarme a casa.

Lady Merion, interpretando el tono cauteloso de su nieta mucho mejor de lo que Dorothea hubiera deseado, llegó a una conclusión.

–Querida mía, no te dé vergüenza decirme que te hizo la corte sin sonrojo alguno. Lo hace todo el tiempo. Ese demonio puede ser muy irresistible cuando se lo propone.

Con mirada incrédula, Dorothea vio abrirse el abismo a sus pies justo a tiempo. Tragándose las palabras que había estado a punto de dejar escapar, Dorothea procuró infundir calma a su voz.

–¿Encantador? Yo, la verdad, lo encuentro más bien arrogante –lady Merion parpadeó sorprendida ante aquel frío juicio referido a uno de los miembros más destacados de la alta sociedad. Dorothea prosiguió apresuradamente–. Anoche me encontré de nuevo a lord Hazelmere en la posada.

Lady Merion se consideraba avezada en las costumbres de quienes la rodeaban. Así pues, se dio cuenta con cierta sorpresa de que su nieta, tras pasar en su casa apenas unas horas, había logrado trastocar seriamente su calma. Repitió débilmente:

–¿El marqués estaba anoche en la posada?

–Sí, junto con gran número de caballeros, puesto que cerca de allí había un concurso de lucha.

Lady Merion cerró los ojos, preguntándose qué iba a revelarle a continuación aquella atolondrada chiquilla. Escuchó en silencio la versión de Dorothea, cuidadosamente censurada, sobre lo acontecido en la posada. En realidad, estaba asombrada. Aunque Hazelmere había actuado con toda corrección al rescatar a Dorothea, su conducta posterior resultaba mucho más difícil de entender. No comprendía por qué se había enfadado tanto. Era sumamente extraño que el marqués perdiera los nervios, y más tratándose de una joven a la que apenas conocía.

Consciente de que Dorothea aguardaba su veredicto, dejó a un lado su perplejidad ante el comportamiento de Hazelmere.

–Bueno, querida, no veo en tu conducta nada que deba preocuparte. Es cierto que yo no querría que fueras por ahí sin hacerte acompañar. Pero sé que tu vida en La Grange carecía de la formalidad conveniente. Lo ocurrido en la posada es muy lamentable, pero tú no podías saber qué iba a ocurrir y, por suerte, Hazelmere estaba allí para rescatarte –hizo una pausa, quedándose de pronto pensativa–. ¿Tienes idea de por qué desea verme mañana?

Dorothea había pensado mucho en aquella pregunta.

–Me pregunto si será por los otros caballeros que había en el patio de las caballerizas. Ellos lo conocían y ahora saben que nos habíamos visto previamente. Supongo que tendremos que convenir una versión aceptable para explicarlo.

Lady Merion consideró sus palabras y asintió.

–Sí, es probable que así sea.

Hazelmere sin duda era consciente de las posibles consecuencias de su encuentro en la posada ante los ojos de todos, y era muy propio de él intentar reducir el daño al mínimo. Pese a todos sus defectos, Hazelmere siempre se comportaba como debía.

Aligerada de la insidiosa preocupación que le producía el pensar que hubiera cometido algún horrendo desliz, Dorothea durmió a pierna suelta toda la noche. Cecily también durmió como un bebé y se recobró por completo del viaje. Al llegar a la calle Bruton, fueron recibidas por la célebre

Celestine en persona. Un solo vistazo bastó para que la avispada modista comprendiera que en las señoritas Darent tenía a dos modelos dignas de su arte. Cinco minutos en su compañía la convencieron de que, con sus maneras encantadoramente espontáneas y ese aire de inconsciencia que sólo los nacidos de alta cuna poseían, estaban destinadas a contarse entre las más grandes sensaciones de la temporada.

Para poner a los pies de las señoritas Darent sus más preciadas creaciones, sólo hizo falta que, a su llegada, lady Merion la llevara a un aparte.

–Los asuntos de mis nietas van aprisa, madame. La señorita Darent ha conocido a un caballero soltero de su misma condición. No puedo, naturalmente, revelar su nombre, pero es un partido sumamente conveniente. Lord H se está comportando ciertamente sin su habitual sangre fría. Tengo motivos para creer que veré a mi nieta ventajosamente casada antes de que acabe la temporada.

Ducha en los juegos de sociedad, lady Merion conocía el efecto que surtiría su indiscreción. Al menos, la intrusión de Hazelmere en la vida de su nieta serviría de algo. Lady Merion no se hacía ilusiones respecto a su nieta mayor. A Cecily le iría muy bien; era prácticamente el epítome de la belleza rubia tan en boga. Dorothea era muy bella, pero lady Merion estaba convencida de que, en compañía de su hermana, su hermosura palidecería hasta hacerse insignificante. Y, además, era demasiado enérgica para excitar el instinto caballeresco de los hombres de su condición social. Aunque pensar en una boda brillante fuera hacer castillos en el aire, Dorothea podía conseguir un matrimonio conveniente. Sobre todo, con ayuda de Celestine.

Celestine, una mujer de pelo negro y edad indeterminada, soberbiamente vestida, pronunció su juicio en materia de estilo con un leve acento francés.

–La señorita Cecily es tan joven y bella que ha de vestir

à la jeune fille. Para la señorita Darent, en cambio, yo recomendaría un estilo más sofisticado. Con su permiso, claro está, milady –miró especulativamente a lady Merion.

–Estamos completamente en sus manos, madame –respondió ésta.

Celestine asintió. Siendo así, agarraría aquella oportunidad con ambas manos. Vestir a las lánguidas hijas de la aristocracia rara vez le daba ocasión de probar su genio. Disfrutar de una clienta de la calidad de la señorita Darent era una oportunidad de oro para exhibir su verdadero talento. Buena estructura ósea, porte perfecto, regias maneras, cabellera y ojos de hermosos e inusuales colores, un figura verdaderamente elegante y un delicioso rostro clásico. ¿Qué más podía desear una modista de primera clase en una clienta? Cuando acabara con ella, Dorothea Darent sobresaldría en cualquier reunión. Por suerte, además, contaba con el aplomo suficiente para salir airosa del empeño.

Los ojos negros de Celestine relucieron.

–¡*Bon!* El color de pelo de la señorita Darent es muy poco corriente. Y su porte es... tan... ¿cómo diría yo?... tan elegante, tan sereno... Utilizaremos colores vivos y un corte severo para resaltar lo que Dios le ha dado.

Las dos horas siguientes transcurrieron entre un revuelo de gasas y sedas, muselinas y batistas mientras se debatían los méritos de los diversos diseños, tejidos y acabados y se tomaban las medidas.

Tras encargar numerosos vestidos, algunos de los cuales les serían entregados esa tarde para su primer paseo por el parque al día siguiente, lady Merion condujo triunfalmente a sus nietas al carruaje.

Al regresar a sus habitaciones tras tomar un ligero almuerzo, las chicas descubrieron que, en su ausencia, Witchett también había ido de compras. Cuando abrieron sus cajones, los encontraron llenos de ropa interior profusamente orillada de encaje, medias de la mejor seda, cintas de todos los colores, guantes, redecillas, pañuelos, abanicos y, en resumen, de todo cuanto pudieran necesitar. Cuando subió a ver si necesitaban su ayuda, Witchett se las encontró examinando entre gritos de placer su hallazgo. Al verla en la puerta de la habitación, Dorothea sonrió.

–¡Oh, gracias, Witchett! Estoy segura de que nosotras no nos habríamos acordado de todas estas cosas hasta el momento de salir.

Witchett, cosa rara en ella, le devolvió la sonrisa.

–Bueno, señorita, seguro que tienen muchas otras cosas en las que pensar –era realmente muy difícil no caer bajo el hechizo de aquellas dos encantadoras muchachas–. ¡Señorita Cecily! Veo que ha arrugado espantosamente ese precioso vestido suyo. Tendrá que tener más cuidado con sus vestidos nuevos. Betsy puede planchárselo mientras descansa usted. Está esperándola en su habitación para ayudarla a desvestirse.

–¡Oh, pero yo no quiero descansar!

El tono quejumbroso de su hermana alertó a Dorothea. Cecily enfermaba fácilmente cuando se encontraba fatigada en exceso, y sólo había transcurrido un día desde su viaje. Mirando a Witchett para rogarle silencio, Dorothea examinó un cuello de encaje junto a la ventana y dijo con calma:

–Si no deseas descansar, nadie te obligará. Naturalmente, tendremos que prestar atención esta noche, cuando la abuela nos instruya acerca de las costumbres de la alta sociedad, pero, siempre y cuando te mantengas despierta, no veo razón para que te eches. Hace un día tan bonito que creo que voy a dar un paseo por la plaza. ¿Por qué no me acompañas?

Witchett se quedó atónita. La expresión de Cecily se

tornó pensativa. Pensándolo mejor, no estaba segura de poder soportar otra lección de buenas maneras sin descansar un rato.

–Oh, puede que Witchett tenga razón y deba echarme. Siempre me cuesta recordar las cosas cuando estoy cansada. ¡Que disfrutes de tu paseo! –agitando la mano en el aire, salió al pasillo.

Dorothea permaneció junto a la ventana, mirando los cerezos retoñados y a los niños que jugaban en el césped, allá abajo.

–Witchett, no estoy muy segura de si es recomendable que dé un paseo por la plaza.

–Sí, señorita. Siempre y cuando vaya acompañada.

–¿Quién sería un acompañante adecuado si deseara salir a dar un paseo ahora mismo?

–Yo la acompañaré, señorita, como es de rigor. Si me espera en el vestíbulo, iré por mi abrigo y me reuniré con usted allí.

Witchett cumplió su palabra con toda diligencia y cinco minutos después Dorothea estaba paseando bajo los cerezos, disfrutando del placer de sentir el sol en la cara. Su manto la protegía de la fría brisa mientras deambulaba por los senderos del parquecillo entre arriates de brillantes narcisos y lirios tempranos. De pronto, una pelota aterrizó a sus pies. Agachándose para recogerla, miró a su alrededor buscando a su dueño. Un niño rubio, de unos seis años, permanecía dubitativo de pie en el césped, al otro lado de un lecho de narcisos. Sonriendo, Dorothea se acercó a él y le tendió la pelota.

–Di gracias, Peter –dijo una voz desde un banco situado bajo un árbol. Dorothea vio que una niñera que acunaba a un bebé en sus brazos le sonreía inclinando la cabeza.

Al darse la vuelta, vio que el niño le hacía una reverencia doblándose por la cintura y decía:

–Gracias, señorita –dijo con hosca vocecilla.

Ella contestó impulsivamente:

–¿Te gustaría que jugáramos a la pelota un rato? Acabo de salir a tomar el sol, así que ¿por qué no lo disfrutamos juntos?

La amplia sonrisa que saludó sus palabras fue respuesta suficiente y, tras mirar a su niñera para pedirle permiso, el pequeño Peter se puso a jugar a la pelota con su nueva amiga.

Y así fue cómo, mientras paseaba por Cavendish Square de camino a Merion House, el marqués de Hazelmere encontró al objeto de sus desvelos jugando a la pelota en la plaza. Apoyándose en la barandilla que rodeaba el parque, observó a Dorothea enseñarle a Peter a tirar el balón. Ella estaba de espaldas a él, a cierta distancia. De pronto, un tiro particularmente fuerte de Peter, recibido con grandes risas por parte de los jugadores, envió la pelota rodando a través del césped hasta un lecho de flores cercano. Dorothea fue tras ella. Cuando se inclinó a recoger la pelota, Hazelmere no pudo evitar preguntarle:

–¿Otra vez sola y desprotegida, señorita Darent?

Ella se giró y un «¡Oh!» de sorpresa murió en sus labios. Por un perturbador instante, la amenaza de lord Hazelmere de darle un azotaina si volvía a encontrarla sola se apoderó de su mente. El brillo malévolo de los ojos del marqués la convenció de que había adivinado lo que estaba pensando. Mientras se incorporaba, procuró recobrar la compostura.

–Pues no, lord Hazelmere. Ahora conozco ya suficientemente las costumbres de la buena sociedad como para cometer ese error, se lo aseguro.

Una ceja negra se levantó. Hazelmere, poco acostumbrado a que las señoritas le replicaran, advirtió que Witchett se materializaba junto al codo de Dorothea.

–Ahora iba a hacerle una visita a lady Merion –dijo–. Creo que tal vez debería usted estar presente, señorita Darent.

–Ah, sí. Lo había olvidado.

Hazelmere no pudo ver su cara, pues ella estaba inclinada despidiéndose del niño, de modo que no fue capaz de adivinar si había hecho aquel comentario con toda ingenuidad o con intención de desinflar sus pretensiones. En la conversación de la señorita Darent había poco de ingenuo. Pero aquél era un juego grato para que lo jugaran dos, y había pocos más diestros en él que el marqués de Hazelmere. Éste prosiguió su paseo bordeando la valla hasta la puerta, donde permaneció con aparente calma, mirando abiertamente cómo se acercaba Dorothea.

Ésta tomó para sus adentros una firme decisión. Desde ese momento, no se dejaría afectar por el odioso marqués de Hazelmere. Ella era una mujer madura, serena y fría. Hasta Celestine había alabado su aplomo. No alcanzaba a entender por qué se inquietaba cada vez que Hazelmere aparecía a su lado. La ponía enferma el traicionero sonrojo que le provocaban al instante las pullas del marqués. Cada uno de sus insidiosos comentarios parecía destinado a confundirla y a permitirle a él manejar la situación a su antojo. «Bueno», pensó con decisión la señorita Darent, consciente de la mirada del marqués mientras avanzaba por la calle, «puede que eso le funcione con las señoritas de Londres, pero yo no voy a permitir que me embauque». Y, con la más luminosa de las sonrisas, se reunió con él en la puerta.

Si Hazelmere albergaba alguna sospecha acerca de este evidente cambio de actitud, se lo guardó para sí. Su mirada avezada reparó en la capa de aspecto campestre y en su mata de pelo que, revuelta por el viento, escapaba de las horquillas. Se preguntó por qué semejante combinación le parecía tan atractiva. Cruzaron en silencio la calle y fueron recibidos por Mellow en Merion House.

–Lady Merion lo está esperando, señor.

Dorothea le dio su capa a Witchett y se miró fugazmente en el espejo. Sorprendida por la imagen que ofrecía su cabello revuelto, se preguntó si debía hacer esperar a su abuela mientras se peinaba. Al alzar la mirada, se topó con los ojos de color avellana del marqués reflejados en el espejo. Él sonrió, comprensivo.

–Yo lo haría si fuera usted. Le diré a su abuela que se reunirá con nosotros dentro de un momento.

Comprendiendo que no podía andar siempre a la greña con él, y menos aún cuando se mostraba amable, Dorothea se limitó a asentir secamente con la cabeza antes de empezar a subir las escaleras seguida por Witchett.

Hazelmere se detuvo un momento para quitarse una mota de polvo de la manga antes de inclinar la cabeza mirando a Mellow.

–Ya puede anunciarme.

Lady Merion se había ataviado para la entrevista con un vestido que sabía que le sentaba particularmente bien. Un instinto nacido de la experiencia le decía que en los encuentros del marqués y su nieta había más de lo que ésta le había contado. Ignoraba si Dorothea misma era por completo consciente de ello. A Hazelmere, por su parte, nada le habría pasado desapercibido. Estaba decidida a sacarle al marqués una explicación mucho más detallada antes de hacer comparecer a Dorothea. Mientras Hazelmere cruzaba con paso elegante la habitación y se inclinaba para besarle la mano, fijó en él una mirada de basilisco que, en años precedentes, había hecho confesar a los réprobos más recalcitrantes.

Hazelmere le sonrió lánguidamente. De pronto, lady Merion cayó en la cuenta de que había gran diferencia entre pedirle explicaciones a un niño de diez años porque una pelota de cricket aterrizara en su salón y pedirle cuentas de su comportamiento a un caballero de treinta y un años que, aparte de ser uno de los miembros más destacados de la alta sociedad, era uno de los hombres más guapos del reino. «Y encima», pensó acalorada, advirtiendo una mirada sagaz en aquellos ojos castaños, «¡el muy granuja lo sabe!».

Disimulando, lady Merion le indicó que se sentara, fijó su atención de mala gana en el siguiente punto del orden del día y aguardó hasta que él se hubo sentado, admirando el modo en que su inmaculada levita de mañana se le ceñía a los hombros. Hazelmere llevaba los largos y fornidos muslos cubiertos con calzas de color beige, muy ceñidas, que le llegaban hasta la rodilla, y sus botas de Hesse relucían como espejos. Lady Merion era mayor, pero aún se fijaba en esas cosas.

–Al parecer he de agradecerle que rescatara a mi nieta Dorothea de un desagradable incidente en una posada, la otra noche.

Una mano bien cuidada se agitó con indiferencia.

–Reconociendo a su nieta, ni siquiera alguien con una conciencia tan pecaminosa como la mía podría haberla abandonado a su suerte –su tono suavemente burlón y la sonrisa de su semblante despojaban a sus palabras de cualquier ofensa.

Acostumbrada a las sutilezas de la conversación mundana, lady Merion se apaciguó visiblemente.

–Muy bien. Pero ¿por qué esta entrevista?

–Por desgracia, entre el gentío del que rescaté a la señorita Darent se encontraba al menos un miembro de la alta sociedad de quien no puede esperarse que olvide el incidente.

–Dorothea mencionó a Tremlow.

–Oh, sí, Tremlow estaba allí, al igual que Botherwood, lord Michaels y lord Downie. Pero ellos son relativamente inofensivos y, seguramente no se acordarán del incidente a no ser que alguien se lo recuerde, y puede que ni siquiera entonces. Quien me preocupa es sir Barnaby Ruscombe.

–¡Uf, qué hombre tan repulsivo! Siempre anda chapoteando en las habladurías más maliciosas –hizo una pausa y miró al marqués inquisitivamente–. Supongo que no podrá hacer usted nada al respecto.

–Me temo que no. Si fuera otro, posiblemente. Pero no tratándose de Ruscombe. Ese hombre comercia con el escándalo. Sin embargo, dado que podemos idear un relato verosímil que explique que la señorita Darent y yo nos conocemos de antes, no veo que haya ningún peligro serio de que la reputación de su nieta quede dañada.

–Tiene razón, por supuesto –convino lady Merion–. Pero creo que convendría que Dorothea estuviera presente. Haga sonar esa campanilla, por favor.

–No es necesario –dijo Hazelmere–. Me encontré con su nieta en el parque cuando venía hacia aquí. Ha subido a arreglarse el pelo antes de reunirse con nosotros.

Como si esperara aquellas palabras, Dorothea entró en ese momento. Hazelmere se levantó perezosamente y respondió a su reverencia tomando su mano y, tras inclinarse sobre ella, llevándosela a los labios mientras la recorría admirativamente con la mirada.

Lady Merion se puso rígida. Besar la mano de una dama ya no se estilaba. ¿Qué demonios estaba pasando allí?

Dorothea aceptó aquel saludo sin mostrar sorpresa alguna. Sentándose en una silla al lado de su abuela, frente a Hazelmere, miró a lady Merion interrogativamente.

–Querida, estábamos hablando de la versión que hemos de acordar para explicar que lord Hazelmere te reconociera en la posada.

–Tal vez la señorita Darent tenga alguna sugerencia –dijo el marqués, mirando con interés a Dorothea.

–Pues, en realidad, sí –contestó ella, suavemente–. Imagino que lo más prudente será ceñirse a acontecimientos que nadie pueda poner en duda –sus cejas delicadamente arqueadas se alzaron mientras miraba con calma a Hazelmere.

Los expresivos labios del marqués se ladearon.

–Eso sería muy sensato –murmuró él.

Dorothea inclinó regiamente la cabeza.

–¿Y si, por ejemplo, en una de sus visitas a lady Moreton, ella se hubiera encontrado con ánimo de dar un paseo en calesa? No muy lejos, sólo por los caminos que rodean su propiedad. Estoy segura de que a ella le hubiera gustado hacerlo de haber podido.

–Tiene usted mucha razón. Mi tía abuela se quejaba de no encontrarse lo bastante bien como para salir a dar un paseo como el que usted propone.

–Bien. Sólo que este paseo sí tuvo lugar y, naturalmente, el criado de usted no los acompañó, ¿verdad?

Metiéndose en el espíritu de la conversación, Hazelmere contestó con presteza:

–Estoy seguro de que ese día le di permiso a Jim para que descansara en las cocinas.

Dorothea asintió, complacida.

–Mientras paseaban por el camino, se encontraron con mi madre, Cynthia Darent, y conmigo, que volvíamos de hacer una visita a... ¡ah, sí! A Waverley Park, naturalmente.

–¿Y su cochero?

–Yo conducía nuestra calesa. ¿Y qué más natural que lady Moreton se parara a conversar con mi madre? A fin de cuentas, eran viejas amigas. Y lady Moreton nos presentó a mamá y a mí a usted. Tras hablar unos minutos, nuestros caminos se separaron.

–¿Cuándo ocurrió eso exactamente? –preguntó él.

–Bueno, tendría que haber sido hace dos veranos, cuando tanto lady Moreton como mi madre aún vivían.

–Felicidades, señorita Darent. Ya tenemos un relato sumamente convincente para explicar nuestro encuentro. Y, además, los dos únicos testigos que podrían contradecirlo han fallecido. Un plan muy astuto.

–Sí, pero esperen un momento –dijo lady Merion–. ¿Por qué no les habló tu madre a sus otras amigas de ese encuentro? Sin duda un acontecimiento tan novedoso habría provocado cierto revuelo en el vecindario.

–Pero, abuela, ya sabes lo despistada que era mamá. Sería perfectamente posible que lo hubiera olvidado por completo para cuando llegamos a casa, sobre todo si, por el camino, sucedió algo que la distrajera.

Recordando el atolondramiento de su nuera, lady Merion reconoció de mala gana que, en efecto, era posible.

–Bueno, entonces, ¿por qué no se lo contaste tú a tus amigas?

Dorothea abrió de par en par sus grandes ojos verdes y, dirigiéndose a su abuela, preguntó:

–¿Y por qué habría tenido que hacerlo? Nunca he tenido costumbre de hablar de acontecimientos insignificantes con nadie.

Lady Merion contuvo el aliento. No pudo resistir mirar a Hazelmere para ver cómo se tomaba él haber sido tachado de «insignificante». El marqués parecía tan circunspecto como siempre, pero lady Merion creyó advertir un destello en sus ojos de color avellana, fijos en Dorothea. «¡Ten cuidado, mi niña!», le advirtió mentalmente a su nieta.

–Qué cualidad tan extraordinariamente apropiada, señorita Darent –dijo Hazelmere, decidiendo ignorar por el momento aquella provocación–. De modo que ahora tenemos una historia creíble y totalmente incuestionable para explicar nuestro primer encuentro. Suponiendo que nos ciñamos a ella, preveo que no habrá ninguna dificultad para ignorar las inevitables habladurías sobre lo que ocurrió en las Tres Plumas –se levantó y con natural elegancia se inclinó sobre la mano de lady Merion–. Supongo que esta temporada asistirán ustedes a todas las reuniones sociales.

–Oh, sí –respondió ella, adquiriendo de nuevo sus modales mundanos–. Iremos a visitar la ciudad en cuanto Celestine haya vestido decentemente a estas niñas.

Hazelmere se acercó a Dorothea y ella se levantó para despedirlo. De nuevo, el marqués se llevó su mano a los labios. Sonriéndole de un modo que a Dorothea le pareció extrañamente desconcertante, dijo:

–Entonces, confío en que volvamos a encontrarnos, señorita Darent. Y espero que, esta vez, nuestro encuentro no le resulte tan insignificante –su suave tono burlón había vuelto.

Dorothea le devolvió la mirada sin aparente turbación y, con los ojos muy abiertos, contestó:

–Oh, creo que ahora ya no podría olvidarme de usted, milord.

Él logró controlar su expresión, pero sus ojos acusaron claramente el golpe. Se detuvo, mirando los ojos verdes de Dorothea, y reprimió una sonrisa. A fin de cuentas, no podía quejarse, pues él mismo le había puesto en bandeja aquella ocasión de mofarse de él. Sin embargo, no esperaba que Dorothea tuviera el valor de replicarle, y con tanto aplomo. Lanzándole una última mirada enigmática, se dio la vuelta e, inclinándose de nuevo ante la desconcertada lady Merion, les deseó a ambas buenos días y se marchó.

Cuando la puerta se cerró tras él, lady Merion fijó en su nieta una mirada en la que se mezclaban a partes iguales la incredulidad y la sospecha. Sin embargo, sólo le dijo:

–Avisa que nos sirvan el té, niña.

4

Para las hermanas Darent, la temporada comenzó de verdad al día siguiente. La mañana empezó con la visita del peluquero de lady Merion. No bien puso sus ojos en las dos jóvenes, el descarado francés dio rienda suelta a su locuacidad. Para sorpresa de todos, Celestine había insistido en estar presente. Se notaba que había decidido hacerse cargo por entero de la apariencia de las señoritas Darent. Lady Merion no salía de su asombro ante aquella inusual muestra de interés por parte de la modista, pero más aún contribuyó a su asombro la transformación que se operó en la mayor de sus nietas. Vestida con la primera de las creaciones de Celestine, enviada expresamente aquel día para su paseo por el parque, y con el pelo oscuro recogido suavemente y peinado en una variación del estilo Safo, que por entonces estaba en boga, Dorothea había emergido como el patito feo metamorfoseado en un auténtico cisne. Su apariencia, según le confió Celestine a lady Merion en un aparte, no podía describirse adecuadamente como «bonita». Aquel epíteto había que reservarlo con mayor propiedad para Cecily. La nueva Dorothea era atractiva y asombrosamente bella y dejaba a su paso un nítido halo de sensualidad cuyo impacto iba dirigido sin error posible a hombres más maduros. Pensando en Hazelmere, lady Merion parpadeó y se apresuró a revisar sus expectativas.

A continuación, las hermanas fueron presentadas a su maestro de baile, contratado para darles clase una hora por las mañanas durante una semana a fin de asegurarse de que no metieran la pata en las danzas más convencionales, así como para enseñarles a bailar el vals. Las dos jóvenes eran elegantes por naturaleza, y los bailes rurales las habían familiarizado con las danzas de moda, a excepción del vals.

Por la tarde partieron en el carruaje de lady Merion para ver y ser vistas en el parque. El espectáculo de la alta sociedad tomando el aire, encontrándose con antiguos conocidos y trabando nuevas amistades, fascinó al instante a las dos jóvenes. Lady Merion, posando por enésima vez sus ojos en el delicioso espectáculo que se le ofrecía en el asiento de enfrente del carruaje, se sintió más feliz y admirada de lo que se había sentido en muchos años.

Apenas habían iniciado su primera vuelta, cuando una dama alta y angulosa, ataviada a la última moda y sentada en un landó parado a un lado del paso de carruajes, saludó a lady Merion, quien inmediatamente ordenó al cochero detenerse.

–¡Sally, qué maravilla! ¿Ha vuelto ya Maria? –sin aguardar respuesta, lady Merion agregó–: Permíteme presentarte a mis nietas. Dorothea, Cecily, ésta es lady Jersey.

Tras intercambiar saludos con las dos jóvenes, Sally Jersey fijó en lady Merion una mirada penetrante.

–Hermione, vas a causar un motín con estas niñas. ¡Tienes que dejar que te mande invitaciones para Almack's inmediatamente! Querida mía, tenía el espantoso presentimiento de que la temporada iba a ser aburridísima, pero, con estas dos bellezas, estoy segura de que tendremos fuegos artificiales.

Dorothea y Cecily se sonrojaron. Lady Merion siguió charlando con lady Jersey unos minutos, intercambiando información sobre quién había vuelto a la capital y quién no. Las dos muchachas comprendieron que estaban llamando considerablemente la atención, no sólo por las miradas lascivas de los soldados y los jovenzuelos a los que lady Merion les había ordenado ignorar, sino por el escrutinio, más desconcertante, de las madres que pasaban en sus carruajes con sus jóvenes y esperanzadas hijas. Bajo el efecto soporífero del zumbido de la conversación de su abuela, Cecily dejó que su mirada vagara hasta un grupo de elegantes caballeros que conversaban con dos jóvenes y bellas damas en la pradera cercana. Dorothea, igualmente abstraída, fue sacada bruscamente de sus cavilaciones por lady Jersey.

–Tengo entendido, querida, que ya conoces a lord Hazelmere.

Consciente de que mostrar la más mínima vacilación sería fatal, Dorothea infundió en sus grandes ojos verdes una expresión perfectamente indiferente.

–Sí. Tuve la suerte de encontrarme con él por segunda vez recientemente. Fue muy amable al prestarme su ayuda en una posada de camino a Londres.

Los ojos saltones de lady Jersey no vacilaron.

–Entonces, ¿ya lo conocías?

Dorothea mantuvo el aplomo. Sus cejas se alzaron levemente, como si su respuesta a aquella pregunta fuera bastante obvia.

–Lady Moreton, su tía abuela, nos lo presentó a mi madre y a mí hace algún tiempo. Lady Moreton era vecina nuestra en Hampshire.

–Ah, ya comprendo –lady Jersey, aparentemente decepcionada por aquella explicación inofensiva del encuentro de Dorothea con uno de los solteros más libertinos de la aristocracia, fijó de nuevo su atención en lady Merion.

Tras cinco minutos de ácida charla, el cochero recibió la orden de proseguir. Cuando dejaron atrás a lady Jersey, lady Merion dejó escapar un profundo suspiro y miró complacida a la mayor de sus nietas.

–Bien hecho, querida mía. Ahora sólo tenemos que seguir así.

Dorothea comprendió lo que quería decir su abuela cuando fueron trabando conversación tras conversación con viudas y matronas y, ocasionalmente, con madres acompañadas de hijas casaderas. El incidente en la posada salía a relucir sin falta, en una u otra versión. Tras su éxito con lady Jersey, sin duda alguna la más formidable inquisidora de la alta sociedad londinense, lady Merion dejó que Dorothea afrontara aquellos pequeños interrogatorios, interviniendo únicamente cuando alguna de las damas más jóvenes se mostraba ansiosa por llevar la descripción de los hechos hacia terrenos excesivamente espinosos para su sentido de la propiedad. Cecily, absorta en el parque y sus paseantes y demasiado joven para que las señoras perdieran el tiempo con ella, ignoraba ostensiblemente estas conversaciones.

Casi una hora después, se detuvieron a hablar con la princesa Esterhazy. Tras las presentaciones, la princesa, una mujer de expresión dulce y oronda figura, sonrió soñadoramente a las dos jóvenes.

–Os he visto hablando antes con Sally, así que estoy segura de que ya os habrá prometido pases.

Lady Merion asintió.

–Sally piensa que mis niñas estarán a la altura de las circunstancias.

–Oh, sin duda alguna, diría yo –convino la princesa Esterhazy.

En ese instante, dos elegantes caballeros jóvenes se apartaron de un grupo que había estado observando el carruaje de lady Merion y se acercaron.

–A sus pies, lady Merion –dijo el primero, alzándose el sombrero y ejecutando una elegante reverencia, que su compañero imitó.

Lady Merion se giró para ver quién se dirigía a ella y exclamó:

–¡Oh, Ferdie! ¿Aún no ha vuelto tu madre?

Tras cerciorarse de que la señora Acheson-Smythe estaría en la ciudad a fines de esa semana, lady Merion les presentó a sus nietas.

Dorothea y Cecily miraron a los dos atildados jóvenes, ninguno de ellos merecedor de una segunda mirada. No eran altos, ni de espalda ancha y, sin embargo, ambos se las ingeniaban para dar la impresión de estar bien formados, adaptándose a la perfección al nicho que ocupaban en la buena sociedad, fuera cual fuese éste. El señor Acheson-Smythe era delgado y rubio y poseía una tez pálida en la que destacaban los ojos azules, francos e inocentes. El señor Dermont, de complexión parecida y más tímido que su amigo, dejó que éste dirigiera la conversación. Sabiendo que Ferdie Acheson-Smythe era de fiar, lady Merion volvió a su cháchara con la princesa.

Advirtiendo que los jóvenes intentaban llamar la atención de las hermanas, la princesa Esterhazy aprovechó la oportunidad para satisfacer su curiosidad.

–Pero dime, Hermione, ¿es cierto eso que dicen de que Hazelmere rescató a una de esas dos muchachas de un tumulto en cierta posada donde se celebraba un concurso de lucha?

A aquellas alturas, Lady Merion ya se conocía la respuesta al dedillo.

–Suerte que lord Hazelmere se encontraba allí, querida. Dorothea había bajado en busca de su cochero, sin saber que los caballeros ya habían llegado.

–Ignoraba que tus nietas conocieran a Hazelmere.

–Por fortuna, Dorothea le había sido presentada por su tía abuela, lady Moreton. Recordarás que murió el año pasado y que Hazelmere era su heredero. La Grange linda con Moreton Park y Cynthia, mi nuera, y Etta Moreton eran buenas amigas. Dorothea, ¿dónde conociste a Hazelmere?

Dorothea, que había intentado prestar atención a ambas conversaciones al mismo tiempo, se giró al oír la pregunta de su abuela y respondió con calma:

–Oh, un día, paseando en coche. Él llevaba a lady Moreton a dar un paseo en su calesa –se volvió hacia Ferdie Acheson-Smythe, como si los pormenores de su primer encuentro con el marqués carecieran por completo de interés.

Su naturalidad convenció a la princesa Esterhazy de que la historia era cierta. En su opinión, ninguna joven que hubiera conocido a Hazelmere en circunstancias sospechosas aparentaría la despreocupación que mostraba Dorothea Darent.

Poco después, a su regreso a Merion House, lady Merion subió delante de sus sobrinas a su saloncito privado. Tirando el elegante sombrero sobre una silla, se sentó entre una nube de elegante terciopelo y exhaló un profundo suspiro.

–¡Bien! Lo hemos hecho muy bien, queridas. Ha sido un comienzo excelente para vuestra temporada –se acomodó en el diván y, aceptando el té que había servido Dorothea, se avino a contestar las preguntas de sus nietas–. ¿Ferdie Acheson-Smythe? –contestó en respuesta a una de ellas–. Ferdie es el único hijo de los Acheson-Smythe de Hertfordshire. De muy buena familia, primo hermano de Hazelmere. Tendrá que casarse algún día, supongo, pero lo que es seguro es que no muestra mucha inclinación por el matrimonio. Sin embargo, es una autoridad reconocida en materia de etiqueta, de modo que, si deja caer alguna insinuación acerca de vuestro comportamiento o vuestro atuendo, conviene que le prestéis atención. También es completamente de fiar. Nunca traspasa los límites de la buena educación. Ferdie es una compañía irreprochable para cualquier joven dama, y un caballero muy útil. No os haría ningún mal que os vieran con él.

–¿Y el señor Dermont? –preguntó Cecily.

–Cualquiera a quien Ferdie os presente como a un amigo será más o menos del mismo estilo, aunque el propio Ferdie es incuestionablemente el mejor de su clase.

Lady Merion había aceptado una invitación a una pequeña fiesta esa noche y sus nietas la acompañaron. Completamente satisfecha con la apariencia de las dos muchachas, le complació ver que se mezclaban con facilidad con los demás jóvenes presentes, a pesar de que, por su asombrosa belleza y su aire de sereno aplomo, las debutantes trataban a Dorothea como a una persona mayor y de distinta categoría. Lo cual era cierto. En una reunión más numerosa, con caballeros de más edad como Hazelmere que reclamaran su atención, a su nieta mayor no le habrían faltado acompañantes con los que departir.

Mientras miraba a Dorothea, lady Merion sonrió, recordando lo que le había dicho su nieta esa tarde. Al llegar los demás vestidos de Celestine, Cecily estaba descansando. Dorothea y ella estaban solas en el salón.

–¡Qué preciosidad! –había exclamado Dorothea, sosteniendo un vestido de noche para Cecily confeccionado en tafetán de Florencia.

–El tuyo es igual de bonito –había comentado ella.

Dorothea se había echado a reír, fijando su atención en otro vestido para Cecily.

–Pero es Cecily quien necesita marido, no yo.

El comentario había hecho enmudecer a lady Merion. A pesar de su sentido común y su dominio de sí misma, habiendo vivido en relativa soledad hasta ese momento, su nieta tenía escasa idea del aspecto que presentaba ante los demás en el gran mundo. Particularmente, ante los hombres. Y, sobre todo, ante hombres como Hazelmere. Ello no era señal de ingenuidad, sino más bien de falta de conciencia de sí misma. A fin de cuentas, nunca antes se había visto expuesta a la mirada de semejantes caballeros. Intrigada, lady Merion había cruzado las manos sobre el regazo y había preguntado calmosamente:

–Querida, si piensas convertirte en una solterona, me temo que vas a llevarte una desilusión.

Su nieta había levantado los ojos hacia ella con genuina sorpresa.

–¿Qué quiere usted decir, abuela? Sé que soy demasiado mayor para casarme y que no puedo considerarme precisamente una belleza. Pero le aseguro que no me inquieta.

Ella había resoplado, incrédula.

–¡Pero, niña, sólo tienes veintidós años! Aún no estás para vestir santos. Y, si piensas convertirte en una solterona, allá tú. Yo sólo digo que pronto cambiarás de idea.

Pero su testaruda nieta se había limitado a sonreír.

Ahora, mientras veía formarse alrededor de Dorothea un pequeño pero creciente grupo de caballeros, una sonrisa divertida iluminó sus desvaídos ojos azules. ¿Cuánto tiempo tardaría Dorothea en despertar y darse cuenta de que los hombres iban a perseguirla aún con mayor ardor que a la vivaz Cecily?

La mañana siguiente trajo la primera invitación a una de las grandes reuniones sociales. Al principio, las invitaciones llegaron en un goteo constante, pero al final de la semana, a medida que las nietas de lady Merion se daban a conocer, el flujo de tarjetas de borde dorado que llegaba a Merion House adquirió las proporciones de una inundación. Dado que Dorothea y Cecily se mostraban encantadas de compartir protagonismo con las muchachas de su edad menos agraciadas, ni siquiera las madres más celosas veían razón alguna para excluirlas de sus listas de invitados. Además, si las hermanas Darent asistían a otra fiesta el mismo día, la mitad de los solteros interesantes se iban tras ellas.

Lady Merion insistía en que, dentro de lo posible, asistieran a las fiestas más modestas que se celebraban durante esas primeras semanas de la temporada. Tenía demasiada experiencia como para desestimar las considerables ventajas sociales que podía proporcionar el dominio de uno mismo. Así pues, Dorothea y Cecily se paseaban obedientemente cada tarde, y, cada noche, asistían a una *soirée*, a una fiesta o a una velada musical, puliendo sus maneras y atrayendo no poco interés. Al cabo de poco tiempo, ambas habían reunido a su alrededor un círculo de fervientes admiradores. A pesar de que lady Merion no esperaba menos, el grupo que rodeaba a Dorothea le proporcionaba infinita diversión. Estos enamorados galanes, que por lo general no superaban a Dorothea en edad, competían constantemente los unos con los otros por la atención de su diosa, haciendo alarde de poses byronianas a cada paso, cosa que resultaba extraordinariamente cómica. Aun así, cavilaba la muy experimentada lady Merion, todo ello había de ser de provecho. Dorothea se las veía y se las deseaba para refrenar la exasperación y el aburrimiento que le causaban sus torpes galanteadores, lo cual era excelente si, gracias a ellos, su terca nieta aprendía a mostrar una actitud benevolente, e incluso receptiva, antes de verse expuesta a las persuasiones infinitamente más sutiles de Hazelmere y compañía. Por fortuna, estos caballeros, sumamente convenientes pero mucho más peligrosos, rara vez se dejaban ver en las fiestas que inauguraban la temporada.

Ferdie Acheson-Smythe, el más constante admirador de Dorothea, adquirió rápidamente la condición de galanteador oficial de aquella belleza de pelo oscuro. Su primer acercamiento a las nietas de lady Merion había surgido de un encuentro casual con Hazelmere. Su famoso primo había solicitado sutilmente su ayuda para acallar cualquier rumor concerniente a él mismo y a la encantadora Dorothea. Aquella era la clase de cosa que divertía a Ferdie, gran aficionado a las intrigas de sociedad. Y, dado que era Hazelmere quien le pedía aquel favor, Ferdie habría aceptado de buena gana aunque Dorothea hubiera sido el más horripilante adefesio. Viendo que la señorita Darent era mucho más atractiva de lo que Hazelmere le había confesado, Ferdie se había lanzado a la tarea con particular ardor. El resultado fue que, al cabo de una semana y para sorpresa de ambos, Dorothea y él habían entablado una amistad cercana al cariño fraterno, pero carente de las tensiones propias de éste.

Fue en una velada musical en casa de lady Bressington donde hizo su aparición el señor Edward Buchanan, un respetable caballero rural de treinta y tantos años, medianamente apuesto y un tanto grueso, cuya cara sonrosada embellecían unos expresivos ojos marrones que contrastaban vivamente con el resto de su robusta figura. Por razones que Dorothea no alcanzaba a adivinar, el señor Buchanan se acercó directamente a ella, ahuyentando a un romeo de sombría belleza por el simple expediente de sugerir que la señorita Darent ya había tenido suficientes merodeadores por una noche.

La señorita Darent se mostró ligeramente sorprendida. El romeo, azorado, se alejó mascullando por lo bajo contra los carcamales faltos de romanticismo. El señor Buchanan ocupó su lugar.

–Mi querida señorita Darent, espero que me disculpe por acercarme a usted así. Me doy cuenta de que no hemos sido convenientemente presentados. Me llamo Edward Buchanan. Mi padre era amigo de sir Hugo Clere, a quien hice una visita de camino a la ciudad. Él me mencionó su nombre y me pidió que le presentara sus respetos.

Dorothea permaneció callada durante este discurso, pronunciado con solemne voz de barítono. La excusa era casi insustancial; sir Hugo Clere era un vecino lejano, y Dorothea podía imaginarse los saludos estrictamente formales que le habría enviado. Sin embargo, la señorita Julia Bressington, una vivaracha morena gran amiga de Cecily, se disponía a empezar a cantar, acompañada al pianoforte por la propia Cecily, de modo que no era momento para hacer una escena, aunque fuera insignificante. Dorothea inclinó la cabeza y fijó ostensiblemente su atención en las ejecutantes.

El señor Buchanan tuvo la sensatez de guardar silencio durante la actuación, pero no bien se hubieron apagado los aplausos tomó las riendas de la conversación, hablándole resueltamente a Dorothea de asuntos agrarios. Ello dejó pasmados a los galanteadores de Dorothea, que en su mayoría nada sabían de cosechas y rebaños. Dorothea, por su parte, quedó desconcertada ante la porfiada elocuencia del señor Buchanan sobre aquellos asuntos. Pero, en cuanto su último admirador desapareció, derrotado por su persistente verborrea, el señor Buchanan se detuvo.

–¡Ajá! ¡Sabía que funcionaría! –aparentemente muy complacido consigo mismo, explicó–: Quería librarme de ellos. Sabía que no entenderían nada. Sir Hugo me habló mucho de usted, señorita Darent, pero ni por asomo le hizo justicia a su belleza. Eclipsa usted claramente a todas estas señoritas, aunque he de decir que personalmente encuentro el modo de vestir que se estila hoy día para las jóvenes un poco, digamos, excesivamente revelador para el gusto de un hombre de mi edad –sus ojos se habían posado en la parte de los pechos de Dorothea que sobresalía por encima del escote de su sencillo y elegante vestido de seda–. Me atrevería a decir que, dadas las circunstancias, y puesto que vive usted con su abuela, quien, según tengo entendido, es una dama extremadamente elegante, sin duda tiene usted la impresión de que también ha de hacer su papel. Sin embargo, estoy seguro de que podemos pasar por alto esos asuntos. Sin duda se sentirá usted muy distinta en los círculos rurales, donde estoy seguro de que estará mucho más a gusto.

Este monólogo, que había empezado con un cumplido sin ambages para acabar en el insulto en apenas dos minutos, dejó a Dorothea sin habla. Atónita, incapaz de proferir palabra, se vio obligada a escuchar las opiniones del señor Buchanan sobre las costumbres mundanas, opiniones que culminaron con la exposición de la creencia de su madre viuda, según la cual, si su único hijo se exponía a las perversiones de la sociedad londinense, regresaría a casa corrompido en cuerpo y alma. El señor Buchanan le aseguró a la señorita Darent con jocosa familiaridad que semejante resultado era altamente improbable. Dorothea, sofocada y a punto de perder los nervios, tuvo que morderse la lengua para no decirle que, si la sociedad londinense lograba enseñarle modales, habría conseguido una hazaña digna de alabanza. En cambio, le dijo en tono gélido:

–Señor Buchanan, debo agradecerle su conversación. Si me disculpa, he de hablar con unos amigos –lo cual, pensó, era tanto como dejarle con la palabra en la boca. Pero, mientras se levantaba y, tras dedicarle una fría inclinación de cabeza, se acercaba a lady Merion, advirtió que, lejos de hacer mella en él, su rechazo no había zaherido el ego del señor Buchanan en lo más mínimo.

Cuando llegó la noche del primer baile en Almack's, lady Merion sabía ya que tenía un rotundo éxito en sus manos. Tenían comprometida al menos toda la semana, y las invitaciones seguían llegando.

Lady Merion había iniciado los preparativos para el baile de presentación de sus nietas, con ocasión del cual se abriría el salón de baile de Merion House por primera vez en muchos años. Escuadrones de limpiadoras habían hecho su aparición, y pronto comenzaría la redecoración del salón. Las invitaciones, con las letras doradas en relieve, habían llegado esa tarde, y al día siguiente empezarían a enviarlas. Lady Merion había fijado la fecha para cuatro semanas después, a principios de abril, justo antes del apogeo de la temporada. Para entonces, todos sus conocidos habrían regresado ya a la ciudad y lady Merion tendría el lleno asegurado.

Mientras observaba a sus nietas bajar las escaleras vestidas para su primer baile, ambas aparentemente ajenas al asombroso espectáculo que ofrecían, lady Merion se dijo que era una vieja estúpida. El baile en Merion House sería, por descontado, la mayor sensación de la temporada, pero su éxito se debería mucho más a aquellas dos encantadoras jóvenes que a los esfuerzos de su anciana abuela.

Dorothea, bellísima con su vestido verdiazul de seda, ligeramente recamado de filigrana plateada, se acercó para darle un beso en la mejilla.

–¡Abuela, estás guapísima!

Hermione se alisó distraídamente el satén púrpura de su vestido.

–Bueno, queridas, vosotras hacéis que me sienta orgullosa. Estoy segura de que esta noche vais a causar un considerable revuelo.

Cecily, resplandeciente con su vestido de satén azul recubierto de brillante gasa azul pálido, la abrazó impulsivamente.

—¡Sí, pero vámonos ya!

Riendo, lady Merion pidió sus capas y se dirigió a la carroza delante de sus nietas.

En cuanto entraron en el diáfano y sencillo salón de baile que era Almack's, se hizo evidente que la llegada de las hermanas Darent era esperada con ansiedad. Al cabo de unos minutos, sus libretas de bailes estuvieron repletas, a excepción de los dos valses. Lady Merion les había indicado que les estaba prohibido bailar el vals hasta que una de las patronas de Almack's las invitara a ello y les presentara a una pareja conveniente.

La temporada había llegado a su apogeo y los salones estaban llenos a rebosar de madres y sus hijas casaderas y de caballeros ansiosos por ver a las debutantes de aquel año. Dorothea estaba disfrutando a lo grande, acompañada primero por Ferdie, a quien ya tuteaba, y más tarde por una cohorte de caballeros atentos y corteses. Su abuela, que vigilaba desde una de las sillas sobredoradas dispuesta junto a las paredes para acomodar a las carabinas, advirtió que Dorothea había atraído mucha atención, pero que ninguno de los caballeros de mayor rango había buscado aún su compañía. Mientras hablaba con lady Maria Sefton, observó que la mayor de sus nietas se deslizaba por el salón de baile al ritmo de la danza y luego la perdió de vista cuando cesó la música y los bailarines se dispersaron.

Al otro lado del salón, del brazo del joven encantador con el que había bailado, Dorothea se dio la vuelta para regresar al lado de su abuela, sabiendo que el siguiente baile era uno de los valses prohibidos, cuando una voz que recordaba bien la detuvo.

–Señorita Darent.

Girándose para mirar al marqués de Hazelmere, Dorothea le hizo la reverencia que, conforme le habían enseñado, se debía a los hombres de su rango y, alzándose, descubrió que él le había tomado la mano y se la llevaba a los labios. Sus ojos de color avellana parecían desafiarla a provocar una escena, pero Dorothea aceptó el saludo con la misma indiferencia que en anteriores ocasiones. Luego miró a los ojos a Hazelmere y le sostuvo la mirada.

Se produjo entonces un curioso lapso en el cual el tiempo pareció detenerse. Después, Hazelmere, reparando en el azorado acompañante de Dorothea, inclinó la cabeza hacia él secamente.

–Yo llevaré a la señorita Darent a reunirse con lady Merion –enfrentado al león, el ratón se retiró apresuradamente. Mirando de nuevo a Dorothea, Hazelmere agregó–: Hay alguien a quien desearía que conociera, señorita Darent –puso la mano de Dorothea sobre su brazo y la condujo hábilmente a través de la multitud.

Dorothea lo había visto entre los invitados esa noche. Como de costumbre, el marqués iba vestido con sencilla elegancia. La levita azul oscuro, las calzas negras hasta la rodilla, como era de rigor para las ocasiones formales, y un alfiler de diamantes que relumbraba entre los pliegues de su corbata perfectamente atada. A Dorothea le había parecido atractivo con sus calzas de ante y su chaqueta de caza, y más aún con sus ropas de mañana. Pero en traje de gala estaba sencillamente magnífico. No le costaba ningún trabajo comprender por qué el marqués ponía tan nerviosas a las madres cautelosas.

Caminando tranquilamente a su lado, con la mano apoyada sobre su brazo, Dorothea intentó ignorar el aturdimiento que sentía y que no se debía al bullicio de la multitud, ni al ajetreo del baile, sino a la expresión de los ojos castaños del marqués. ¡Cielo santo, cuán peligroso era aquel hombre!

Su paseo acabó junto a una señora de pelo oscuro que, volviéndose hacia ellos, exclamó con voz fría y hastiada:

–¡Ah, ahí está, milord!

Hazelmere miró a Dorothea.

–Señorita Darent, permítame presentarle a la señora Drummond-Burrell.

Al encontrarse sin previo aviso ante la más exigente patrona de Almack's, Dorothea se apresuró a hacer una reverencia. La señora Drummond-Burrell, a quien no le pasó desapercibida su sorpresa, sonrió complacida.

–Espero que lord Hazelmere le haya dicho que quería conocerla. Es una pena que una joven tan encantadora no baile siquiera un vals esta noche. Así que, querida, tal y como él me ha pedido, le concedo a usted permiso para bailar el vals en Almack's y le presento a lord Hazelmere como su más adecuado acompañante.

A pesar de que el alcance de las maquinaciones del marqués no dejó de causarle asombro, Dorothea esperaba algo así desde que lo había visto en la fiesta. Tuvo la suficiente presencia de ánimo para darle las gracias cortésmente a la señora Drummond-Burrell, quien la obsequió con una sonrisa inusualmente benigna, y dejó que el marqués la condujera a la pista de baile mientras los primeros acordes del vals inundaban el salón.

Dado que era aquel el primer vals de la temporada y muchas debutantes aún no habían recibido permiso para bailar, la pista estaba relativamente despejada y el público reunido en torno veía sin dificultad a los bailarines. La aparición de la hermosa señorita Darent en brazos de lord Hazelmere causó cierto revuelo, y, mientras giraba suavemente por el salón, Dorothea advirtió que numerosas miradas seguían sus evoluciones, pero procuró no distraerse, temiendo que, en cualquier momento, el marqués le hiciera alguna pregunta comprometida.

Pronto comprendió que no debía preocuparse. Hazelmere se mostraba extrañamente lacónico. Dorothea le había parecido encantadora con un viejo vestido y el pelo suelto. Ahora, ataviada a la perfección con una de las más elegantes creaciones de Celestine, estaba realmente arrebatadora.

Segundos después de pisar la pista de baile, Dorothea comprendió que estaba en manos de un experto, y al instante dejó de intentar llevar el ritmo. Le extrañó no sentirse en modo alguno incómoda al verse de nuevo en brazos de Hazelmere, y siguió los pasos del baile con una seguridad tan evidente que esto atrajo más miradas sobre ella que su notable belleza.

Mientras se movían elegantemente alrededor del salón, Hazelmere preguntó al fin:

–¿No le molesta ser el centro de tantas miradas, señorita Darent?

Considerando su inesperada pregunta, ella alzó la mirada hacia sus ojos castaños y con perfecto dominio de sí misma respondió:

–En absoluto, milord. ¿Debería molestarme?

Él sonrió y dijo:

–Desde luego que no, querida. Pero permítame decirle que, en eso, es usted poco corriente.

Dorothea, a quien no gustaba el rumbo que estaba tomando la conversación, buscó apresuradamente una alternativa. Vio que su hermana también estaba bailando en brazos de un hombre casi tan atractivo como Hazelmere.

–¿Quién es el caballero que está bailando con mi hermana?

Sin mirar a la otra pareja, él contestó:

–Lord Anthony Fanshawe.

Sorprendida por un fugaz recuerdo, Dorothea reconoció al fin al hombre al que había entrevisto en el patio de la posada. Sus ojos volvieron a posarse en Hazelmere.

–¿Lo conoce usted?

Él sonrió.

–Oh, sí –tras una pausa, añadió maliciosamente–: La verdad es que crecimos juntos.

De nuevo, su expresión delató a Dorothea antes de que pudiera evitarlo. Al mirar los ojos divertidos de Hazelmere, comprendió que el marqués había adivinado sus pensamientos, cosa que él se apresuró a constatar diciendo:

–No, señorita Darent, no nos parecemos tanto –Dorothea se sonrojó sólo levemente, lo cual le produjo cierto alivio. Intentando sacarle partido a su ventaja, él preguntó–: ¿A usted no hay nada que la turbe como a las demás jóvenes, señorita Darent? ¿O es que a los veintidós años ya no siente la necesidad de adoptar esos aspavientos virginales?

Desafortunadamente, Dorothea pasó por alto aquella acertada interpretación de su comportamiento y, sometiendo a Hazelmere al escrutinio de sus ojos verdes, preguntó con viveza:

–¿Cómo sabe mi edad?

Reprendiéndose para sus adentros por su falta de precaución, Hazelmere estuvo a punto de atribuirle aquella información a su difunta tía abuela. Sin embargo, bajo la influencia de aquella mirada verde, se oyó a sí mismo contestar:

–Me la dijo el señor Matthews.

–¿El párroco? –la incredulidad de Dorothea era patente.

Divertido, Hazelmere no pudo resistirse a continuar.

–Ya sabe usted que le encanta hablar. Y sabe casi todo lo que pasa en su parroquia. He adoptado la costumbre de invitarlo a cenar cada vez que voy a Moreton Park.

Dorothea, que conocía bien los defectos del párroco,

comprendió de inmediato las implicaciones del comentario de lord Hazelmere. Sus sospechas se vieron inmediatamente confirmadas.

–Lo sé todo sobre sus visitas a Newbury, sobre el reumatismo de la tía Agnes y sobre los problemas de la señora Warburton con el mercadillo de la parroquia. Por cierto, eso me recuerda que su tía Agnes le manda recuerdos.

La expresión de perplejidad de Dorothea al imaginar el encuentro del marqués con su lánguida y tímida tía soltera, enemiga acérrima de los hombres, hizo que Hazelmere estuviera a punto de cambiar de tema. Finalmente, añadió:

–A través del párroco, por supuesto.

Comprendiendo que él había adivinado de nuevo sus pensamientos, Dorothea se descubrió devolviéndole la sonrisa. Todavía sonreía cuando el vals concluyó con un giro no lejos de donde se hallaba su abuela. Hazelmere la tomó del brazo y la condujo de nuevo al lado de lady Merion.

Ésta se había llevado una sorpresa al ver a Dorothea en brazos de Hazelmere, pero al distinguir a Cecily conversando amigablemente con lord Fanshawe mientras los dos jóvenes rodeaban el salón, casi dudó de sus sentidos. Pero lo más importante era que aquello sólo podía ser obra de los habilidosos tejemanejes de los dos caballeros implicados con las patronas del salón. Lady Merion no estaba segura de aprobar un abordaje tan directo y apresurado. No era, sin embargo, inmune a los deleites de aquel incuestionable triunfo. Sally Jersey se había detenido en seco en su deambular por el salón e, indicando con la cabeza a Hazelmere y Dorothea, le había susurrado al oído:

–Será suya, ¿sabes? Hazelmere nunca antes había pedido un primer vals.

Lady Merion, viendo girar por la pista a la elegante pareja, que parecía ajena a quienes la rodeaban, pensó que, por una vez, Sally tenía razón.

Las dos radiantes muchachas fueron cortésmente devueltas a su lado, donde fueron reclamadas por sus parejas para el baile siguiente. Hazelmere y Fanshawe, que conocían a lady Merion desde siempre, no intentaron escapar sin presentarle sus respetos. Pero, como la risueña lady Maria Sefton estaba sentada al lado de lady Merion, la conversación versó sobre generalidades hasta que lady Sefton reclamó el brazo de lord Fanshawe para ir en busca de su nuera. Lady Merion aprovechó de inmediato la ocasión para decirle a Hazelmere:

–Veo que ciertamente no deja usted que la hierba crezca bajo sus pies.

Él sonrió seductoramente y dijo:

–Espero que no le moleste mi interés.

–¡No sea absurdo! Sabe perfectamente bien que es usted uno de los solteros más codiciados de Londres –la pregunta de Hazelmere la había inquietado. ¡Aquello era ir demasiado aprisa!–. Pero supongo que a estas alturas ya sabrá que es muy probable que mi nieta no me pregunte mi opinión al respecto.

–Cierto. Pero yo sí tendría en cuenta vuestra opinión, aunque ella no lo hiciera.

–Muy bien dicho, sí señor –respondió lady Merion, no del todo molesta.

Viendo que Fanshawe volvía, los despachó a ambos añadiendo con sorna mientras se inclinaban elegantemente ante ella:

–Estoy segura de que se les ocurren muchas maneras más excitantes de pasar la velada.

Hacia el final del baile, el señor Edward Buchanan apareció junto a Dorothea. Ésta compuso una sonrisa mientras él se inclinaba sobre su mano.

–¡Mi querida señorita Darent, qué delicioso placer! Me temo, querida, que no soy un buen bailarín. Quizá no le importe a usted pasear por los salones conmigo.

Ferdie, que estaba junto a Dorothea, se quedó pasmado. Profundamente aliviada, ella dijo en tono fríamente compungido:

–Me temo, señor Buchanan, que esta noche tengo comprometidos todos los bailes.

–¿Ah, sí? –él parecía auténticamente sorprendido.

Por fortuna, el joven lord Davidson se acercó en ese momento para sacarla de aquel atolladero. Inclinando ligeramente la cabeza hacia el señor Buchanan, Dorothea apoyó la mano en el brazo de lord Davidson y se alejó.

Ferdie se quedó mirando fijamente al extraño señor Buchanan. Notando su escrutinio, éste se sonrojó ligeramente.

–Es amiga de un amigo, ¿sabe usted? Del campo. Me atrevería a decir que a la señorita Darent le vendrían bien algunos consejos acerca de cómo conducirse en Londres. Hay demasiados merodeadores a su alrededor, ¿me comprende usted? Pero ahora que yo estoy aquí para vigilarla, no hay nada que temer.

–¿No me diga? –dijo el elegante Ferdie Acheson-Smythe en tono gélido. E, inclinando levemente la cabeza, se apartó de él.

5

Tras bailar el vals con Dorothea, Hazelmere, indiferente a las miradas posadas sobre él, bailó con otras tres jóvenes recién presentadas en sociedad. De éstas, dos eran diamantes de primera calidad, pero ambas carecían del ímpetu y el ingenio que lo atraía en la encantadora Dorothea. Sintiendo que el consabido aburrimiento empezaba a apoderarse de él, y dado que las normas sociales le impedían bailar de nuevo con la señorita Darent, Hazelmere fue en busca de Fanshawe. Mientras escuchaba iniciarse la música del segundo y último vals de la noche, escrutó a los danzantes y de inmediato descubrió a la señorita Darent en brazos de lord Robert Markham. Era, definitivamente, hora de irse. Viendo a su amigo entre un grupo, junto a la puerta, se abrió paso hasta él y juntos salieron hacia White's.

Las primeras horas de la mañana los encontraron de camino a casa por las calles desiertas de la ciudad. Habían jugado a las cartas y Hazelmere había hecho saltar la banca. Así pues, se había levantado de la mesa quinientas guineas más rico. Sus pensamientos, sin embargo, no giraban en torno a su acostumbrada suerte en el juego, sino a su posible fortuna con cierta joven de ojos verdes. Fanshawe, por su parte, se preguntaba cuál de sus numerosas virtudes hacían a Cecily Darent tan atractiva. Cruzaron juntos Piccadilly y enfilaron la calle Bond en un amigable silencio que al fin rompió Hazelmere diciendo:

–Bueno, parece que la señorita Darent ha conseguido silenciar todos los rumores.

Fanshawe miró a su amigo de soslayo.

–¿Piensas hacerla tuya?

Hazelmere se detuvo un instante. Los ojos de ambos amigos se encontraron fugazmente. Luego, el marqués rompió a reír.

–¿Tan evidente resulta?

–Francamente, sí.

–Supongo que, puesto que es prácticamente obligatorio jugar conforme a las normas, y dado que la temporada acaba de empezar, mi interés difícilmente pasará desapercibido mucho tiempo.

–No. Tienes razón. Tendremos que jugar conforme a las normas.

–¿Tendremos? –Hazelmere no había pasado por alto el desasosiego de su amigo tras conocer a Cecily Darent–. En la posada mencioné a la hermana de la señorita Darent más en broma que a propósito.

–Lo sé, pero aun así Cecily Darent es una jovencita deliciosa. Distinta a tu Dorothea, pero no por ello menos atractiva.

–Desde luego. En ausencia de Dorothea, Cecily se llevaría la palma. Pero satisface mi curiosidad, por favor. ¿La forma de hablar de Cecily raya, como la de su hermana, la impertinencia?

–¡Cielo santo, sí! Primero me preguntó sin rodeos cómo me las había ingeniado para convencer a la condesa Lieven de que le diera permiso para bailar el vals, y luego me dejó perplejo preguntándome el porqué.

Sorprendido por aquella evidencia de que la predilección por las conversaciones audaces fuera un rasgo de las Darent, Hazelmere preguntó:

–¿Y qué le contestaste?

–Le dije que por sus bellos ojos, naturalmente.

–¿Y ella se echó a reír?

–Exactamente. Con una risa encantadora, por cierto –tras una pausa, Fanshawe agregó–: ¿Sabes, Marc?, no comprendo por qué las madres convierten a sus hijas en unas tontainas con las que no se pueden intercambiar dos palabras sensatas. A todos nos aburren mortalmente y ellas se preguntan por qué. Mira, por ejemplo, a la chica de los Tremlett. Una muchacha guapísima. Pero, en cuanto abre la boca, me duermo. O piensa en nuestros amigos. Aparte de nosotros, están Peterborough y Markham, Alvanley, Harcourt, Bassington, Aylsham, Walsingham, Desborough... ¡y muchos otros! Y no hablemos de los más jóvenes. Todos tenemos título y gozamos de buenas relaciones, nuestra riqueza nos permite vivir con independencia y tarde o temprano tendremos que casarnos. Y, sin embargo, aquí estamos, con más de treinta años y todavía solteros y sin compromiso, por la única razón de que hay muy pocas jóvenes que tengan en la cabeza algo más que pelo.

–Lo cual explica –concluyó Hazelmere, tomando a su errante amigo para conducirlo hacia Hanover Square– por qué esta temporada vamos a tener que asistir a todas las fiestas.

–¡Dios mío! –exclamó Fanshawe, asombrado por la lógica de Hazelmere–. ¿Quieres decir que todos van a ir detrás de las Darent?

–Tú lo has dicho. Todos andamos buscando una esposa conveniente y todos somos un buen partido. Las hermanas Darent son candidatas predilectas para cualquiera. Tú y yo, querido amigo, sólo vamos un paso por delante del resto. Y me sorprendería mucho que los demás no intentaran recuperar terreno rápidamente. Me inclino a pensar que Markham ya se ha puesto manos a la obra.

–Sí, yo también lo he notado. Y Walsingham también estaba allí.

–Tengo el presentimiento de que mañana por la noche se les habrán unido todos. Por lo cual, si hablas en serio de la joven señorita Darent, tendremos que mantenernos en guardia.

Habían llegado a la esquina de Cavendish Square y se detuvieron.

–¿Qué pasa mañana por la noche? –preguntó Fanshawe, soñoliento.

–Es la fiesta de los Bedlington. ¿Por qué no vienes a cenar y vamos juntos?

–Buena idea –Fanshawe bostezó–. Hasta mañana, entonces –e, inclinando la cabeza y agitando la mano, partió hacia su casa en la calle Wigmore, dejando que Hazelmere recorriera solo el corto trayecto hasta la suya.

Hazelmere abrió con su llave y subió al piso de arriba, donde lo aguardaba su ayuda de cámara, un hombre sumamente correcto que respondía al inadecuado nombre de Murgatroyd. Hazelmere nunca había logrado convencer a Murgatroyd, individuo aseado y orgulloso donde los hubiera, de que no tenía que esperarlo levantado y de que él era perfectamente capaz de meterse solo en la cama. Tras varias sugerencias veladas a este respecto, Murgatroyd había dejado claro que, en su opinión, la ropa del marqués requería cuidados mucho más atentos de los que probablemente su señoría podía dispensarle, y, dado que Murgatroyd le servía a la perfección en todos los demás asuntos, Hazelmere había capitulado al fin.

El marqués apagó la vela y escuchó los pasos que se alejaban por el pasillo alfombrado, cruzó los brazos tras la cabeza y se estiró cómodamente, sonriendo al recordar dos centelleantes ojos verdes. Tony Fanshawe había dado voz a sus propios pensamientos de camino a casa. Iba a haber mucha competencia por lograr los favores de aquellas dos jóvenes damas, y en su mayor parte de galanteadores sumamente experimentados. Según estaban las cosas, Hazelmere no podía estar seguro de conquistar el corazón de la dama. Y hubo de reconocer para sí que, por razones que se les escapaban, y ciertamente por primera vez en su vida, deseaba conquistarlo con todas sus fuerzas.

La fiesta de lady Bedlington era un acontecimiento de gala al que asistía todo aquel que contaba. La excéntrica anfitriona recibió entusiasmada a lord Hazelmere y lord Fanshawe, así como a un número asombroso de sus condiscípulos. Y estos caballeros no sólo asistieron en gran número, sino que además llegaron temprano.

En el salón de baile, Hazelmere estaba observando las escaleras. Cuando Dorothea y Cecily aparecieron, se desasió de la conversación que había estado manteniendo y, sin apresurarse, se abrió paso hacia la escalera, coincidiendo su llegada con la de la señorita Darent.

Al verlo acercarse, Dorothea sonrió, hizo una reverencia mientras Hazelmere se inclinaba ante ella, y procuró ignorar el cosquilleo de nerviosismo que le dificultaba extrañamente la respiración.

Llevándose su mano a los labios, él depositó un leve beso en sus dedos, convirtiendo aquella cortesía en una caricia. En lugar de soltarle la mano, le dio la vuelta para ver la libretita de baile que colgaba de su muñeca. Aquellas libretitas, con la lista ordenada de los bailes y un hueco para que cada solicitante inscribiera su nombre, estaba muy en boga, y las mejores anfitrionas del gran mundo proporcionaban invariablemente a cada debutante un ejemplar colgado de una cinta y provisto de un diminuto lápiz plateado.

–¡Señorita Darent!, parece que, misteriosamente, esta noche tiene usted todos los bailes libres. Sin embargo, supongo que tendré que contentarme sólo con un vals. ¿El primero, tal vez? –mientras ella asentía, sonriendo, Hazelmere anotó su nombre en el lugar apropiado y, luego, soltándole la mano, se giró para observar a las huestes de sus admiradores, que iban aproximándose, y continuó bajando la voz para que sólo ella pudiera oírlo–. Y, en recompensa por ser tan madrugador, creo que debería usted permitirme que la acompañe a cenar, ¿no le parece? –Dorothea no contestó, pero, divertida, lo miró a los ojos inquisitivamente. Interpretando correctamente su mirada, él añadió–: Es perfectamente apropiado, se lo aseguro –con una sonrisa, se apartó para dejar paso a las hordas de caballeros ansiosos por asegurarse un baile con la encantadora señorita Darent.

Al hacerlo, advirtió que, como había predicho, Markham, Peterborough, Alvanley y Desborough se encontraban entre ellos. Entre el grupo que rodeaba a Cecily Darent, distinguió a lord Harcourt y lord Bassington, así como a Fanshawe, quien había puesto en práctica una estratagema similar a la suya, lo cual no era de extrañar, pues se habían puesto de acuerdo durante la cena. Satisfechos con su éxito, ambos se alejaron para ir en busca de sus parejas para el primer baile.

Solicitada para todos y cada uno de los bailes y siempre rodeada por una cohorte de admiradores, Dorothea no tuvo ocasión de sopesar la treta del marqués. Se lo estaba pasando en grande y, por consiguiente, presentaba un aspecto radiante con su vestido de seda de color bronce cubierta de una finísima gasa transparente que brillaba cada vez que se movía. La marcada cintura del vestido resaltaba su esbelta figura, haciéndola parecer más bella que nunca. Más de una madre se preguntó, furiosa, por qué Celestine nunca sugería semejantes diseños para sus hijas.

Ajena a las envidias que despertaba, Dorothea advirtió un cambio notorio y perturbador en la calidad de sus acompañantes. En Almack's, con excepción del marqués y de lord Markham, sus acompañantes habían sido encantadores jóvenes no mucho mayores que ella misma, que, impresionados por su belleza y su aplomo, permitían que ella manejara por completo la conversación y tomara la iniciativa. Esa noche, en cambio, sus parejas de baile eran en su mayoría hombres de más edad, de la misma que Hazelmere, y, por consiguiente, mucho más difíciles de tratar. Algunos, como el amable Alvanley, no planteaban problema alguno, y Dorothea pudo pronto considerarlos buenos amigos. Otros, como el audaz lord Peterborough y el perverso Walsingham, le producían mayores recelos. Cuando, transcurrida ya la mitad de la velada, Hazelmere fue a reclamarla para el primer vals, rescatándola de la compañía de Walsingham, Dorothea se acogió a sus brazos con una sensación muy parecida al alivio.

Consciente de su situación, Hazelmere no pudo resistirse a comentar:

–¿Hace peor tiempo esta noche, señorita Darent?

Sus ojos se encontraron un instante. Luego, Dorothea contestó con la misma sorna que había empleado él:

–Claro que no, milord. Encuentro todo esto sumamente entretenido.

–Tenga cuidado de dónde se mete, querida niña –murmuró él.

Dorothea echó la cabeza hacia atrás y lo miró con los ojos abiertos de par en par y expresión inocente.

–¡Milord, qué expresión tan vulgar! ¡Qué impertinencia!

Hazelmere se echó a reír y de inmediato volvió al ataque.

–Ya que hablamos de impertinencias, querida, ¿cómo es que, por más que lo intento, no logro recordar una sola conversación con usted que no haya sido impropia?

Ella murmuró con perfecto aplomo:

–Yo pensaba que la explicación de ese misterio era obvia, lord Hazelmere.

Al encontrarse sus miradas, Hazelmere advirtió una expresión de regocijo en los ojos de ella. Aquélla era la segunda vez que se metía en una trampa con ella. Debía de estar perdiendo pie. Sin embargo, aún había mucha tela que cortar. Poniendo un tono más severo, añadió:

–Sepa usted, mi querida señorita Darent, que no tengo costumbre de mantener conversaciones impropias con señoritas bien educadas.

Ignorando adónde conducía todo aquello, ella no pudo hacer más que poner cara de educada sorpresa.

–¿De veras?

Mientras los últimos acordes del vals recorrían el salón de baile, Hazelmere la hizo girar y se detuvo. Miró sonriendo sus hermosos ojos verdes y contestó:

–Sólo con usted.

Ella no pudo mantener la seriedad y, divertida, lo miró con fingida indignación. Echándose a reír, permitió que la tomara del brazo y la condujera de nuevo junto a lady Merion.

–Como decía, lord Hazelmere, es usted sumamente impertinente.

Él se llevó su mano a los labios y, mirándola fijamente, agregó:

–Lo somos ambos, señorita Darent.

Más tarde, Hazelmere acompañó a Dorothea al comedor, rescatándola de las garras de lord Peterborough. Gracias a que estaba acostumbrado a alejar a las mujeres de las atenciones de sus amigos, cumplió esta tarea, por lo demás sumamente dificultosa, con un mínimo esfuerzo. Dorothea y él compartieron mesa con Cecily, lord Fanshawe y Julia Bressington, quien iba acompañada del puntilloso lord Harcourt. Fanshawe, asistido por las observaciones que ocasionalmente interpolaba Cecily, les describió la singular escena que acababan de presenciar entre la anciana lady Melchett y lord Walsingham, cuando la irascible señora había increpado a aquel joven caballero por no bailar con su sobrina. Comprendiendo que, dada su limitada experiencia en el gran mundo, Dorothea no podía apreciar por entero aquella anécdota, Hazelmere pasó cinco agradables minutos instruyéndola, con la cabeza pegada a la de ella para no molestar al resto de los comensales.

Para Dorothea y Cecily, la fiesta de los Bedlington iba a marcar el tenor de la conducta del marqués y lord Fanshawe. Sus señorías asistían a casi todas las grandes reuniones sociales y siempre eran de los primeros en anotar sus nombres, normalmente para un vals, en las libretas de baile de las hermanas Darent, a las que con frecuencia acompañaban a cenar.

A pesar de que al principio casi todas las miradas se fijaron en ellos, a medida que los días se transformaban en semanas, la alta sociedad se acostumbró a ver a la señorita Darent en los brazos de lord Hazelmere y a Cecily Darent en los de lord Fanshawe. Ambos tuvieron que soportar gran cantidad de chanzas por su costumbre de hacerlo todo a la par. Ellos las aguantaban con ecuanimidad, lo cual sorprendió a sus amigos y acabó convenciéndolos de que la cosa iba muy en serio. La primera semana de abril, tres semanas después del inicio de la temporada y una antes del baile de presentación de las dos jóvenes, los más avisados miembros de la alta sociedad hablaban ya del entendimiento que existía entre las hermanas Darent y los señores Hazelmere y Fanshawe. Una vez alcanzado este punto, ambos caballeros comprendieron que, a partir de entonces, se les permitiría un grado mucho mayor de atrevimiento en sus tratos con las damas de su elección.

Durante aquellas primeras semanas, los dos tuvieron gran cuidado de no pasarse de la raya en ningún sentido. Hazelmere era consciente de que Dorothea, a pesar de su preciada independencia, se acogía a sus brazos como a puerto seguro, sabiendo que allí estaría a salvo de los señores Peterborough, Walsingham y otros parecidos. Reconociendo el impagable servicio que estos caballeros le estaban prestando sin ellos saberlo, Hazelmere no intentó ahuyentarlos. Le parecía irónico que, al intentar eludir las peligrosas atenciones de aquellos hombres, Dorothea buscara cobijo en sus brazos, donde, sin que ella lo supiera, corría mayor peligro.

Hazelmere observó cuidadosamente a Dorothea durante las semanas de bailes y celebraciones y no advirtió en ella signo alguno de parcialidad hacia la compañía de ningún otro caballero. Sabía que Dorothea disfrutaba estando con él; lo veía en sus ojos cada vez que los miraba fijamente, cosa que hacía a menudo. Lo que no sabía era si estaba enamorada de él. Dorothea tenía una personalidad tan evasiva que, a pesar de su amplia experiencia, Hazelmere nunca se había topado con algo semejante.

Aun con todo, quedaba mucho tiempo. El ajetreo de los bailes de presentación de las debutantes comenzaría en las semanas siguientes. Después, las actividades de la alta sociedad solían adquirir un ritmo más sosegado, y asuntos como el matrimonio podían concluirse en medio de una atmósfera más apacible.

A medida que avanzaba la temporada, Dorothea iba encontrándose en un curioso estado de perplejidad. Lord Hazelmere era el hombre más fascinante que había conocido. Era siempre atento de un modo sutil que ella apreciaba mucho más que el sofocante agasajo de sus admiradores más jóvenes. Era, francamente, el único hombre con el que, en los rincones más remotos de su mente, durante las horas más oscuras de la noche, había llegado alguna vez a pensar en casarse.

No le habían hecho falta las poco disimuladas insinuaciones de lady Merion para darse cuenta de que el marqués sentía predilección por ella, pues sus continuas atenciones dejaban claro que la estaba cortejando seriamente. Hazelmere, no obstante, no había dado ningún paso para llevar su interés más allá de la fase de tanteo. Dorothea albergaba la insidiosa sospecha de que, dado que ella no parecía haber sucumbido a sus muy considerables encantos, el marqués había puesto sitio a sus recelos, manteniéndola a una distancia prudencial hasta que ella admitiera su atracción por él. Ella representaba un desafío y, como tal, había de ser conquistada. Dorothea tenía la impresión de que, después, el orgullo arrogante y las despóticas maneras de Hazelmere resultarían casi insoportables.

Incluso circulaban rumores de apuestas acerca del resultado de su lucha de voluntades. Desconocedora de semejantes manejos, Dorothea no sabía si el rumor podía ser cierto, pero tenía la sensación de que daba buena cuenta de la personalidad escandalosa del marqués.

Con todo, las dudas que ocupaban cada vez con mayor frecuencia su pensamiento se referían a los motivos por los cuales la había escogido el marqués. Aquellas preguntas comenzaban a turbar su sueño. Hazelmere tenía que casarse tarde o temprano, eso era evidente. Pero ¿por qué con ella? ¿Estaba enamorado o pensaba únicamente en las conveniencias? ¿Cómo la veía él? ¿Como un desafío que superar, como un vínculo ventajoso, como la nieta de una de las mejores amigas de su madre, como una mujer sensata y no lo bastante bella como para requerir constante vigilancia? ¿O veía en ella algo más? Aquello debía importarle un comino. Pero a ella le importaba, y mucho. Se hallaba en la envidiable situación de no tener que casarse si no quería. Sin embargo, si su relación con el marqués continuaba por el mismo camino, rechazarlo cuando se le declarara, si es que llegaba a hacerlo, tal vez fuera imposible. Y en cuanto a dilucidar los verdaderos motivos del marqués, se enfrentaba a un problema de difícil solución: ¿cómo podía estar segura? Él era hombre seductor y de considerable experiencia. Si únicamente buscaba una mujer dócil, una mujer que apenas interfiriera en sus amoríos, sería muy propio de su arrogante carácter buscar un atajo haciendo que una señorita de campo se enamorara de él y admitiera con presteza sus galanteos.

Su incapacidad para discernir los motivos de Hazelmere llenaba a Dorothea de frustración. Sin embargo, tal y como estaban las cosas, había poco que pudiera hacer. De momento, era él quien llevaba las riendas. Sin apenas posibilidad de maniobra, lo mejor que podía hacer ella era disfrutar de su compañía y postergar las preguntas difíciles hasta que exigieran respuesta.

6

El sábado anterior al debut de las hermanas Darent las encontró paseando a caballo por el parque, actividad que organizaba diariamente el muy emprendedor Ferdie. Éste, que se había establecido firmemente como su principal mentor y guía por entre los escollos de la temporada londinense, había alcanzado una posición tal que Dorothea, Cecily e incluso lady Merion lo consideraban ya parte de la familia.

La semana anterior, Ferdie había decidido que las señoritas Darent harían una bonita estampa a caballo y se había presentado en Merion House con monturas especialmente pensadas para ellas. A Dorothea le encantaba cabalgar y hasta Cecily disfrutaba de un tranquilo paseo a caballo, de modo que su reacción ante la idea de Ferdie no decepcionó a éste. Diez minutos después, ambas jóvenes se habían puesto los elegantes trajes de montar confeccionados por Celestine e iban camino del parque, escoltadas por el orgulloso Ferdie y su sombra, el señor Dermont.

Ataviada con un severo traje de color verde salvia que realzaba admirablemente su figura, con los lustrosos rizos de su pelo coronados por un flexible casquete con una hermosa pluma de pavo real que se enroscaba alrededor de su cabeza, Dorothea se había hecho fácilmente con su vivaz yegua baya. Cecily, satisfecha con su manso palafrén, estaba soberbia con una túnica azul pálido con el borde de piel sobre una falda de un azul más oscuro y un sombrero de piel a juego. Su primera excursión había sido un sonado éxito.

Esa tarde, mientras trotaba apaciblemente junto a Ferdie, Dorothea oyó que se dirigía a ella una voz conocida y suavemente burlona.

–Qué magnífica dama es usted, señorita Darent.

Girándose, Dorothea se encontró con la mirada admirativa del marqués de Hazelmere y sintió que se sonrojaba. Pero, posando su mirada en el hermoso potro negro que montaba él, exclamó involuntariamente:

–¡Qué espléndido animal!

El espléndido animal se sintió ofendido por su tono, pero logró controlarse sin esfuerzo.

–¿Por qué no galopa usted conmigo, señorita Darent? –ella buscó titubeando a su mentor y descubrió que Ferdie había desaparecido misteriosamente–. ¿Acaso le da miedo? –preguntó de nuevo aquella voz burlona.

Dorothea dio al traste con sus recelos.

–Está bien. Pero ¿hacia dónde vamos?

–Sígame.

El potro negro echó a correr por un ancho camino que se adentraba en el parque. A pesar de que su montura era superior, Hazelmere era un jinete mucho más pesado que Dorothea. Ésta, una consumada amazona, siguió sin esfuerzo a Hazelmere hasta que el marqués se detuvo describiendo un amplio arco en un claro, al final del camino. Menos fuerte que él, Dorothea tuvo que trazar un arco más amplio para detener su montura más cerca de los árboles. Una rama baja le quitó el sombrero de la cabeza.

Ambos reían cuando él se acercó al lugar donde yacía el

sombrero de Dorothea y desmontó para recogerlo. Ella retrocedió y aguardó mientras Hazelmere tomaba el sombrero y le sacudía el polvo. Acariciando la pluma, el marqués se acercó a ella, pero en lugar de darle el sombrero, puso las manos sobre su cintura.

–Desmonte, señorita Darent.

Ella pensó en la posibilidad de negarse, pero no vio modo de hacerlo sin parecer remilgada o, peor aún, coqueta. Notando la fortaleza de las manos de Hazelmere en su cintura y advirtiendo la mirada burlona del marqués, decidió que sólo podía responder con audacia. Quitó los pies de los estribos y dejó que él la bajara sin esfuerzo.

–Estese quieta –le ordenó Hazelmere y, quitando el largo alfiler del sombrero, lo insertó hábilmente entre el pelo recogido de Dorothea y pasó la mano por la pluma para volver a colocarla alrededor de su cara.

Dorothea se encontró mirando sus ojos, que ya no reían, sino que brillaban extrañamente. Hipnotizada, sintió que sus pensamientos se hacían añicos y volaban a los cuatro vientos. Era agudamente consciente del hombre que tenía ante ella y de poco más. Por un instante se preguntó si iba a besarla. Pero al instante siguiente él recuperó su mirada burlona y volvió a subirla en la yegua.

–Al menos la devolveré a Ferdie tan impecable como cuando la embauqué para apartarla de su lado –su tono cínico sonó extraño a oídos de Dorothea.

Confundida y decepcionada, sintió un arrebato de cólera porque Hazelmere la hubiera provocado para luego retirarse en el último momento. Frunció el ceño y luego estuvo a punto de dejar escapar un gemido de asombro al darse cuenta de la audacia de sus pensamientos. Horrorizada ante la posibilidad de que Hazelmere la viera sonrojarse y adivinara la causa, hizo dar la vuelta a su montura.

Hazelmere volvió a montar y ambos emprendieron en silencio el camino de regreso con un suave trote. Él había visto fruncirse las delicadas cejas de Dorothea, pero lo achacó a la exasperación que sin duda le había producido su osadía, en vez de a la frustración que había despertado en ella su reticencia.

Salieron de entre los árboles y de tácito acuerdo remontaron una suave loma y se detuvieron, buscando a los otros. El resto de la comitiva no estaba muy lejos. Lord Fanshawe se había unido al grupo y parecía enfrascado en una conversación con Cecily. Incluso desde aquella distancia, Dorothea pudo observar que su hermana estaba enteramente cautivada. Ferdie y el señor Dermont se habían reunido con dos amigos y los cuatro vagaban sin rumbo, alejándose cada vez más de la pareja. De pronto, Dorothea cayó en la cuenta de que tal vez el juicio de Ferdie no fuera infalible.

Asaltada por una súbita duda, comprendió que ella también había cometido un descuido. No resultaría fácil explicar por qué se había aventurado sola con el marqués de Hazelmere por una camino desierto. Por suerte, no creía que sus amigos la hubieran visto. ¡Pero dejar a Cecily prácticamente sola con Fanshawe en medio del parque! ¡Era inconcebible! ¿En qué estaba pensando Ferdie?

Una risa profunda a su lado hizo que sus ojos verdes volvieran a posarse en el rostro de Hazelmere. Éste la miró fijamente con expresión burlona.

–En realidad, no puede culpar a Ferdie, ¿sabe? Él se mostraría todo lo protector que usted pudiera desear si se tratara de otros. Pero a Fanshawe y a mí jamás nos vería como una potencial amenaza.

Ella le lanzó una mirada exasperada y se dirigió hacia su hermana. Mientras se acercaba, Fanshawe alzó la mirada, sorprendido, y miró inquisitivamente a Hazelmere, que iba tras ella. Dorothea no tuvo que ver la sonrisa del marqués para darse cuenta de que, en lo que a su hermana y ella concernía, estando presentes lord Hazelmere y lord Fanshawe, era improbable que se cumpliera la máxima de que en el número se encuentra la seguridad.

Viendo que su hermana fruncía el ceño, Cecily sonrió radiante sin mostrar turbación alguna, pero se acercó dócilmente a Dorothea al ver que ésta enfilaba hacia la puerta.

En ese momento se les unió Edward Buchanan a lomos de un ostentoso caballo. Habiendo llegado a sus oídos la noticia de que las hermanas Darent paseaban a caballo todos los días por el parque, había concebido la feliz idea de que, aunque no brillara en los salones de baile, la señorita Darent no podía dejar de mostrarse impresionada al verlo encaramado sobre un soberbio caballo. Por desgracia para él, su soberbio caballo, alquilado en una cuadra comercial, demasiado largo de lomo y con notable tendencia a desmandarse, estaba muy lejos de ser elegante.

Deteniéndose junto al grupo, el señor Buchanan se inclinó ante Dorothea.

–Me alegra verla, señorita Darent.

Dorothea inclinó la cabeza con frialdad.

–Señor Buchanan. Me temo que estábamos a punto de regresar a Cavendish Square.

Los labios de Hazelmere esbozaron una sonrisa.

–No importa, querida señorita –dijo Edward Buchanan, haciendo aspavientos–. Será un placer acompañarlas.

Dorothea estuvo a punto de atragantarse, pero no podía hacer nada, salvo rehusar su ofrecimiento sin ambages. Con semblante inexpresivo, presentó al señor Buchanan a sus acompañantes. El marqués se limitó a alzar una ceja a modo de saludo. Lord Fanshawe, por su parte, se mostró igualmente reticente. Ninguno de los dos mostró el menor interés por cederle su puesto al lado de las hermanas Darent al señor Buchanan. Dorothea casi suspiró de alivio, pero al instante se crispó al ver el destello de la mirada de Edward Buchanan. Mientras conducían sus caballos hacia las puertas del parque, éste emprendió una perorata sobre la recogida de cosechas y sus técnicas. Pero esta vez había juzgado mal a sus oponentes. Hazelmere, acostumbrado desde niño a la administración de las grandes fincas patrimoniales de los Henry, y Fanshawe, quien a pesar de que aún no había accedido a su herencia participaba activamente en la administración del señorío de Eglemont, sabían más sobre aquella cuestión que el propio Buchanan. Entre los dos agotaron el tema y a continuación procedieron a interrogar al señor Buchanan. Sometido a aquella sutil presión contra la que no tenía modo de defenderse, éste hubo de admitir que poseía una finca arrendada en Dorset. No, no muy grande. ¿Cómo de grande? Bueno, en realidad, bastante pequeña. ¿Ganado? No mucho. No, aún no se había aventurado en la cría de reses.

Intentando contener la risa, Dorothea miró a Ferdie, que iba tras ella, y sorprendió una expresión beatífica en su inocente semblante. El señor Dermont parecía también extrañamente entretenido. Y Cecily, que no conocía al señor Buchanan, parecía en estado de éxtasis. Su sonrisa no dejaba duda de que comprendía las tácticas de los caballeros. Dorothea volvió a observar con semblante de esfinge los apuros del señor Buchanan y su mirada se posó en el rostro de Hazelmere, quien, como si sintiera sus ojos fijos en él, bajó la mirada hacia ella. Su expresión de regocijo a punto estuvo de hacer que Dorothea perdiera la compostura.

En ese momento, intentando cambiar de tema a la desesperada, y consciente al fin de que su ostentosa cabalgadura no podía compararse ni de lejos con las de los demás, dijo Buchanan:

–Estoy sumamente impresionado por la calidad de sus caballos, señorita Darent. Supongo que son alquilados.

–Pues sí. Ferdie los ha alquilado para nosotras –ella se giró hacia Ferdie mientras hablaba y vio sorprendida que su rostro tenía una expresión particularmente indiferente, por no decir envarada.

–Ah. ¿Y de qué cuadra proceden, señor Acheson-Smythe, si puedo atreverme a preguntárselo? –preguntó Edward Buchanan.

–Sueles ir a las cuadras de la calle Titchfield, ¿no, Ferdie? –dijo Hazelmere.

Ferdie pareció sorprendido.

–Ah, sí. Sí. A las de la calle Titchfield.

Dorothea se preguntó qué demonios le pasaba. Hazelmere, que sabía que no había cuadras en la calle Titchfield, dado que no había ninguna calle Titchfield en la metrópolis, sonrió amablemente al señor Buchanan al tiempo que llegaban a la puerta.

Al ver su sonrisa, el señor Buchanan decidió que ya había hecho bastante por sus futuros intereses por un día. Recordando de pronto que tenía un compromiso urgente, se despidió de ellos con pesadumbre. Su partida los sumió en un asombrado silencio, que duró hasta que el señor Buchanan se perdió de vista. Entonces, todos se partieron de risa.

Finalmente, flanqueadas todavía por Hazelmere y Fanshawe y con Ferdie y el señor Dermont a la zaga, las señoritas Darent regresaron a Cavendish Square. De camino, los señores mantuvieron viva la conversación hablando de generalidades, incluyendo en la charla a las dos señoritas por igual. Dorothea sospechaba que aquella prueba de impecable conducta era una treta para convencerla de que no había impropiedad alguna en lo sucedido en el parque. Haciéndose una idea de lo que su hermana y ella podían esperar de futuros paseos a caballo, comprendió que tendrían que procurar en la medida de lo posible no dar ocasión a aquellas maniobras. Sin embargo, no confiaba mucho en su capacidad para rehuirlas por completo, pues los señores tenían mucha más experiencia en tales lides.

Al llegar a Cavendish Square, Dorothea se disponía a desmontar cuando Hazelmere se adelantó y la ayudó a apearse. Sujetándola un instante entre sus brazos, miró el hermoso rostro de la joven, serio por un momento. Sus ojos de color avellana brillaron, pero entonces Cecily se echó a reír y aquel instante pasó. Soltando a Dorothea, hizo una reverencia y con su habitual sorna dijo:

–*Au revoir*, señorita Darent. Me atrevo a decir que nos encontraremos de nuevo esta noche.

De vuelta a la realidad, Dorothea sonrió a modo de despedida y, tomando a Cecily del brazo, entró en Merion House. Una vez dentro, Mellow las informó de que lady Merion estaba descansando antes del baile y había insistido en que sus nietas hicieran lo mismo. La duquesa de Richmond recibía esa noche, y su baile era una de las sensaciones de la temporada. Celebrado el primer sábado de abril, era seguido de los bailes de debut. Tradicionalmente, los más importantes de éstos tenían lugar los miércoles y los sábados durante el resto de abril, extendiéndose a veces a mayo. Aunque había cierto número de festejos de menor importancia previstos para el sábado, el lunes y el martes de la semana siguiente, el miércoles por la noche sólo había un baile: el de Merion House. Unas cuantas madres habían previsto en principio celebrar los bailes de debut de sus hijas esa noche, pero, conociendo a las hermanas Darent, aquellas señoras habían decidido sabiamente cambiar la fecha. Mejor tener menos invitados que ninguno en absoluto.

Su incidente con Hazelmere había dado que pensar a Dorothea, de modo que, considerando el consejo de su abuela muy oportuno, Cecily y ella se retiraron a sus respectivas habitaciones, supuestamente para descansar.

Trimmer, su nueva doncella, la estaba esperando para ayudarla a cambiarse. Lady Merion y Witchett habían decidido que Betsy permaneciera con Cecily, ya que conocía bien las indisposiciones ocasionales de la joven. Las circunstancias de Dorothea exigían en mayor medida las atenciones de una doncella de primera clase. Cuando le preguntaron si conocía a alguna candidata conveniente, Witchett propuso a Trimmer, su sobrina. Por suerte, Dorothea y ella se entendían bien, y Trimmer, al igual que su tía antes que ella, había caído bajo el hechizo de su encantadora y joven señora.

Deteniéndose en medio de la habitación para quitarse el alfiler del sombrero que el marqués le había prendido en el pelo, Dorothea deseó que Trimmer se fuera, pero no tuvo valor para despedirla sin más. Aguardó pacientemente mientras la atenta muchacha la despojaba de sus ropas de salir y la envolvía en una bata de seda verde y luego cerró su mente al resto del mundo y se concentró en la cuestión de qué iba a hacer respecto al marqués de Hazelmere.

Se sentó ante el tocador, se soltó el pelo y se cepilló distraídamente la lustrosa melena, mirando su reflejo sin verlo. Desde su primer encuentro, Hazelmere había hecho serias incursiones contra las defensas que rodeaban su corazón. Eso, al menos, era un hecho incontrovertible. Pero hasta ese momento ella había rehusado pensar en el resultado natural de aquella situación.

Mientras miraba fijamente sus ojos verdes, reflejados en la superficie finamente pulida del espejo, suspiró. Le había costado algún tiempo comprender las novedosas emociones que Hazelmere despertaba en ella. Pero, después de aquel día, ya no podía engañarse. Sola con él en aquel claro del bosque, había estado segura de que iba a besarla. Y lo había deseado con todas sus fuerzas. Había deseado que la besara como aquella vez, junto a la zarza. Aquello habría sido un atrevimiento, claro está, pero lo cierto era que llevaba semanas deseando que Hazelmere repitiera aquella hazaña.

Dejó el cepillo y volvió a recogerse cuidadosamente el pelo. Sabía que ansiaba encontrarse con él allá donde iban, y que extraía gran placer de su compañía, a pesar de su talante despótico, que en ocasiones llegaba a enfurecerla. Su desconcertante habilidad para leerle el pensamiento únicamente añadía sabor a sus encuentros, y Dorothea disfrutaba enormemente de sus caprichosas conversaciones. Cuando Hazelmere no estaba con ella, bien provocándola, bien burlándose de ella con aquella expresión irónica en sus ojos castaños, se sentía triste y apática y había pocas cosas que despertaran su interés. Admitido lo cual, ¿qué iba a hacer exactamente respecto a su situación?

Poniéndose en pie, cruzó la habitación, se echó en la cama y jugueteó distraídamente con las borlas del cordón de la cortina del dosel. Estaba ya segura de sus propios sentimientos, pero ¿qué sabía de los de él? Hazelmere, ciertamente, parecía sentirse atraído por ella. Pero, a su edad, todo el mundo esperaba que se casase. Tal vez, sencillamente, había decidido con su habitual desparpajo que ella le servía para tal fin. Pero, si así era y su interés por ella era ilusorio, ¿cómo saberlo? Él dominaba a la perfección aquel juego y ella era una aprendiz. Parecía seguro que, en algún momento, el marqués le pediría su mano. Y que, por el mismo tácito código de conducta, ella aceptaría. El problema era que ella lo amaba. Pero ¿la amaba él?

Dorothea ponderó aquella cuestión durante media hora. A pesar de la habilidad de lord Hazelmere para adivinarle el pensamiento, estaba convencida de que no había descubierto cuán profundos eran sus sentimientos hacia él. Parecía lo más prudente proteger su corazón hasta que él le diera alguna indicación de lo que sentía por ella.

Sin embargo, aquella situación de inocente coqueteo no

podía durar. Los acontecimientos de aquella tarde lo probaban. Quizá, durante uno de sus numerosos encuentros, ella pudiera encontrar un modo de incitar en él una declaración. La idea de incitar a un hombre como Hazelmere la hizo sonreír. Eso, al menos, no sería difícil. Sintiéndose sin saber por qué más segura de sí misma, apoyó la cabeza en la almohada y, agotada de tanto cavilar, durmió hasta que Trimmer fue a vestirla para el baile de la duquesa de Richmond.

De haber mirado por la ventana, en lugar de mirar el espejo, Dorothea habría visto entre los árboles de Hazelmere House a Hazelmere, Fanshawe y Ferdie. Estos habían dejado sus monturas en los prados de detrás de la mansión y regresaban a la puerta principal hablando animadamente de caballos. Hazelmere abrió la puerta con su llave y traspuso el umbral, pero se detuvo en seco. Ferdie, que iba detrás, se tropezó con él y, mirando por encima de su hombro, exclamó asombrado:

–¡Cielo santo!

Hazelmere fijó una mirada inquisitiva en los montones de cajas y baúles esparcidos por el vestíbulo. Viendo que su mayordomo intentaba sortear aquel desbarajuste, preguntó en tono engañosamente suave:

–Mytton, ¿qué es exactamente todo esto?

Mytton, que conocía aquel retintín, contestó con presteza:

–La señora ha llegado, milord.

–¿Qué señora? –preguntó Hazelmere, asaltado por una repentina y desagradable inquietud.

–Pues su señora madre, milord –respondió Mytton, perplejo ante tan extraña pregunta.

–¡Ah, claro! –dijo Hazelmere, aliviado–. Por un instante me ha horrorizado pensar que Maria y Susan habían vuelto.

Aquella explicación sacó de dudas a sus acompañantes. De todos era conocida la antipatía de Hazelmere por sus hermanas mayores, antipatía que tenía sus raíces en el interés que aquellas envaradas señoras habían mostrado años antes por manejar sus asuntos matrimoniales. La ignominiosa e inevitable derrota de sus pretensiones había culminado con la declaración de personas non gratas en las diversas casas del marqués. Dado que ambas estaban casadas con hombres perfectamente capaces de mantenerlas, Hazelmere no veía razón para que invadieran sus casas con sus maneras puritanas y entrometidas.

Absorto en sus asuntos, había olvidado por completo que su madre, Anthea Henry, marquesa viuda de Hazelmere, siempre pasaba en la ciudad unas semanas durante la temporada y que, invariablemente, asistía al baile de la duquesa de Richmond. Mirando de nuevo a su alrededor, preguntó:

–¿Qué tal está la señora, Mytton?

–Se ha retirado a descansar, señor, pero ha dicho que se reuniría con usted para cenar.

Hazelmere asintió distraídamente y, sorteando cajas y baúles, recorrió el corredor y traspuso las puertas dobles que daban a la biblioteca, abundantemente surtida. Ferdie lo siguió con Fanshawe a la zaga. Cerrando las puertas tras ellos, Fanshawe se dio la vuelta y sonrió.

–Siempre se trasladan con montañas de equipaje, ¿no os parece? Supongo que tu madre no necesitará ni la mitad de todo eso. La mía es exactamente igual.

Hazelmere asintió con desgana. Comprendiendo que cenar a solas bajo la mirada penetrante de su madre tal vez no fuera muy tranquilizador para su ánimo, ya de por sí crispado, decidió pedir refuerzos.

–Tony, ¿te apetece venir a cenar? ¿Y a ti, Ferdie?

Fanshawe asintió, pero Ferdie dijo:

–Vendré encantado, pero recuerda que tengo que acompañar a las Merion al baile, así que tendré que irme a las siete.

–Pues si tú te vas a las siete, nosotros tendremos que irnos antes –dijo Fanshawe–. Ni se te ocurra salir de Merion House hasta que nuestro carruaje se haya ido.

Hazelmere tocó la campanilla y, al presentarse Mytton, le dio instrucciones.

–Con todo el respeto hacia la señora marquesa, cenaremos a las cinco y nos marcharemos al baile a las siete en punto. Procura que el carruaje esté listo antes de esa hora.

Mytton se retiró para trasladar aquella noticia inesperada al mago culinario del piso de abajo. Hazelmere sirvió vino y, tras repartir las copas, se dejó caer en uno de los sillones orejeros reunidos alrededor de la chimenea de mármol. Fanshawe había tomado asiento frente a él y Ferdie estaba elegantemente arrellanado en el diván. Una vez acomodados, un agradable silencio cayó sobre ellos. Fue Fanshawe quien lo rompió.

–¿Qué demonios te hizo volver tan pronto de tu cabalgada con Dorothea?

Sin alzar la mirada del fuego, Hazelmere le contestó:

–La tentación.

–¿Qué?

Dando un suspiro, el marqués explicó:

–¿Recuerdas que convinimos jugar conforme a las reglas? –Fanshawe asintió–. Pues, si me hubiera quedado un minuto más, habría mandado las reglas al infierno. Por eso volvimos.

Fanshawe asintió comprensivo.

–Todo esto está resultando ser mucho más complicado de lo que imaginaba.

Hazelmere lo miró, pero fue Ferdie, quien, desconcertado, habló primero.

–Pero ¿por qué es tan complicado? Yo creía que sería coser y cantar, sobre todo para vosotros dos. No tenéis más que decidiros y pedirle al tutor de las chicas, a ese espantoso Herbert, su mano. Es muy sencillo. No veo dónde está el problema.

Viendo la expresión de irónica condescendencia que suscitaban sus palabras, Ferdie comprendió que se había perdido algún punto esencial y aguardó pacientemente una explicación. Hazelmere, con los ojos fijos en su delicada copa de vino, dijo al fin:

–El problema, Ferdie, reside en adivinar cuáles son los auténticos sentimientos de las señoritas Darent. Te aseguro que no podría asegurar si la señorita Darent sólo se está divirtiendo o si su corazón le pertenece a este humilde servidor.

Ferdie lo miró con perplejidad. Recuperando al fin el habla, exclamó:

–¡No! ¡Aguarda un momento, Marc! ¡No puede ser cierto! Tú, mejor que nadie, debería saberlo.

–¿Y cómo?

Ferdie abrió la boca para responder, volvió a cerrarla y se giró hacia Fanshawe.

–¿Tú estás igual?

Fanshawe se limitó a asentir con la cabeza gacha. Tras una pausa, durante la cual procuró digerir aquella asombrosa información, Ferdie dijo:

–Pero las dos parecen disfrutar de vuestra compañía.

–Oh, eso lo sabemos –convino Hazelmere desdeñosamente–. Pero, aparte de eso, yo, por lo menos, no estoy seguro de nada.

–Así es –dijo Fanshawe–. No hace falta más que mirarlas a los ojos para saber que les gusta estar con nosotros, hablar con nosotros, bailar con nosotros. ¿Y por qué no habría de gustarles, pensándolo bien? Pero Ferdie, mi querido amigo, de ahí al amor hay un buen trecho.

Ferdie comprendió al fin el dilema en que se encontraban. Estaba considerando la posibilidad de echarles una mano cuando, de pronto, se encontró con la mirada fija del marqués.

–Ferdie –dijo Hazelmere suavemente–, si se te ocurre repetir una sola palabra de esta conversación fuera de aquí...

–Te haremos la vida completamente imposible –concluyó Fanshawe. Aquélla era una amenaza que los tres usaban con frecuencia entre ellos, y Ferdie se apresuró a asegurarles que semejante idea ni siquiera se le había pasado por la cabeza.

Un silencio lleno de desaliento cayó sobre ellos, hasta que Fanshawe miró el reloj de la repisa de la chimenea y se removió.

–Será mejor que vaya a cambiarme. ¿Vienes, Ferdie?

Los tres se levantaron. Tras acompañarlos a la puerta, Hazelmere subió al piso de arriba, donde ya lo aguardaba Murgatroyd. Tal y como había dicho Tony, todo aquello estaba resultando mucho más complicado de lo que había imaginado.

Durante la cena frugal que tomaron antes del baile en Richmond House, Dorothea, intrigada por los comentarios de Hazelmere en el parque, preguntó a lady Merion por la relación entre el marqués, lord Fanshawe y Ferdie Acheson-Smythe.

Lady Merion, pensando que la pregunta era muy oportuna dadas las circunstancias, se apresuró a explicarles la situación lo mejor posible.

–Bueno, las mayores propiedades de los señoríos de Hazelmere y Eglemont se encuentran en Surrey y lindan la una con la otra. Ambas familias han sido siempre aliadas y amigas. Hazelmere y Fanshawe nacieron con apenas unas semanas de diferencia. Hazelmere es el mayor de los dos. Ambos tienen dos hermanas mayores y Hazelmere tiene además una hermana menor, pero ninguno de los dos cuenta con hermanos varones. Por consiguiente, y como es natural, los chicos crecieron juntos. Juntos fueron a Eton y Oxford y juntos están en la ciudad desde... oh, desde hace más de diez años. El vínculo existente entre ellos es muy fuerte. En mi opinión, mucho más fuerte que si fueran hermanos.

–¿Y Ferdie? –preguntó Cecily.

–Ferdie es hijo de la hermana de la madre de Hazelmere y, por lo tanto, primo hermano del marqués. Es unos cinco años más joven que Marc, pero durante su infancia lo mandaban casi todos los veranos a Hazelmere. No comprendo muy bien por qué, ya que parecen tener un temperamento muy distinto, y está por otra parte la diferencia de edad, pero el caso es que Ferdie, Hazelmere y Tony Fanshawe son realmente muy amigos. Siempre se ayudan los unos a los otros y, cuando eran pequeños y hacían alguna travesura, siempre se encubrían mutuamente. Ferdie siente un sincero afecto por el marqués y por lord Fanshawe, y ellos a su vez se han mostrado siempre muy protectores y tolerantes con él.

Para entonces habían acabado ya la comida y lady Merion, mirando el reloj, las mandó dar los últimos retoques a sus *toilettes,* diciendo:

–Ya sabéis que Ferdie no tardará en llegar y odia que le hagan esperar.

Lady Merion tenía mucha razón cuando les decía a sus nietas que el vínculo entre Ferdie y sus dos amigos tenía profundas raíces. Dicho vínculo databa de su primera visita a Hazelmere House, cuando, durante la primera mañana de su estancia, el tímido niño de once años vio a su espléndido primo, cinco años mayor, y a su amigo, salir de la cuadra para dar un paseo matutino a caballo. Hallándose en aquel momento en su habitación, se vistió atropelladamente y bajó a las cuadras, pensando en hacerse con un caballo y alcanzarlos. Cayó, sin embargo, víctima de dos jóvenes mozos de cuadra que, por gastarle una broma, le dieron un semental árabe a medio domar. El caballo, muy fresco, echó a correr con Ferdie aferrado a su lomo con todas sus fuerzas. Por suerte, el caballo tomó el mismo camino que habían seguido los dos muchachos mayores. Marc y Tony Fanshawe salieron en su persecución, dándole instrucciones a Ferdie para salvarlo a él y al caballo. Por pura suerte y no poco valor por parte de todos, la cosa terminó bien. Desde aquel día en adelante, los tres se hicieron inseparables en tanto lo permitía la diferencia de edad e intereses. Cuando algún chico intentaba intimidar a Ferdie, recibía al punto la noticia de que tendría que vérselas con Tony o incluso con el formidable Marc.

Los hábitos forjados en la infancia tienen hondas raíces, y en Oxford, cuando se metía en algún lío de faldas, era a Marc en vez de a su padre, hombre un tanto excéntrico y doctoral, a quien acudía. Y Marc siempre lograba sacarlo del apuro. A su llegada a la ciudad, quienes pertenecían a los mejores clubes masculinos pronto comprendieron que lord Fanshawe y el marqués de Hazelmere tenían por costumbre materializarse no bien Ferdie Acheson-Smythe se veía amenazado por una u otra razón. Cuando Ferdie se metía en controversias acerca de los esfuerzos de tal o cual caballero por hacer trampa con los naipes y era retado en duelo, a pesar de que ello constituía una práctica ilegal, era Hazelmere quien intervenía para poner punto final al asunto.

Conviene decir que, a cambio, Fanshawe y Hazelmere habían descubierto que Ferdie poseía un raro talento: era tan de fiar que las mujeres se mostraban inclinadas a confesarle todos sus secretos. De este modo, Ferdie les había prestado múltiples servicios durante los cinco años anteriores. Sin embargo, tal y como Hazelmere le había dicho a Dorothea, era prácticamente imposible que Ferdie lo viera a él o a Fanshawe como una posible amenaza.

La marquesa viuda de Hazelmere bajó las escaleras de Hazelmere House pensando en lo agradable que sería que una nueva lady Hazelmere les sacara partido a aquellos salones de tan bellas proporciones. Acababa de llegar de Surrey, como era su costumbre, pero ese año esperaba mucho más de la temporada londinense.

Con cincuenta años cumplidos, era todavía una mujer de rara belleza, alta y esbelta, cuyo abundante cabello castaño conservaba aún mucho de su antiguo esplendor, y a cuyo rostro los años no habían robado vivacidad. Unos años antes había contraído una dolencia bronquial que los humos de la ciudad agravaban, por lo que habitualmente pasaba sólo una semana o poco más en Londres. Las extraordinarias noticias que le llevaban las cartas de sus amigos londinenses habían alimentado sus expectativas. Aparte de una misiva de Hermione Merion escrita con todo cuidado, en la que le hablaba de la relación de su hijo con Dorothea Darent, había recibido no menos de seis cartas de otras amigas íntimas, todas ellas describiendo con todo lujo de detalles el aparente enamoramiento de lord Hazelmere por la señorita Darent. De éstas, la más reveladora había sido la última, enviada por la condesa de Eglemont. Los padres de Tony habían regresado a Londres una semana antes, y Amelia Fanshawe la informaba minuciosamente de la situación en la que se encontraban las relaciones entre su hijo y Cecily Darent y Hazelmere y la mayor de las hermanas. Lady Hazelmere juzgaba a Amelia más capaz que cualquier otra persona para interpretar correctamente el comportamiento de Marc. Y lo que Amelia le decía en aquella carta la había dejado intrigada. Así pues, en lugar de sorprenderse, le había hecho gracia que su hijo, por lo general tan frío, hubiera adelantado la cena para poder llegar al baile antes que su enamorada.

Al entrar en el salón, la sorprendió hallar allí a Tony Fanshawe y a Ferdie. Cuando su apuesto hijo cruzó la habitación para darle un afectuoso beso en la mejilla, lady Hazelmere lo miró inquisitivamente sin ningún disimulo. Él presentaba un aspecto tan impecable como de costumbre, con una levita negra perfectamente cortada que parecía hecha para amoldarse a su ancha espalda y unas calzas hasta la rodilla que se ceñían a sus recios muslos. Unos diamantes titilaban entre los blanquísimos pliegues de su corbata.

–Bienvenida a la ciudad, mamá. Estás preciosa, como siempre.

Los ojos de Hazelmere le devolvieron la mirada con expresión suave e inocente, lo cual no logró engañar a la marquesa. Mientras Tony y Ferdie le presentaban sus respetos, Mytton entró para anunciar la cena.

Durante la comida, Hazelmere, hábilmente secundado por su primo y Tony Fanshawe, logró entretenerla contándole cuanto había ocurrido hasta entonces en la temporada, con dos notables omisiones. Divertida por su estrategia, lady Hazelmere se entretuvo incluso más de lo que ellos pretendían.

Después de que los criados se retiraran, la marquesa decidió tomar la ofensiva. Fijó en su hijo y en Fanshawe una mirada que, como ambos sabían por experiencia, significaba que deseaba llegar al fondo de aquello que hubiera llamado su atención.

–Sí, todo eso está muy bien –dijo ella, interrumpiendo otra anécdota que estaba contando Ferdie–, pero lo que realmente quiero saber es por qué ninguno ha mencionado aún a las nietas de Hermione Merion. Por lo que he oído, los tres mostráis mucho interés por ellas, ¿no es cierto?

La marquesa escudriñó los ojos castaños de su hijo mientras éste explicaba suavemente:

–Pero, mamá, si ya lo sabrás todo de ellas por las cartas que te han mandado. No queríamos aburrirte.

Ella, no sabiendo qué decir, alzó la copa con expresión burlona.

–Espero que asistan al baile esta noche.

–Desde luego que sí. Ferdie va a escoltarlas hasta allí.

–Entonces, tenéis que prometerme que me las presentaréis. A cambio, os prometo no decir nada sobre el tema camino del baile.

–¿Y a la vuelta? –preguntó Fanshawe, acostumbrado a la forma de hablar de los Hazelmere.

Ella se echó a reír.

–Está bien. Tampoco diré nada a la vuelta.

–Bajo esas condiciones, te lo prometo –respondió Hazelmere con una sonrisa.

–Y yo –repitió Fanshawe.

–¡Cielo santo! –exclamó Ferdie, sorprendiéndolos a todos–. Tengo que irme o llegaré tarde. ¡No puedo hacerlas esperar!

Ferdie partió entre risas hacia el otro lado de Cavendish Square, urgiéndolos a darse prisa si querían llegar a Richmond primero.

Ferdie llegó a la puerta de Merion House justo cuando el carruaje de lady Merion doblaba la esquina y tuvo la previsora idea de pedirle a Mellow que no anunciara su llegada hasta que el carruaje de los Hazelmere, que ya aguardaba frente a Hazelmere House y se veía claramente al otro lado de la plaza, hubiera partido. Mellow aceptó la moneda de oro que Ferdie le dio a hurtadillas y comprendió perfectamente la situación.

Al entrar en el salón, Ferdie contuvo el aliento al ver la hermosa visión que se desplegaba ante sus ojos. Incluso él había empezado a preguntarse cuánto tiempo más podrían las hermanas Darent asombrar a todo el mundo con la elegancia de sus vestidos.

Dorothea, de pie junto a la chimenea de mármol, estaba arrebatadora con un vestido de satén de color marfil, bordeado de encaje alrededor del escote y a lo largo de una amplia banda que recorría un lado de la falda. Las perlas de su cuello brillaban suavemente a la luz del fuego, y su cabello parecía esmaltado por las llamas. La sencillez del vestido era asombrosa. Pensando en el efecto que tendría sobre Hazelmere en su actual estado de ánimo, Ferdie casi sintió lástima por el marqués.

Cecily iba toda engalanada de blanco, con ribetes de cinta de color aguamarina y diminutas incrustaciones de perlas cruzadas sobre el corpiño y salpicadas alrededor de la falda. El efecto era asimismo único y encantador.

Lady Merion, complacida por el efecto que el atuendo de sus nietas había causado en Ferdie, anunció que estaban listas para partir. Ferdie tragó saliva y preguntó en tono inocente:

–Eh, ¿ha anunciado Mellow el carruaje?

–No, Ferdie, no lo ha hecho –dijo Dorothea, sospechando de repente.

–Pues no sé por qué no lo hace –masculló lady Merion–. Hace mucho rato que mandamos por él.

–Eh... sí –Ferdie decidió que era preferible dirigirse a lady Merion–. He estado cenando en Hazelmere House.

Lady Hazelmere estaba presente, señora, y le manda recuerdos. Me ha dicho que se verían en el baile.

En ese momento, mientras Ferdie buscaba desesperadamente un modo de distraerlas, Mellow entró y lo sacó del apuro anunciando el carruaje.

7

Tras un viaje sin incidentes, el carruaje de lady Merion se sumó a la larga fila de coches que aguardaban para descargar su encopetada carga junto a la escalinata iluminada con antorchas de Richmond House. Habían hablado poco durante el trayecto, y Ferdie había tenido tiempo de preguntarse qué estaba ocurriendo entre las hermanas Darent y sus amigos.

Recordaba la mirada de Dorothea esa tarde, al marcharse del parque tras el paseo a caballo. En aquel instante había sido incapaz de interpretarla, creyendo que no se habían separado ni un momento. Pero ahora, por lo que Marc y Tony habían dicho, estaba claro que no había sido así. La cabeza le daba vueltas cuando intentaba imaginar qué había ocurrido exactamente entre Dorothea y Marc. ¡Y ello mientras las señoritas Darent se hallaban bajo su cuidado, como mandaba la costumbre! Si tal cosa llegaba a trascender, su reputación como acompañante de fiar se vería arruinada.

El carruaje se detuvo y Ferdie ayudó a apearse a las damas. Pronto se hallaron subiendo la magnífica escalinata iluminada por la que hacían su aparición los invitados. Al llegar arriba fueron recibidos por la duquesa y entraron en el salón de baile en el momento en que sus nombres eran anunciados con estentóreo acento por los corpulentos lacayos que flanqueaban la puerta.

Dorothea había dado sólo unos pasos cuando descubrió a Hazelmere a su lado. Sonriéndole, notó que sus ojos tenían una expresión seria, pero que aun así brillaban de un modo que hizo que se le parara el corazón. Los demás síntomas que ahora asociaba con su presencia, la falta de aire, la confusión y un cierto nerviosismo, aparecieron de inmediato. Entonces él sonrió y su mirada intensa se disolvió en la expresión afectuosamente irónica que adoptaba de costumbre, ahuyentando así la inquietud de Dorothea. Antes de posar la mano de ella en su brazo, sus labios le rozaron apenas los dedos enguantados.

–Venga conmigo, señorita Darent. Hay alguien a quien quiero que conozca.

–¿Ah, sí? Y, dígame, ¿a quién?

–A mí.

Ella se echó a reír. Hazelmere la apartó del flujo de invitados recién llegados, táctica que confundió al pequeño ejército de admiradores que esperaban pacientemente para saludarla cuando se adentrara en el salón de baile, y la condujo hacia un rincón, camuflándola entre los invitados llegados hacía rato. Él se movía automáticamente entre la multitud, sin ver ni oír a nadie. Su mente giraba produciéndole una sensación de embriaguez que nunca antes había experimentado. Fuera lo que fuera aquello, era excitante e incómodo al mismo tiempo, y su causa era la bella criatura que caminaba pausadamente a su lado. Al verla vestida de marfil, había sentido que le faltaba el aliento. Luego ella le había sonreído con tan evidente afecto que Hazelmere había tenido que refrenar el impulso de besarla en medio del salón de baile de la duquesa de Richmond.

La tentación de proseguir su deambular por los salones

adyacentes era fuerte. Hazelmere conocía muy bien Richmond House. Estaba seguro de poder encontrar una antecámara desierta donde la señorita Darent y él pudieran analizar con más profundidad la extraña reacción que provocaba en él su presencia. Hazelmere suspiró para sus adentros. Por desgracia, las conversaciones de tan íntimo carácter no se contaban entre los modos aceptables de cortejar a una joven dama durante la temporada.

Hazelmere se detuvo de mala gana y miró de nuevo a Dorothea, embelesándose con la perfecta simetría de su rostro y ahogándose en sus ojos de color esmeralda. Notó que aquellos ojos se abrían de par en par, divertidos e inquisitivos primero y luego, al permanecer él en silencio, cada vez más confundidos.

–Sepa usted, señorita Darent, que me estoy quedando sin ideas sobre cómo raptarla antes de que sus devotos admiradores la rodeen.

Dorothea sonrió y pensó que ojalá no pudiera oír él el latido enloquecido de su corazón. Ya no estaba segura de su capacidad para evitar que adivinara sus sentimientos. Teniéndolo delante, el hechizo que ejercía sobre ella era demasiado poderoso. Él había desarrollado cierto modo de mirarla que, haciéndola sentirse deliciosamente abrigada y temblorosa, llevaba a sus ingobernables pensamientos a terrenos que ninguno de los dos podía pisar. Las señoritas de buena crianza no debían saber tales cosas, y mucho menos alentar fantasías semejantes. Pensando que podría calentarse al sol de aquella mirada el resto de sus días, Dorothea procuró adoptar su habitual tono de conversación.

–Pues, al parecer, esta noche ha tenido éxito. ¡Me siento completamente abandonada!

–¿De veras? –murmuró él provocativamente–. Ojalá fuera así, querida.

A pesar de sus intenciones, a ella le costaba cada vez más

mirarlo a los ojos con su acostumbrada impasibilidad. Hazelmere bajó finalmente la mirada para examinar su libreta de baile.

–Supongo que no debería decirle que, en este momento, lord Markham está hecho un manojo de nervios, buscándola por todo el salón. ¡No, no mire o la verá! Y la única razón por la que Alvanley, Peterborough y Walsingham no están haciendo lo mismo es porque saben que Robert la está buscando y no le quitan ojo. Noto, señorita Darent, que hay un vals justo antes de la cena, lo cual es una novedad muy bien pensada. He de recordar felicitar a la duquesa por su buen gusto. ¿Me concederá el honor, señorita Darent, de bailar conmigo el vals y permitirme luego que la acompañe a cenar?

Dorothea había conseguido recobrar la compostura durante el discurso de Hazelmere y fue capaz de contestar con serenidad.

–Será un placer, lord Hazelmere.

Él levantó una ceja.

–¿De veras?

Pero Dorothea renunció a contestar tan difícil pregunta y se limitó a sonreírle. Hazelmere se echó a reír y le acarició con un dedo la mejilla.

–Prométame que nunca refrenará su lengua, querida. La vida sería mucho más aburrida si lo hiciera.

Su caricia produjo un destello en los ojos de Dorothea.

–¡Ah, señorita Darent! ¡Lord Hazelmere! A sus pies, señor –sir Barnaby Ruscombe acababa de aparecer junto a Hazelmere. Éste inclinó levemente la cabeza y Dorothea compuso su mejor sonrisa formal para saludar al más célebre charlatán de Londres. Sir Barnaby, sonriendo como si aquellos tibios saludos lo llenaran de satisfacción, agitó la mano señalando a la persona que llevaba del brazo, una mujer de edad indeterminada y rasgos afilados, vestida de la cabeza a los pies en un espantoso tono de marrón rojizo que contrastaba fatalmente con sus rizos pelirrojos.

–Permítanme que los presente. Señorita Darent, lord Hazelmere, la señora Dimchurch.

El intercambio de saludos y reverencias fue puramente superficial.

–Estoy segura de que la señorita Darent me recordará de las reuniones de Newbury –exclamó la señora Dimchurch. Hazelmere sintió que Dorothea se ponía rígida–. ¡Qué pena lo de su madre! Lady Cynthia y yo siempre manteníamos una agradable charla cuando íbamos a ver a nuestras pequeñas –sus ojos penetrantes estaban fijos en el marqués–. Debo decir que me sorprendió saber que lady Cynthia lo conocía a usted, milord. Nunca me lo mencionó. Es extraño, ¿no le parece?

Aquella insinuación era un intento tan burdo de sorprender en falta al marqués, que Dorothea apenas logró mantener la compostura. Hazelmere, acostumbrado a las zancadillas de la buena sociedad, le concedió escasa importancia. Mirando a la insidiosa señora Dimchurch con una fría sonrisa, dijo suavemente:

–Dudo mucho, mi querida señora, de que lady Darent fuera de esas damas que presumen de conocer a alguien a quien sólo han visto una vez, y de pasada. ¿No cree usted?

La señora Dimchurch se puso colorada como un pimiento, volviendo su atuendo aún más espantoso. Sin esperar respuesta, Hazelmere inclinó la cabeza mirando a sir Barnaby y, dirigiéndole una malévola sonrisa a la infortunada señora Dimchurch, se alejó hacia el centro del salón, lleno de gente. Una vez fuera del alcance de la importuna pareja, bajó la mirada hacia Dorothea.

–Mi querida señorita Darent, ¿a cuántos pelmazos como ésos ha tenido usted que soportar? –dijo en tono compungido.

Ella se echó a reír y contestó alegremente:

–Oh, a casi ninguno en la primera semana –alzó la mirada, confiando en que Hazelmere también se riera, pero vio sorprendida que sus ojos castaños reflejaban auténtica preocupación. Antes de que pudiera meditar sobre aquel hecho, los acompañantes de ambos los localizaron al fin.

Los salones estaban llenos a rebosar y seguían llegando invitados. Encontrar a una dama entre la multitud era extremadamente difícil. Habiendo perdido por completo a la señorita Darent, un invitado que la buscaba había preguntado si alguien había visto a Hazelmere, ya que, conociendo al marqués, probablemente la señorita Darent estaría con él. Mientras algunos arrojaban contra él diversos comentarios en su mayoría poco halagüeños, Hazelmere rindió cortésmente a Dorothea a sus galanteadores y desapareció entre la multitud.

Dorothea apenas podía creer que pudiera encontrarse a alguien entre el gentío que llenaba el salón de baile y se desparramaba entre los salones adyacentes. Ignoraba dónde estaban Cecily y su abuela, pero, conociendo a tanta gente, no se sintió perdida. Sus parejas de baile lograron de algún modo dar con ella llegado el momento del baile, cuando el salón se despejó como por milagro al iniciarse la música. Al acabar cada pieza, la pista se llenaba de nuevo con un bullicioso mar de damas primorosamente vestidas y de caballeros cuyos sobrios ropajes ofrecían un fuerte contraste. La velada transcurrió en un torbellino de conversaciones y bailes, y Dorothea no tuvo tiempo de sopesar la sutil transformación que había advertido en el marqués.

El único nubarrón que ensombrecía el horizonte era el persistente señor Buchanan. Éste parecía rastrear como un sabueso sus erráticos pasos y continuamente aparecía a su lado como por arte de magia cada vez que ella decidía hacer una pausa. Por fin, Dorothea decidió pedirle consejo a Ferdie.

–¿Qué podría hacer para librarme de él? –gimió mientras bailaban una contradanza.

A pesar de que se apiadaba profundamente de ella, Ferdie, que ya había soportado la compañía del señor Buchanan más de la cuenta y a quien le faltaba la habilidad de Hazelmere para hacerlo callar a voluntad, no logró encontrar una fórmula mágica para librar a su protegida de tan inesperada carga.

–Lamento decirlo, pero es de ésos que nunca se dan por aludidos. Tendrás que tener paciencia y esperar a que se esfume –entonces tuvo una idea–. ¿Por qué no le pides a Hazelmere que hable con él?

–Lord Hazelmere probablemente se partirá de risa si se entera de que el señor Buchanan anda persiguiéndome. Lo más seguro es que hasta le dé ánimos –contestó Dorothea.

Estaban separados por el movimiento del baile, de modo que ella no pudo ver el efecto que su respuesta surtía en Ferdie. Éste procuró cerrar la boca y sacudió la cabeza. Personalmente, no podía imaginarse a Hazelmere alentando a nadie a perseguir a Dorothea, y mucho menos al importuno señor Buchanan, quien, a menos que se equivocara, era un cazafortunas de la variedad más inepta.

Hazelmere, que ya no se sentía en la necesidad de bailar con otras damas jóvenes para encubrir su interés por Dorothea, se pasó casi toda la velada departiendo con amigos, conocidos y buen número de parientes. Experimentó una sensación desagradable cuando, sintiendo que le tocaban el brazo, se dio la vuelta y vio el semblante severo de su hermana mayor, lady Maria Setford. Comprendiendo que su interés por Dorothea había llegado a oídos de su hermana, prefirió ignorar tenazmente los inquisitivos comentarios que ella hizo al respecto. Exasperada, lady Setford le recomendó finalmente que buscara a su otra hermana mayor, lady Susan Wilmot, quien también se hallaba en el baile y, al igual que ella, ardía en deseos de mantener una charla con él. Su hermano se limitó a mirarla con una expresión que, por suerte, ella era incapaz de interpretar, y se excusó con el pretexto de ir a ver a su madre, con quien debía hablar.

En realidad, pasó junto a lady Hazelmere, que se hallaba enfrascada en una conversación con Sally Jersey, y se detuvo un instante para susurrarle al oído:

–Mamá, sé que siempre has jurado que le fuiste fiel a mi padre, pero ¿cómo demonios explicas lo de Maria y Susan?

Lady Jersey, que lo oyó, rompió a reír con una risa entrecortada. Lady Hazelmere le hizo una mueca antes de preguntar:

–¿No habrán empezado ya a sermonearte?

–Estoy seguro de que les encantaría, sólo que aún no han decidido si merece la pena –contestó su hijo, guiñándole un ojo mientras se alejaba.

Al igual que Ferdie, Hazelmere había recorrido el trayecto hasta Richmond House sumido en sus pensamientos. Un profundo desánimo lo había embargado esa mañana cuando había tenido que rehusar el placer de besar a Dorothea en el parque y había comprendido que tendría que hacerlo muchas otras veces durante algún tiempo. Dado que era por naturaleza autoritario y, tal y como suponía Dorothea, estaba acostumbrado a hacer su voluntad en casi todo, la necesidad de refrenar rigurosamente sus pasiones no lo atraía lo más mínimo. Había decidido ya que no podía pedirla en matrimonio hasta que la temporada estuviera mucho más avanzada. Ello no se debía a que creyera necesario más tiempo para conquistarla, ni a que temiera probar suerte. Se debía, más bien, a que, a diferencia de Dorothea, era muy versado en las costumbres de la alta sociedad. No podía estar completamente seguro de la respuesta de Dorothea, de modo que debía considerar la posibilidad de que lo rechazara. Y, dado que su galanteo se había desarrollado a plena vista de cotillas y correveidiles, semejante resultado en el apogeo de la temporada los colocaría a ambos en una situación intolerable. Además, de ser así, lady Merion, Fanshawe, Cecily y Ferdie también se sentirían sumamente incómodos.

Su humor se había aligerado al enterarse de que Fanshawe se hallaba en una situación muy semejante. Siendo como era mucho más despreocupado que él, sin duda a Tony no le resultaría tan difícil soportar aquellas restricciones forzosas. Cecily, por otra parte, era todavía demasiado joven para hacer otra cosa que disfrutar cada momento como se presentaba. Pero Dorothea era harina de otro costal. Aunque jamás lo alentaba en modo alguno, aceptaba con perfecto dominio de sí misma las atenciones que le brindaba. Hazelmere suponía acertadamente que, siendo mayor, más madura y definitivamente mucho más independiente que la mayor parte de las debutantes, estaba más preparada y era más capaz de saborear las delicias de un galanteo sofisticado, en las que él estaba deseando introducirla. Su naturaleza apasionada, que Hazelmere sospechaba aún no había descubierto, no aliviaría precisamente la situación. Fue en este punto de sus cavilaciones cuando su sentido del humor salió en su rescate. ¡Qué irónico era todo aquello! Hazelmere se había apeado del carruaje con ánimo mucho más alegre que al montar en él, y los últimos vestigios de su melancolía se habían disipado por completo al ver entrar a Dorothea en el salón de baile.

Mientras paseaba por los salones, vio a lady Merion sentada en un rincón, charlando amigablemente con lady Bressington. Se detuvo para alabar audazmente la nueva *toilette* de ambas e intercambió con ellas las galanterías de rigor.

Advirtiendo de pronto que otros se les habían unido, se

dio la vuelta para mirar a los recién llegados y, al hacerlo, sorprendió en lady Merion una mirada de fastidio. La causa se hizo evidente un instante después: la pareja que se había acercado no era otra que la formada por Herbert y Marjorie, lord y lady Darent.

Hazelmere había conocido a Herbert Darent años atrás, cuando aquel sobrio joven llegó por vez primera a la ciudad. Dos años más joven que el marqués, Herbert era también una cabeza más bajo y, ataviado con una chaqueta mal cortada, componía a su lado un figura penosa.

Tras dos minutos de conversación, Hazelmere comprendió plenamente la decisión de lady Merion de acoger bajo sus alas a las hermanas Darent. La idea de que dos perlas semejantes hubieran podido debutar en sociedad bajo los auspicios de lord y lady Darent era demasiado espantosa para tenerla en cuenta. ¡Cómo lo habrían embrollado todo! Para su mirada experimentada, Marjorie Darent carecía por completo de gracia o encanto, y sus comentarios austeros acerca de las modernas costumbres sociales, proferidos a beneficio de sus acompañantes sin que mediara invitación previa, le producían sencillamente horror.

Lady Merion estaba tan horrorizada que se había quedado sin habla. Cuando Herbert intentó trabar conversación con Hazelmere acerca de los productos agrícolas, lady Merion pareció sulfurarse aún más. Sin embargo, mientras escuchaba a Herbert, quien en realidad apenas sabía nada de lo que estaba hablando, sermonear a Hazelmere, que por ser uno de los mayores terratenientes del país, tenía un interés algo más que académico en semejantes asuntos, le entraron ganas de reír y escondió rápidamente la cara tras el abanico.

Alzando la mirada, se topó con los ojos de Hazelmere, quien, apiadándose de ella, se llevó a lady Bressington con el pretexto de ir a buscar a su hija. Mientras se alejaban del brazo, Augusta Bressington exhaló un profundo suspiro de alivio.

–Gracias, Marc. Si no me hubieras rescatado, no sé qué habría hecho. ¡Pobre Hermione! ¡Qué pareja más espantosa!

–Desde luego, no serán una de las sensaciones de la temporada –comentó él.

–Y pensar que Herbert procede de la misma cuna que esas dos encantadoras muchachas –continuó ella, olvidando momentáneamente el interés de Hazelmere en Dorothea. Al darse cuenta, se sonrojó, pero, al alzar la mirada hacia él, vio que se estaba riendo.

–¡Oh, no! Estoy seguro de que la madre de Herbert debió de echar alguna canita al aire, ¿no le parece?

Lady Bressington se quedó boquiabierta y luego rompió a reír. Apartando la mano de su brazo, le indicó agitando la mano que se fuera, y añadió que ahora comprendía por qué todas las chicas se encaprichaban con él.

Al oír procedentes del salón de baile unos acordes de Roger de Clovely que sabía que precedían al vals anterior a la cena, Hazelmere aceptó la despedida de lady Bressington de buena gana y regresó al salón en busca de Dorothea. Le costó poco esfuerzo encontrarla girando en la pista de baile con Peterborough. Deteniéndose un momento para captar la melodía y calcular dónde acabarían, se colocó junto a un extremo del salón. Cuando la música cesó, Peterborough hizo girar a Dorothea por última vez y se detuvo a unos pasos de distancia. Hazelmere se acercó a ellos.

–Qué considerado por tu parte, Gerry, traerme a la señorita Darent.

Peterborough se dio la vuelta, mascullando una maldición completamente inaceptable.

–¡Hazelmere! –gruñó–. Debería haberlo imaginado –mientras el marqués tomaba a Dorothea de la mano, añadió–: Supongo que le habrá concedido el baile de la cena.

–Exactamente –dijo Hazelmere, mirando con sorna a su amigo.

Lord Peterborough se giró hacia Dorothea y con una seriedad que desmentía la expresión de su cara, dijo:

–Si yo fuera usted, señorita Darent, no querría cuentas con Hazelmere. No sé si se lo habrá dicho alguien, pero es demasiado peligroso como para que las señoritas tengan trato con él. Será mejor que se venga usted conmigo.

Dorothea se echó a reír ante aquel desmañado discurso. Pero la voz de Hazelmere llamó de nuevo la atención de Peterborough.

–La señorita Darent sabe cuán peligroso soy, Gerry –al oír sus palabras, los ojos de Dorothea centellearon. Alzando la mirada, se topó con los ojos inquisitivos de Hazelmere mientras éste continuaba suavemente–. Pero ha decidido pasar por alto las peligrosas tendencias de mi carácter. ¿No es cierto, señorita Darent?

Consciente de que contestar a aquella provocación era sumamente impropio, Dorothea le lanzó una mirada fulminante. Él se volvió sonriendo hacia Peterborough y dijo tranquilamente:

–Adiós, Gerry.

–Oh, ya me voy, no temas. ¡Tenga cuidado, señorita Darent! –añadió con indiferencia y, esbozando una reverencia, desapareció entre la multitud.

Hazelmere se volvió hacia Dorothea y vio que ésta había abierto su abanico.

–Se ha sonrojado usted, señorita Darent. Me pregunto si será por el gentío, por el baile, por los comentarios de Peterborough o por los míos.

Ella le sonrió y contestó con aplomo:

–Pues supongo que a una combinación de esas cuatro cosas.

–Entonces, ¿qué le parece si, en lugar de esperar el próximo baile, salimos a la terraza, donde veo que algunos invitados ya han salido a disfrutar del fresco de la noche?

Dorothea miró hacia donde le indicaba y vio que las amplias puertas del otro extremo del salón de baile que daban a la terraza estaban abiertas de par en par. Unas cuantas parejas se paseaban a la luz de la luna. Dudaba de la sensatez de aventurarse en un escenario tan idílico acompañada de Hazelmere, pero se sentía, en efecto, extremadamente sofocada y el aire fresco de la noche parecía invitarla a salir.

Adivinando sus pensamientos, Hazelmere decidió por ella tomándola del brazo. Juntos cruzaron tranquilamente las puertas de la terraza. Dorothea dejó escapar una exclamación de sorpresa al ver los cuidados jardines tocados por la luz de la luna. Algunas parejas osadas habían bajado al jardín de más abajo, en el cual aparecían como duendecillos a la suave luz de la noche. Hazelmere paseó junto a Dorothea sin romper el hechizo hasta el otro extremo de la terraza. Tenía muy buena memoria. Al otro lado de la casa, en un nivel inferior al del salón de baile, había un invernadero al que sólo podía accederse desde la terraza. Sabiendo que la duquesa de Richmond era una anfitriona considerada, supuso que el invernadero estaría abierto. Al llegar al extremo de la terraza y doblar la esquina, vio que no se había equivocado.

–Bajando las escaleras hay un invernadero, que, si mal no recuerdo, da a un patio con una fuente. ¿Quiere que vayamos a investigar?

Aquella pregunta era una mera formalidad. Dorothea, extasiada por la argéntea belleza que la rodeaba, bajó sin pensarlo las escaleras junto a Hazelmere. En el interior del invernadero desierto, hallaron abiertas de par en par las puertas que daban al patio de la fuente. Al oír la música de los surtidores, Dorothea retiró la mano del brazo del marqués y se acercó a la puerta abierta para mirar aquella mágica escena. Los tres surtidores del patio estaban en funcionamiento, y la luz de la luna rielaba en cada gota de agua arrojada al aire quedo de la noche, para caer de nuevo con argénteo tintineo en las grandes cavidades de mármol. Dorothea permaneció ante la puerta, embelesada por la belleza de la escena.

Hazelmere cerró silenciosamente las puertas de la terraza y, acercándose a ella por la espalda, la echó hacia atrás para que se apoyara en él. Sintiendo sus manos en la cintura, Dorothea descansó la cabeza en su pecho. Por un instante permanecieron tan inmóviles como las estatuas de la fuente. Luego, impulsada por su propio demonio interior, Dorothea giró la cabeza y le sonrió. Había, a fin de cuentas, un modo de precipitar los acontecimientos.

Él reaccionó tal y como Dorothea esperaba. Haciéndola girarse delicadamente, inclinó la cabeza y depositó en sus labios un beso suavísimo. Al alzar la cabeza, ella tenía los ojos muy abiertos. Por un momento permanecieron perfectamente quietos, fundiendo sus miradas a la luz de la luna. Luego, muy despacio, él la hizo girarse por completo y la estrechó entre sus brazos. Dorothea alzó la cara y sus labios se encontraron en un beso que se apoderó de sus sentidos con suave certeza. Hazelmere emprendió su educación sensual con infinito cuidado, aumentando la audacia de sus caricias casi imperceptiblemente, de modo que Dorothea no se sintiera en exceso abrumada, pero mostrándole con todo, paso a paso, a saborear el placer exquisito que él mismo creaba. Su control era absoluto y Dorothea, envuelta en su caricia, cedió por primera vez en su vida las riendas. Perdida la noción del tiempo, se dejó conducir por caminos en los que el gozo, tan exquisito como el rocío sobre una flor, aguardaba para recibirla. El paisaje sensual que conjuraban los besos de Hazelmere era para ella una nueva frontera en la cual cada descubrimiento despertaba una nueva clase de emoción. Cuando, finalmente, él la devolvió a la realidad, Dorothea se sentía aturdida, jadeante y exquisitamente feliz.

De pronto se hallaron bailando un vals en el invernadero iluminado por la luna, al son de la música que entraba por las ventanas abiertas desde el salón de baile, allá arriba. Dorothea decidió entregarse al placer de aquel instante. Hazelmere, mirando sus encantadoras facciones, serenas y sosegadas al fulgor de las estrellas, hizo lo mismo.

Al sonar el último acorde y detenerse, él apoyó firmemente la mano de Dorothea sobre su brazo y se dirigió a la puerta y la escalera de la terraza.

–¿Tenemos que irnos? –preguntó ella, remoloneando–. Esto es tan bonito...

–Sí –contestó él con firmeza.

Hazelmere sabía perfectamente lo que ocurriría si permanecían un instante más en aquel lugar apartado. Sería sin duda algo muy agradable, de no ser porque el marqués no ignoraba qué ocurriría después. Tras aquel pequeño interludio, no confiaba ya en sí mismo estando con ella, y sospechaba que, por muy inocente que fuera Dorothea, sentía tan poco aprecio como él por las normas que restringían su conducta. Ya suponía un gran esfuerzo refrenarse por los dos, como estaba haciendo en ese instante, pero si además ella empezaba a tirar en la dirección contraria, la tentación de capitular sería demasiado grande. Lamentándose para sus adentros, Hazelmere cerró los ojos para intentar libarse de las embriagadoras imágenes que conjuraba su fantasía. Al abrirlos de nuevo, apretó con más fuerza el brazo de Dorothea y la condujo con resolución hacia la escalera de la terraza.

–Si nos perdemos la cena, su abuela verá confirmados los temores que le inspiro y probablemente me prohibirá volver a hablar con usted.

Mientras intentaba evaluar la probabilidad de que Hazelmere prestara atención a las reconvenciones de lady Merion, una leve sonrisa de felicidad curvó los labios de Dorothea, quien se dejó llevar por el marqués al interior del salón de baile. Casi inmediatamente después se toparon con Edward Buchanan.

–¡Señorita Darent, está usted sofocada! Quizás yo podría acompañarla a dar un paseo por el jardín. Estoy seguro de que lord Hazelmere la excusará –Dorothea estuvo a punto de echarse a reír al ver la mirada de reproche que el señor Buchanan lanzó al marqués.

Éste, que conocía bien la causa del delicado rubor aún visible en la tez de alabastro de Dorothea, sonrió de modo tan malévolo que no pudo por menos que traer a la memoria de Edward Buchanan su mala reputación y dijo:

–Muy al contrario. Lord Hazelmere se dispone en este momento a acompañar a la señorita Darent a cenar. Si nos disculpa...

Tras recibir una expeditiva inclinación de cabeza, Edward Buchanan descubrió que su presa lo había eludido de algún modo y había logrado escapar. El primer atisbo inquietante de la posibilidad de que la señorita Darent cayera cautiva de las perversas seducciones del gran mundo se despertó en su intelecto falto de imaginación.

Ya fuera del alcance de su oído, Dorothea preguntó:

–¿De veras estoy sofocada? –se sentía de maravilla, nada incómoda en absoluto, pero no pudo interpretar la lenta sonrisa que se extendió por la cara del marqués.

–Sí, deliciosamente –obtuvo por toda respuesta.

Tras pararse a hablar con diversos conocidos por el camino, llegaron por fin al comedor. Fanshawe y Cecily les habían guardado sitio en una mesa situada en un rincón y bien provista de manjares. Hazelmere ayudó a Dorothea a sentarse y, mientras, Fanshawe, tras mirar un instante a Dorothea, miró fijamente a su amigo, dándole a entender claramente que adivinaba lo sucedido entre ellos. Hazelmere le contestó con una sonrisa.

Aliviado al comprender que su amigo ya no estaba en la cuerda floja, Fanshawe se volvió hacia una excitada e insistente Cecily para asegurarle que la llevaría a ver el patio de los surtidores. Cuando se levantaron de la mesa, Fanshawe le dijo a Hazelmere:

–No olvides la promesa que le hicimos a tu madre. Yo ya he cumplido. No podría soportar que se pasara todo el camino de vuelta a Cavendish Square haciéndonos preguntas.

–¡Cielo santo, lo había olvidado! –Hazelmere le dirigió a Dorothea su más encantadora sonrisa–. Señorita Darent, mi madre está aquí, en alguna parte, y me ha hecho prometerle que se la presentaría. ¿Me permite que la lleve hasta ella?

Ella alzó las finas cejas mostrando perplejidad, pero consintió que la condujera en busca de la marquesa. Mientras atravesaba la multitud del brazo de Hazelmere, no puedo evitar comentar:

–Estoy tentada de preguntarle por qué lord Fanshawe tiene tanto interés en que cumpla su promesa.

Él se echó a reír y contestó:

–Yo no lo haría, si fuera usted. La respuesta no le haría ningún bien a su compostura.

La caricia de sus ojos hizo que Dorothea se sintiera extraña. Él al fin divisó a su madre sentada en un diván, en un rincón de uno de los salones, charlando animadamente con un conocido. Al verlos acercarse, la marquesa se retiró discretamente y Hazelmere hizo las presentaciones, tal y como había prometido.

Las cartas de sus amigas habían preparado a lady Hazelmere para encontrar en Dorothea Darent a una muchacha particularmente bonita. Pero la asombrosa beldad a la que su hijo le presentó era considerablemente más atractiva de lo que esperaba. La marquesa sonrió entusiasmada al ver a aquel ángel ataviado de satén de color marfil.

Indicándole a Dorothea que tomara asiento a su lado, lady Hazelmere miró a su hijo abriendo mucho los ojos, indicándole lo mucho que le había impresionado su buen gusto. Hazelmere, interpretando correctamente aquella mirada, le devolvió una sonrisa que parecía decir claramente: «Bueno, ¿y qué esperabas?». Advirtiendo signos inequívocos de que su madre deseaba quedarse a solas con Dorothea, no le quedó más remedio que obedecer. Tras despedirse de Dorothea, recordó otra cosa y partió en busca de lady Merion.

Liberada de la presencia de su hijo, lady Hazelmere descubrió que los enormes ojos verdes de Dorothea la observaban con atención. Dando muestra de una desenvoltura nacida de la experiencia, dirigió la conversación hacia temas de lo más corriente, evitando cuidadosamente cualquier referencia a su hijo. Pronto descubrió que la joven que tenía ante ella poseía temple y dominio de sí misma, además de una refrescante franqueza. No resultaba difícil comprender el interés de su hijo por la encantadora señorita Darent. Lady Hazelmere no albergaba ninguna duda acerca de su intención de casarse con ella. De no ser así, jamás habría accedido a presentársela. A medida que la conversación progresaba, lady Hazelmere descubrió que a los encantos de la señorita Darent había que unir el sentido del humor y la rapidez de ingenio, y se sintió sumamente complacida por la elección de su hijo.

Para cuando lord Alvanley fue a solicitar la compañía de Dorothea para el último baile de la velada, lady Hazelmere se estaba preguntando cuánto tiempo más podría esperar su hijo. Mientras Dorothea se alejaba del brazo de Alvanley, se preguntó si la conquista de aquella distinguida joven sería tan fácil como su hijo sin duda anticipaba. Dejándose llevar por un arrebato de emociones muy poco maternales, deseó que, por el bien de Dorothea, no fuera tan fácil. Hazelmere estaba demasiado acostumbrado a hacer cuanto quería. No le iría mal una cura de humildad.

8

La tarde siguiente halló al marqués revisando varios documentos referentes a la administración de sus propiedades, que su madre le había llevado desde Hazelmere. Con los años, había adoptado la costumbre de hacer fugaces visitas a sus dominios mientras pasaba la temporada en Londres, acomodando las salidas a sus numerosos compromisos sociales. Ese año, sin embargo, había descuidado los negocios mientras cortejaba a la señorita Darent. Pero, siendo como era un propietario responsable, sabía que no podía seguir posponiendo su visita a Hazelmere.

Al mirar el reloj de la chimenea, vio que faltaba un cuarto de hora para las tres. El tiempo era propicio. Una leve brisa mecía los brotes de los cerezos de la plaza. Llamó a Mytton y dio orden de que llevaran de inmediato a la puerta la calesa enganchada con las dos yeguas grises. Luego subió al piso de arriba y dio instrucciones a Murgatroyd. Diez minutos después, impecable como siempre con sus botas de caña alta y su refinada levita de Bath, bajó la escalinata de Hazelmere House, montó en su calesa encapotada, le indicó a Jim Hitchin que se apartara y añadió:

–Prepárate para partir hacia Hazelmere en cuanto vuelva.

Guió la calesa hasta el otro lado de la plaza y se detuvo frente a Merion House. Le lanzó las riendas a un mozo y subió tranquilamente los escalones de la entrada. Fue Mellow quien le abrió la puerta.

–¿Está la señora en casa, Mellow?

–Lamento decirle que su señoría no está disponible en este momento, milord.

Hazelmere frunció el ceño.

–En ese caso, tal vez pueda preguntar si la señorita Darent podría dedicarme unos minutos.

–Desde luego, milord.

Mellow lo acompañó al salón y marchó en busca de la señorita Darent. Mientras subía las escaleras, el mayordomo se preguntó si debía arriesgarse a despertar a su señora. Tras sopesar la idea, la desechó finalmente. El marqués había llevado su calesa y dado órdenes de que se la tuvieran preparada. Viendo que la señorita Darent estaba sola en el salón del piso de arriba, le trasmitió el mensaje de lord Hazelmere.

Dorothea, recordando lo sucedido en el invernadero de Richmond House, dudaba de la conveniencia de encontrarse con Hazelmere a solas. Pero Cecily había salido a pasear en coche con lord Fanshawe y lady Merion aún no había salido de su habitación. Así pues, bajó al salón, pero tuvo cuidado de dejar la puerta abierta al entrar. Hazelmere, a quien no le pasaban desapercibidas tales sutilezas, sonrió afectuosamente mientras la tomaba de la mano y se la besaba, como se había convertido en costumbre.

–Señorita Darent, ¿quiere venir conmigo a pasear en coche por el parque?

Ferdie le había dicho a Dorothea que Hazelmere rara vez llevaba a una señorita a pasear en coche por el parque. Así pues, Dorothea era consciente del honor que se le ofrecía. Pensando que no podía rehusar semejante invitación, contestó con presteza:

–Sí, desde luego, si no le importa esperar a que recoja mi capa.

Hazelmere le soltó la mano y, conociendo el sentido femenino del tiempo, se sintió impelido a añadir:

–Diez minutos, ni uno más.

Dorothea se echó a reír y salió de la habitación. Para sorpresa del marqués, regresó antes de transcurridos los diez minutos y, al abandonar la casa, profirió una exclamación que revelaba cuánto sabía ya acerca de sus costumbres.

–¡Dios mío, ha traído sus yeguas grises!

Hazelmere tomó las riendas, le dio una propina al mozo y se montó en el asiento. Al inclinarse para ayudarla a subir, dijo:

–Así es, señorita Darent. Pero ¿qué sabe usted de mis yeguas?

Aquel dardo erró el tiro, sin embargo, pues Dorothea contestó con perfecta compostura:

–Ferdie me ha dicho que rara vez lleva usted sus yeguas al parque.

Ferdie le había dicho mucho más que eso. Las yeguas grises de Hazelmere eran consideradas las más veloces y mejor ayuntadas de todo el país. A decir de Ferdie, al marqués le habían ofrecido grandes sumas por ellas, pero, puesto que las había criado en los dominios de los Henry, no quería separarse de ellas por precio alguno.

–Ah, Ferdie –dijo Hazelmere, comprendiendo de pronto que la labor de espionaje de Ferdie podía actuar en un doble sentido.

La conversación quedó por fuerza interrumpida cuando el marqués hubo de concentrarse en las calles atestadas, cuyas imágenes y sonidos atraían la atención de las fogosas yeguas. Dorothea no pudo menos que admirar la habilidad con que el marqués alcanzó las puertas del parque. Una vez dentro, la calesa adquirió un paso más sosegado y Hazelmere fijó su atención en ella.

Por suerte para él, Dorothea no llevaba sombrero, de modo que su cara, rodeada de rizos oscuros, quedaba por completo visible. Mientras la observaba, ella giró la cabeza y le sonrió, alzando las cejas inquisitivamente.

Tras considerarlo cuidadosamente a la luz desapasionada de la mañana, Dorothea había llegado a la conclusión de que lo ocurrido en el invernadero no significaba nada decisivo. Ella misma había provocado aquella situación en la esperanza de que la actitud de Hazelmere le ofreciera algún indicio acerca de sus sentimientos. Pero, pese a haber sido deliciosamente excitante, el resultado le había aclarado bien poco. Nunca había dudado de la capacidad de Hazelmere para instruirla en placeres prohibidos. Y aunque deseaba ardientemente que él dijera algo, cualquier cosa, que explicara su actitud hacia ella, estaba segura de que no elegiría el parque para hacerlo. Sin embargo, era de esperar que la hubiera llevado allí para decirle algo.

–Señorita Darent, acabo de saber que he de ausentarme de Londres unos días. La administración de los negocios exige mi presencia en Hazelmere.

–Comprendo.

A Dorothea no le extrañó la noticia. De haberse parado a pensar en ello, habría dado por descontado que el marqués debía visitar sus dominios con frecuencia. Entonces recordó su baile de debut. El cielo pareció ensombrecerse. Se volvió hacia él con expresión pensativa, preguntándose cómo le haría aquella pregunta. Hazelmere, viendo cómo cruzaban sus pensamientos el semblante de Dorothea, resolvió el dilema por ella.

–Regresaré el martes por la tarde, de modo que la veré el miércoles por la noche.

Advirtiendo que su cara volvía a iluminarse, Hazelmere sintió la repentina necesidad de sondear nuevamente sus sentimientos hacia él. Su respuesta en el invernadero había sido muy reveladora. Hazelmere sintió la tentación de pedirle allí mismo que se casara con él, pero el desagrado que le producía intentar conversar con una dama al tiempo que intentaba controlar a un par de fogosos caballos le hizo refrenar su impulso. Habría tiempo de sobra más adelante, en circunstancias más apropiadas. «¡Dios mío!», pensó, asombrado. «Imagínate, ¡declararte en medio del parque!».

Siguieron paseando, deteniéndose de vez en cuando para saludar a algún conocido. Hazelmere, que no deseaba hacer esperar a sus caballos, procuraba reducir al mínimo aquellas interrupciones. Al completar la vuelta, dirigió la calesa hacia las puertas.

–Está cambiando el tiempo, señorita Darent, así que confío en que no le importe que la lleve de vuelta a Cavendish Square de inmediato.

–En absoluto –contestó ella–. Sé que debo sentirme honrada por haber paseado con sus yeguas.

Al alzar la mirada, se encontró con la cálida mirada de Hazelmere.

–Así es, niña mía –murmuró él–. Y recuerde portarse bien en mi ausencia.

Enojada por su tono paternalista, Dorothea se giró hacia él con intención de dedicarle algún comentario sarcástico, pero, al ver la mirada inquisitiva de sus ojos extrañamente brillantes, recordó que Hazelmere la había salvado de más de una situación comprometida. Al salir a la calle e incorporarse al tráfico, los caballos reclamaron de nuevo la intervención de Hazelmere y Dorothea se libró de responder. Cuando llegaron a Cavendish Square, estaba convencida de haber hecho bien ignorando el último comentario del marqués.

Hazelmere se detuvo ante Merion House, bajó de la calesa y la ayudó a apearse. La escoltó escaleras arriba y, al tiempo que Mellow abría la puerta, se llevó su mano a los labios y dijo con una sonrisa:

—*Au revoir*, señorita Darent. Hasta el miércoles.

El domingo y el lunes, las hermanas Darent asistieron a cierto número de pequeñas reuniones sociales que habían de preceder a su baile de debut. Cecily coqueteaba entusiásticamente con sus jóvenes admiradores, en su mayoría tan inocentes como ella, mientras que Dorothea se abstenía cuidadosamente de alentar las esperanzas de los jóvenes inexpertos que se rendían a sus pies. Sin embargo, su gélida condescendencia no parecía arredrar a Edward Buchanan. Por desgracia para ella, hasta la propia lady Merion era de la opinión de que el tiempo era la única cura para aquella peste en particular. De modo que, para su profunda irritación, Dorothea se halló en compañía del señor Buchanan con más frecuencia de la que hubiese querido. Su forma de hablar la aburría, mientras que sus constantes y cada vez más insistentes conatos de galanteo despertaban en ella un sentimiento bien distinto. Sólo lograba mantener la cordura gracias a las atenciones de lord Peterborough, Alvanley, Desborough y compañía, quienes, para su regocijo, parecían casi tan duchos como Hazelmere en el sutil arte de desinflar las pretensiones de otros.

Lady Merion miraba desconcertada la lista que tenía en la mano. ¿Era aquél realmente el mejor arreglo posible? Llevaba desde primera hora de la mañana de aquel martes gris enfrascada en la ardua tarea de decidir los puestos de la mesa para la cena del miércoles por la noche. La casa estaba patas arriba, el personal de cocina y las floristas habían empezado a montar los caballetes y mesas donde al día siguiente habían de mostrar sus creaciones. Los criados estaban por todas partes, limpiando y sacando lustre a cada pieza de bronce, plata y cobre de la casa, bruñendo cada candelabro. La noche siguiente sería el punto culminante de la temporada en lo que a ellas concernía, y ni uno solo de los encopetados invitados de lady Merion debía encontrar el mínimo defecto.

Mirando el reloj dorado de la repisa de la chimenea, lady Merion vio que era casi la hora de comer. En una última búsqueda de errores en su plan, volvió a fijar su atención en la lista. Dándose por satisfecha, la dejó a un lado y bajó al solario, donde se servían esa semana las comidas, en tanto el comedor y el salón eran redecorados. Con ayuda de Ferdie Acheson-Smythe, versado en todo cuanto estaba de moda, lady Merion había decidido que las habitaciones principales de la casa quedarían bien en un azul pálido muy claro, con ligeros toques de blanco y plata, mucho más efectivos que el habitual blanco y oro. La misma combinación de colores se repetía en las zonas principales de la casa y se extendía al salón de baile. Las flores que decoraran éste debían ser jacintos azules y blancos, anémonas blancas y jazmines del mismo color.

La mezcla de azul pálido, blanco y plata debía procurar el trasfondo perfecto para los trajes de baile de sus nietas. Éstos, culminación de un esfuerzo prodigioso, eran considerados por Celestine entre las mejores piezas que había dado su genio. El vestido de Dorothea había resultado al mismo tiempo difícil e inmensamente satisfactorio. La propia Celestine había recorrido los almacenes de tejidos buscando la seda adecuada, de un color verde que se conjugaba a la perfección con los ojos de Dorothea. El vestido era impresionante en su simplicidad. De corte tan bajo que una debutante más joven no habría podido ponérselo, su escote corría en paralelo a las pequeñas mangas abullonadas, dejando los hombros casi desnudos. El corpiño era singularmente ceñido. Desde la alta línea de la cintura, la falda caía con suavidad sobre las caderas y a continuación se precipitaba pesadamente hasta el suelo.

El vestido de Cecily, aunque menos impactante, era también una brillante muestra de sencillez. Confeccionado en seda de un claro y cristalino color aguamarina, con escote redondeado y cintura alta, recamado con pequeñas perlas, realzaba la juvenil figura de Cecily sacándole su máximo partido.

A pesar de que el cielo estaba nublado, esa mañana, como de costumbre, las hermanas habían salido a pasear por el parque y desde su regreso habían estado ocupadas con el correo. Al reunirse con su abuela alrededor de la mesa del almuerzo, siguieron charlando con su acostumbrada naturalidad, contándole lo que habían visto y a quién habían saludado. Pero al mirar sus rostros felices, lady Merion sintió una punzada de tristeza. Pronto, muy pronto, aquellas dos alegres muchachas se habrían ido y su casa recuperaría su existencia rutinaria. Y a lady Merion no le apetecía en absoluto la perspectiva de un porvenir tan sosegado.

Lady Merion decretó que el día del baile no habría paseo a caballo. Las chicas debían quedarse en la cama hasta las diez, hora a la que podrían reunirse con ella en el solario para desayunar y abrir los regalos de debut que habían enviado sus numerosos amigos. Podían pasear a pie por la plaza si querían, pero después de la comida se retirarían a descansar hasta que llegara la hora de vestirse. Le causaba horror que Cecily enfermara por culpa de la excitación o, peor aún, que Dorothea sucumbiera a una migraña.

Al oír los planes para el día, Dorothea declaró sarcástica que lo más probable era que ella cayera en estado de coma por culpa del aburrimiento. Sin embargo, agradecida por los muchos esfuerzos de su abuela, aceptó plegarse a sus requerimientos.

Cuando las hermanas se presentaron ante la mesa del desayuno, ésta estaba cubierta de ramos de flores, cajas y paquetitos de todas clases. Llamaron a Trimmer, a Betsy y a Witchett para que les echaran una mano, y ambas jóvenes, haciendo caso omiso de la comida, se pusieron a rebuscar entre el montón de regalos. Lady Merion, que acertó a entrar en medio de esta escena, se detuvo en seco, llena de asombro.

–¡Cielo santo! Creo que nunca he visto una cosa semejante –añadió dos cajas al montón, una enfrente de cada una de sus nietas–. ¡Bueno, queridas! No creo que ninguna abuela tenga dos nietas que le hayan dado tantas alegrías.

Las hermanas se levantaron, e impulsivamente abrazaron y besaron a su abuela antes de abrir los regalos. Cecily recibió un delicado broche de perlas hecho expresamente para adornar el escote de su vestido de baile. Al abrir el estuche de cuero rojo que halló bajo el envoltorio de su paquete, Dorothea dejó escapar una exclamación de asombro al ver la sarta de esmeraldas perfectas que contenía.

–¡Oh! ¡Abuela! ¡Son preciosas!

Después de que se probaran y admiraran los regalos, lady Merion las apremió a seguir abriendo los presentes y, entusiasmada, se unió al juego de exclamaciones y risas que proferían sus nietas al descubrir quién había mandado tal o cual cosa. Aunque los regalos de ese día eran mucho más espectaculares, ambas jóvenes habían recibido a lo largo de la temporada gran cantidad de ramos de flores, poemas y cosas parecidas. Sin embargo, y a pesar de que con frecuencia recibía flores de lord Alvanley y los demás miembros del círculo de amigos de Hazelmere, todos los cuales, de un modo u otro, se habían rendido a sus pies, del marqués Dorothea no había obtenido ni tan siquiera una rosa. Ignoraba que Hazelmere, experto en tales materias y conocedor de las estrategias de sus adversarios, había decidido deliberadamente no enviarle tales presentes. Así pues, cuando encontró un pequeño paquete entre el montón y, al desenvolverlo, descubrió un estuche de Astley's, no lo relacionó con él.

Era habitual mandarles joyas a las debutantes. Apartó los envoltorios que había alrededor y despejó una parte de la mesa para poder examinar con mayor atención aquel regalo.

–Me pregunto quién habrá mandado esto –murmuró para sí misma.

Lady Merion la oyó y se acercó a ella.

–¡Qué extraño! Ábrelo, querida, y veamos qué es. Seguramente habrá una tarjeta dentro.

Al abrir el estuche, sin embargo, no hallaron tarjeta alguna. Dentro había un broche extraordinariamente delicado, compuesto de esmeraldas y rubíes engarzados en oro, con forma de mora silvestre. Una lenta sonrisa apareció en el rostro de Dorothea. ¡Qué audacia!

Lady Merion, viéndola sonreír, quedó desconcertada. Fue Cecily quien, al apartar un momento la mirada de sus regalos y ver el broche, comprendió de inmediato.

–¡Vaya! ¿Es de lord Hazelmere? –fijando sus ojos castaños en la cara ruborizada de su hermana, Cecily se echó a reír.

Lady Merion advirtió todas estas cosas, aunque no atinaba a adivinar qué demonios tenían que ver las moras con Hazelmere. Sin embargo, conociendo al caballero en cuestión, adivinó que el regalo estaba muy lejos de ser inocente, y dijo con firmeza:

–Dorothea, te prohíbo que lleves eso esta noche.

–¡Oh, no! No hagas eso, abuela. Mira, esta nota del señor Astley dice que se ha tomado la libertad de diseñar el broche de modo que pueda usarse como colgante, prendiéndolo de la sarta de perlas. ¡Qué considerado!

Dorothea examinó el broche y la sarta de perlas, descubrió cómo encajaban y miró atentamente la joya. Era ésta de un equilibrio perfecto, y parecía costosa y absolutamente única.

–Dorothea, no sé qué significará ese broche, ni estoy segura de querer saberlo –declaró lady Merion en su tono más autoritario–. Pero, sea lo que sea lo que pretende Hazelmere, no puedes ponértelo esta noche. Piensa en cómo llamaría la atención. ¿Cómo pretendes mirar a la cara a lord Hazelmere llevándolo puesto?

–Pues espero que con mi aplomo de costumbre –contestó su nieta–. No puedo rehusar este desafío, abuela, lo sabes perfectamente.

Lady Merion pensó que ella no sabía nada en absoluto y comenzó a sospechar que Hazelmere estaba arrastrando a Dorothea hacia aguas profundas. Pero, en aquellas circunstancias, había en realidad muy poco que ella pudiera hacer.

El único cambio en los rígidos planes de lady Merion fue culpa de Edward Buchanan. Éste se presentó sin previo aviso en la puerta y se negó en redondo a aceptar la fría acogida de Mellow, quien lo informó de que las señoras de la casa no podían recibirlo. Por fin, gracias a que atinó a mencionar a Herbert Darent, logró que el mayordomo le permitiera pasar al solario mientras iba a trasladarle su mensaje a la señora.

Lady Merion bajó sofocada de indignación y entró apresuradamente en el solario. Cinco minutos después, salió con aire de asombro de la habitación y fue en busca de la mayor de sus nietas.

Aquello fue peor de lo que Dorothea había imaginado. Lady Merion había mencionado un ramo de margaritas, ¡nada menos que de margaritas!, que ya empezaba a marchitarse. Pero lo que no acertaba a describir era la inusitada fatuidad del hombre que sostenía dicho ramo.

–¡Ah, señorita Darent! –de pronto, el señor Buchanan pareció quedarse sin palabras. Luego, recuperando la peculiar desenvoltura de su lengua, dijo–: Sospecho, querida mía, que sabe usted muy bien por qué estoy aquí –su tono hizo que Dorothea empezara a sentirse mal. Por fortuna, él estaba al otro lado de una mesita redonda, y allí quería Dorothea que se quedara. Él no pareció encontrar nada extraño en su silencio y prosiguió con obstinada alegría–. ¡Sí, querida mía! He venido a solicitar el honor de su mano. Dudo de que esperara usted una declaración tan pronto, antes incluso de su baile de debut. No hay muchas jóvenes que puedan presumir de establecerse ventajosamente antes de ser presentadas en sociedad, ¿no le parece?

Ella no pudo soportarlo más.

–Señor Buchanan, le agradezco su oferta, pero me temo que no puedo consentir en casarme con usted.

–Oh, eso no es ningún problema, querida. Edward Buchanan sabe cómo se hacen estas cosas. Lord Herbert ya me ha dado su consentimiento. Lo único que hace falta es que diga usted que sí y podremos anunciarlo esta noche, en el baile.

Hazelmere, siendo como era mucho más perspicaz que el señor Buchanan, podría haberle dicho que eso era justamente lo que no debía decírsele a una señorita tan independiente como Dorothea Darent. Sofocada, no hizo ningún esfuerzo por disimular la repugnancia que sentía.

–Señor Buchanan, me temo que sus esfuerzos van descaminados. Herbert Darent tal vez sea mi tutor, pero no tiene autoridad para obligarme a casarme. No aceptaré su proposición. No albergo ningún deseo de casarme con usted. Confío en haber sido suficientemente clara. Y ahora, si me disculpa, estoy muy ocupada. Mellow le enseñará la salida.

Salió de la habitación con la cabeza muy alta y, tras detenerse un momento para indicarle a Mellow que acompañara a su inesperado visitante, subió resueltamente al piso de arriba.

Más tarde, esa misma noche, justo antes de que comenzaran a llegar los invitados a la cena, lady Merion, de pie en el pasillo, observó a sus nietas bajar las escaleras. El pecho se le hinchó de orgullo y de merecida satisfacción. ¡Estaban soberbias!

Cecily, que iba delante, y el destello de cuyos grandes ojos marrones desmentía cualquier intento de seriedad por su parte, parecía la viva imagen de la inocencia infantil. ¡Pero Dorothea...! Asombrosamente bella, Dorothea, cuyo temple innato realzaba el impresionante efecto del vestido, bajó con elegancia las escaleras. Así vestida, componía una visión que hubiera hecho detenerse el corazón de cualquier hombre. Sobre todo, el de Hazelmere, pensó su abuela con regodeo cuando sus ojos se posaron sobre el colgante de las moras. Dorothea había hecho bien al ponérselo, pues el fulgor verde y rojo de las gemas sobre la piel de alabastro de su nieta dotaban al conjunto de una inigualable belleza.

Unos minutos después, Mellow anunció a Ferdie, que había prometido llegar temprano para prestarles su apoyo y que, al entrar en el salón, se quedó parado, con los ojos clavados en ellas.

–¡Madre mía! –fue cuanto logró decir el elegante señor Acheson-Smythe. Las tres damas se echaron a reír, y una atmósfera mucho menos formal recibió al resto de los invitados, que empezaron a llegar poco después.

El murmullo de las conversaciones invadió pronto el salón. Lady Jersey y la princesa Esterhazy elogiaron a las dos muchachas con evidente sinceridad. Cuando Dorothea se alejó para hablar con la señorita Bressington, Sally Jersey se volvió hacia lady Merion.

–Querida, estoy deseando ver la cara que pone Hazelmere cuando cruce la puerta y vea a esa preciosidad.

–¡Qué cosas dices, Sally! Yo estoy temiendo que él o Dorothea se olviden de dónde están y hagan algo impropio esta noche.

–Pues, por una vez, no creo que nadie pudiera reprochárselo a lord Hazelmere.

Justo en ese momento, Mellow anunció al marqués y la marquesa viuda de Hazelmere. A pesar de que nadie se atrevió a mirarlos fijamente, Hazelmere advirtió que todas las miradas, salvo la de ciertos ojos verdes, estaban posadas en él. Resistió la tentación de mirar a Dorothea y con su habitual desenvoltura condujo a su madre a presentar sus respetos a lady Merion.

Lady Hazelmere, por su parte, buscó a Dorothea con la mirada y, en voz baja, le dijo a su hijo:

–¡Querido, estás perdido! Esa chica es la cosa más bonita que he visto nunca.

Hazelmere contestó con mirada divertida:

–Gracias, mamá. Ya me lo había figurado, por cómo me miran todas esas arpías.

Lady Hazelmere se echó a reír y, dándose la vuelta, fue a felicitar a lady Merion. Dejando a su madre con el grupo de viejos amigos que rodeaba a su anfitriona, Hazelmere se confundió hábilmente entre la gente.

Poco después de los Hazelmere llegaron los Eglemont. Aprovechando el revuelo que causó su llegada, y mientras lord Fanshawe saludaba a Cecily Darent, Hazelmere se acercó a Dorothea, la cual se hallaba en ese momento conversando con la hermana menor del marqués, lady Alison Gisborne, mujer rubicunda y vivaz que, sabiendo sin duda quién era la enamorada de su hermano, se había presentado personalmente a Dorothea. Al verlo, sonrió ampliamente y exclamó:

–¡Hola, Marc! Sí, ya me voy a ver a mamá, que seguro que se está muriendo de ganas de decirme algo –se echó a reír y se alejó.

–Qué bien me entiende mi hermana pequeña –murmuró él, llevándose la mano de Dorothea a los labios, como de costumbre. Se sentía aliviado por haber dispuesto de unos minutos para acostumbrarse a la belleza que irradiaba Dorothea esa noche.

Ella se aventuró a mirarlo y notó que sus ojos castaños brillaban y que, al sonreírle él, el resto de la estancia desaparecía. Devolviéndole la sonrisa, dijo:

–He de darle las gracias por su regalo, lord Hazelmere.

–Ah, sí. Confiaba en que sirviera de símbolo de agradables recuerdos –contestó él, alzando un dedo para tocar el colgante y resistiendo a duras penas la tentación de acariciar la piel de Dorothea.

Ella había esperado un comentario osado.

–Sí, los bosques de Moreton Park siempre me han parecido sumamente apacibles –su serenidad era tan perfecta que, de no haberla conocido mejor, Hazelmere habría pensado que ya no recordaba su primer encuentro.

Sonriendo, él la dejó sin aliento al murmurar provocativamente:

–Se ha convertido usted en tan experta duelista, querida mía, que me temo que tendré que recurrir a métodos más... directos.

Los ojos esmeralda volaron a los suyos, pero Hazelmere

no pudo saber qué iba a contestarle pues en ese preciso instante se acercó a ellos Marjorie Darent. El resto de los invitados había tenido el buen sentido de no interrumpir la conversación entre la señorita Darent y lord Hazelmere, pero lady Darent no parecía sentir los mismos escrúpulos. Viendo a Dorothea monopolizada por un hombre al que consideraba poco menos que un canalla, consideró su deber intervenir. Acababa de llegar, aún no había hablado con Dorothea y, como era corta de vista, no distinguió por completo el vestido de Dorothea hasta que estuvo a unos pasos de ésta.

Dedicándole al marqués lo que, en su opinión, era una discreta sonrisa, se dirigió inmediatamente a Dorothea.

–¡Querida! ¿No crees que un chal quedaría muy bien encima de ese vestido?

Hazelmere sintió que Dorothea se envaraba y, casi imperceptiblemente, se acercaron el uno al otro.

–Creo que no, prima –contestó ella, refrenando con esfuerzo su enojo–. No tengo frío. Y además –continuó apresuradamente, viendo que su prima se disponía a continuar–, no quisiera avergonzar a la abuela adoptando una forma de vestir tan provinciana.

Lady Darent se puso tan tiesa como un palo. Conteniendo las ganas de aplaudir, dijo Hazelmere:

–Señorita Darent, creo que mi madre está intentando atraer nuestra atención. Si lady Darent nos disculpa... –saludando a la enojada dama con una leve inclinación de cabeza, se llevó a Dorothea resueltamente fuera de la órbita de su prima. Mientras se alejaban, volvió a admirar su belleza–. Buena chica. Si no le hubiera dado usted esa contestación, me temo que a mí se me habría ocurrido algo mucho peor. Recuérdeme que, en las... habilidades que aún tengo que enseñarle, no incluya la de insultar a alguien.

Dorothea dejó escapar una risita ahogada y fijó sus ojos

brillantes en el rostro de Hazelmere. La madre del marqués, hacia la que se encaminaban, contempló aquel intercambio de miradas con una peculiar sonrisa. Nunca había confiado en ver a su hijo tan obviamente enamorado.

El zumbido de las voces continuó y el calor del salón siguió aumentando hasta que Mellow, resplandeciente con una librea nueva de cola muy larga, anunció la cena. A Hazelmere, por ser el caballero de mayor rango entre los presentes, le correspondía acompañar a lady Merion, pero Herbert Darent decidió arrogarse aquel honor, dejando que el marqués acompañara a la señorita Darent. Lord Fanshawe escoltó a Cecily, y los otros se ocuparon dócilmente de sí mismos.

La cena fue un éxito y ni un solo incidente amargó el placer de lady Merion. La conversación fluía por todos lados. Hasta Marjorie parecía haber encontrado alguien afín en el almirante medio sordo sentado a su lado. Tal y como esperaban todos, Hazelmere y Dorothea parecían ajenos a cuanto los rodeaba, al igual que Cecily y Fanshawe al otro lado de la mesa. Gracias a la estrategia de lady Merion, nadie se sintió ofendido por la actitud de las dos parejas, salvo lord y lady Darent. Pero, por suerte, aquellas dos figuras ceñudas estaban lo bastante apartadas como para no ensombrecer la chispeante escena que tenía lugar en el centro de la mesa.

Al ser retirado el último plato, las señoras se levantaron y se dirigieron al salón, dejando a los caballeros con su oporto. En una cena previa a un baile, aquella separación ritual se reducía por lo general al mínimo. Pero lady Merion no quería arriesgarse. Había recabado la ayuda del conde de Eglemont para asegurarse de que Herbert no empezaba a discursear como tenía por costumbre, aburriendo a todo el mundo.

Para cumplir tal servicio, lord Eglemont resultó una

elección muy acertada. Eglemont sabía que ninguno de los caballeros más jóvenes sentía la menor inclinación por matar el rato bebiendo oporto. ¿Y quién podía reprochárselo? En su opinión, un baile era para divertirse, y hasta él hubiera preferido regresar al salón y observar cómo se las ingeniaban Marc y Tony, y hasta lord Harcourt y Ferdie, en vez de quedarse escuchando al pomposo charlatán de Herbert Darent.

Así pues, Herbert vio cómo lord Eglemont acababa con la conversación que había iniciado acerca de las más novedosas ideas sobre la rotación de cultivos y, dándole la vuelta, volvía a usurparle su papel protagonista mientras conducía a los caballeros de regreso al salón.

Lady Merion suspiró aliviada al verlos regresar. La estancia vibraba agradablemente con el zumbido de las conversaciones de los grupos de jóvenes y mayores dispersos por ella. Al entrar en el salón, Hazelmere y Fanshawe hallaron a las señoritas Darent charlando alegremente con un grupo de amigos y, comprendiendo que su sentido de la discreción les impedía apartarlas de ellos, procuraron pasar desapercibidos. Hazelmere se acercó a su madre.

–¡Ah, mamá! Quería preguntártelo antes. ¿Sabes si mis queridísimas hermanas mayores nos honrarán con su presencia esta noche?

Las estiradas hijas mayores de lady Hazelmere eran una carga tan pesada para ésta como para su hijo.

–Espero fervientemente que no, querido –se dio la vuelta e, inclinándose hacia Sally Jersey, le dijo a lady Merion–: Hermione, no habrás invitado a Maria y a Susan, ¿verdad?

Para descontento de madre e hijo, lady Merion asintió.

–Sí. Y ambas han aceptado.

Lady Hazelmere se volvió hacia su hijo, haciendo una mueca. Él se inclinó y le susurró al oído:

–En ese caso, convendría que les aconsejaras a mis queridas hermanas que esta noche nos dejen en paz a la señorita Darent y a mí.

Lady Hazelmere lo miró con sorpresa. Él le lanzó una de sus malévolas sonrisas y se alejó. La marquesa pasó varios minutos intentando resolver el enigma y al fin decidió que su hijo debía de estar planeando algo que sin duda enojaría a sus hermanas mayores. Ignoraba qué podía ser, pero al volverse hacia Sally Jersey, que estaba sentada a su lado, descubrió que no era ella sola quien sospechaba que su hijo estaba tramando algo.

–Anthea, ¿qué demonios está tramando tu chico? Tony Fanshawe y él se comportan de modo muy extraño.

–No tengo ni idea, Sally. Ya sabes que las madres siempre somos las últimas en enterarnos de todo. Pero creo –continuó– que tienes mucha razón. Salta a la vista que están planeando algo.

Al acercarse la hora del baile, lady Merion instó a sus invitados a entrar en el salón de baile. Los floristas y decoradores habían hecho un trabajo excelente, pero las exclamaciones y felicitaciones de las señoras pronto quedaron ahogadas por la llegada de los invitados al baile. El fragor de la charla a medida que la alta sociedad llegaba al baile de lady Merion y los invitados se encontraban, recorrió el salón como una ola. Dorothea y Cecily permanecían en lo alto de la escalinata de entrada junto a su abuela para recibir a los invitados. Durante la siguiente media hora estuvieron completamente absortas saludando y siendo presentadas a los miembros de la alta sociedad. Cuando el flujo de invitados comenzó a remitir y se redujo luego a un espaciado goteo, el salón de baile estaba ya casi a rebosar y la flor y nata de la élite londinense se hallaba presente. El salón presentaba un aspecto magnífico, y lady Merion tenía la sensación de haber alcanzado el punto culminante de su éxito. Mirando a Mellow, le indicó que comenzara el baile. Mientras el mayordomo cruzaba majestuosamente el salón, los invitados se apartaron a fin de despejar el centro de la estancia para el primer vals.

Tradicionalmente, la primera parte del primer vals la bailaba únicamente la joven dama en cuyo honor se celebraba el baile. Esa noche, Dorothea debía abrir el baile, seguida por Cecily, antes de que el resto de los invitados se les unieran. De haber seguido estrictamente el protocolo, Dorothea habría tenido como pareja a Herbert y Cecily a lord Wigmore, el primo de lady Merion. Lord Wigmore, sin embargo, había cedido de buena gana aquel honor después de que su prima se le acercara y se había echado a reír al saber quién iba a sustituirlo. A Herbert le informaron lisa y llanamente de que, dado que él no bailaba el vals, sería reemplazado por un acompañante más conveniente. Se sintió ultrajado, pero no tuvo valor para hacer una escena. Su abuela juzgó sensato no decirle quién iba a tomar su puesto.

Lady Merion había decidido, asimismo, no informar a sus nietas de quiénes iban a ser sus parejas en el primer baile. Para ello no había tenido que forzar su inventiva, pues a ninguna de las dos muchachas se le había ocurrido preguntar, dando por sentado que irremediablemente tendrían que conformarse con Herbert y lord Wigmore. Así pues, presa de cierto nerviosismo, lady Merion, colocada entre las dos jóvenes en lo alto de los breves escalones que bajaban al salón de baile, viendo que los músicos se disponían a atacar los primeros acordes, dijo:

—¡Adelante, queridas! Vuestras parejas están listas y os esperan al pie de las escaleras. Deseo que paséis el baile más maravilloso de todos.

Las hermanas bajaron las escaleras. Dorothea, ligeramente adelantada, se conducía con aquel temple que atraía hacia ella todas las miradas. En el fondo, temía aquel baile. Herbert, bien lo sabía, era muy torpe bailando el vals. Los siguientes minutos podían ser terriblemente embarazosos. Pero, al pisar el suelo del salón, sus ojos se abrieron de par en par al ver que el marqués de Hazelmere se adelantaba hacia ella, más apuesto y sonriente que nunca.

Hazelmere inclinó la cabeza y ella respondió al instante con una elegante reverencia. El marqués la hizo incorporarse y Dorothea se dejó llevar por sus brazos con su abandono habitual, el rostro radiante y los ojos chispeantes de placer. Al darse la vuelta para empezar a bailar, Dorothea vio que Fanshawe se había acercado a Cecily. Suspiró, aliviada, y exclamó vivamente:

–¡No sabe cuánto agradezco que sea usted!

Hazelmere sonrió mientras se deslizaban lentamente por el salón.

–Ni su abuela ni yo creíamos que ese espanto de Herbert fuera pareja digna de usted, ni que el no tan espantoso aunque aburrido lord Wigmore lo fuera para Cecily.

Atenta al silencio que los rodeaba, Dorothea preguntó sin apartar sus ojos risueños del rostro de Hazelmere:

–¿Estamos ofreciendo un espectáculo indecoroso?

Sin dejar de sonreír, Hazelmere contestó en un susurro:

–Sospecho que sí. Pero dudo que sea por la razón que sospecha usted –ella lo miró inquisitivamente. Los ojos de Hazelmere brillaron un instante–. A pesar de que el hecho de que baile usted el primer vals conmigo y Cecily con Tony no es precisamente correcto, tampoco es inaceptable dadas las circunstancias, pues no tiene usted más parientes varones cercanos que Herbert, de quien todo el mundo sabe que no es un gran bailarín.

–Así que ¿puede que lo desaprueben, pero no pueden condenarlo?

–Exactamente.

Habían llegado al otro extremo del salón y Hazelmere ejecutó hábilmente un giro difícil, de modo que, dando la vuelta, volvieron sobre sus pasos, mezclándose con las demás parejas que habían invadido la pista de baile.

–Por otra parte –continuó él–, de este modo por una vez podré bailar con usted impunemente dos veces. Este vals es especial y no está anotado en la lista del programa. Por lo tanto, no cuenta. Así pues, mi querida señorita Darent, ¿me concede usted el doble placer de bailar conmigo el segundo vals y permitirme que después la acompañe a tomar un refrigerio?

Pensando que aquello le proporcionaría una velada deliciosa, ella aceptó jovialmente. Cuando las últimas notas recorrieron el salón, se detuvieron y Hazelmere la condujo de nuevo junto a lady Merion. Separándose con desgana de ella, le besó la mano y, con aquella peculiar sonrisa que sobresaltaba el corazón de Dorothea, desapareció entre la muchedumbre de invitados.

Lady Hazelmere reaccionó ante aquel primer vals como la mayoría de los invitados. Cuando Hazelmere tomó a Dorothea en sus brazos, la concurrencia pareció contener el aliento al mismo tiempo, cosa que por lo general solía preceder a un estallido de murmullos acusadores. Sin embargo, aquellas mentes cargadas de reproches parecieron comprender todas a una que, a fin de cuentas, no había nada particularmente indecoroso en aquel baile. Un minuto de reflexión convenció a las principales señoras de que lady Merion había llevado a cabo un gran golpe de efecto. Los caballeros, casi simultáneamente, hallaron el incidente sumamente entretenido.

Lo que excitaba particularmente el peculiar sentido del humor de lady Hazelmere era el enojo que había suscitado en el pecho de gran número de damas respetables el modo de bailar de su hijo y la encantadora Dorothea. Todos creían haberse acostumbrado a ver a la señorita Darent en brazos de lord Hazelmere. Pero únicamente los habían visto bailar en medio de otros, no solos en un salón de baile despejado. Esa noche, la primera conmoción se produjo cuando Dorothea se lanzó prontamente en brazos de Hazelmere. Pero fue su modo de moverse a la par lo que pareció soltar al gato en el gallinero. Bailaban con tal elegancia, tan perfectamente conjuntados, que la intimidad que obviamente existía entre ellos quedó expuesta a ojos de todos. Su modo de bailar bordeaba lo indecente. Pero lo mejor de todo, pensaba la sagaz lady Hazelmere, era que nadie podía decir una palabra al respecto. Ni un solo movimiento, ni un solo parpadeo, había sido en modo alguno impropio. Ni siquiera los invitados más estrictos se atrevían a susurrar una palabra por miedo a ser acusados con toda justicia de poseer una imaginación de cuestionable gusto. Era sumamente improbable que su hijo, siendo tan perspicaz, no supiera que así sería. Pero también estaba segura de que la encantadora Dorothea era del todo inocente a ese respecto. Bueno, tal vez no del todo inocente, se corrigió lady Hazelmere, pero aun así no cabía duda de que Dorothea ignoraba lo revelador que había sido aquel baile.

«Por lo menos, ya sé por qué Marc quería que mantuviera alejadas a Maria y a Susan», pensó. Y, al imaginar lo escandalizadas que estarían sus hijas mayores, se echó a reír y fue a cumplir el encargo de su hijo.

Para las hermanas Darent, la de su baile de debut fue la noche más hermosa de la temporada. Fueron elogiadas y celebradas a cada paso. Dorothea bailó con todos los amigos íntimos de Hazelmere, con quienes disfrutaba ya de una afable confianza. Bailó asimismo con Herbert un minué, danza que su primo bailaba con corrección, si no con elegancia. Había pasado ya el ecuador de la fiesta cuando se halló de nuevo en brazos del marqués, deslizándose por el salón de baile al son del vals que precedía al refrigerio.

Adivinando que Dorothea no había parado de hablar, Hazelmere, que no quería forzarla a decir nada, se limitó a susurrar:

–¿Cansada, mi encantadora Dorothea?

Ella no advirtió al principio que había usado su nombre de pila. Luego alzó la mirada y su deseo de cuestionar el derecho de Hazelmere a tutearla se evaporó de inmediato. Al mirarlo a los ojos, sintió que un delicioso calor se apoderaba de ella. De modo que asintió con una sonrisa y sus largas pestañas ocultaron sus grandes ojos verdes de la mirada de Hazelmere de un modo que éste conocía muy bien.

Sonriendo, el marqués se preguntó si osaría decirle qué aspecto tenía cuando hacía aquello, o qué sentimientos delataba aquel gesto, pero decidió que, tras semejante explicación, lo más probable sería que ella no volviera a hablarle en una semana.

El refrigerio fue muy alegre. Dorothea y Cecily fueron el centro de atención y, precisamente por ello, no pudieron sentarse juntas. Dorothea y Hazelmere se vieron rodeados por el bullicioso grupo que formaban los amigos del marqués. Sentado junto a ella, Hazelmere interpolaba comentarios únicamente cuando temía que la conversación se volviera demasiado ruda para los oídos de Dorothea, a la que sus amigos entretenían con un sinfín de anécdotas, muchas de las cuales incluían a Hazelmere. Todos sabían que éste podía poner punto final a la conversación en cualquier instante, pero al ver que no hacía intento alguno de aguarles la diversión, su hilaridad alcanzó nuevas cotas. De este modo, la media hora dedicada al refrigerio pasó volando, y Dorothea se halló de pronto solicitada por lord Desborough para el primero de los tres últimos bailes de la velada.

Al finalizar la pieza, se vio reclamada por un pequeño grupo de amigas de su abuela, damas de edad madura con las que aún no había tenido ocasión de hablar. Despachando jovialmente a Desborough, fue a pasar unos minutos en compañía de aquellas señoras. Al cabo de un rato se excusó y cruzó lentamente entre la multitud de invitados, deteniéndose aquí y allá para charlar y dispensando el mismo grado de atención a cada pausa. Al concluir una de aquellas conversaciones, la señorita Buntton, una joven rubia de aspecto glacial y dos años menor que ella, reclamó su atención.

–Mi querida señorita Darent –dijo la señorita Buntton con su frío acento de costumbre–. Su vestido es realmente soberbio. ¡Verdaderamente esotérico! Aunque me temo que mi madre jamás me permitiría ponerme semejante vestido. Ella siempre dice que no está bien hacerse notar.

Dorothea, acostumbrada desde hacía tiempo a los insidiosos celos de la señorita Buntton, pensó que, en realidad, la joven se lo ponía muy fácil.

–Estoy segura, mi querida señorita Buntton, de que no corre usted riesgo alguno de disgustar a su madre –se disponía a alejarse con una suave sonrisa malévola cuando otra mujer de mayor edad, cuyo nombre no recordaba y que había permanecido junto a la joven rubia, intervino en la conversación.

–¡Señorita Darent! Estaba deseando verla. Soy lady Susan Wilmot, la hermana de Hazelmere.

Dorothea tocó la mano que le tendía graciosamente lady Wilmot y murmuró un cumplido. Pero lady Susan ya estaba hablando.

–Sí, querida. Como estaba diciéndole a la señorita Buntton, me ha alegrado mucho ver que Hazelmere cumplía con su deber para con usted esta noche con el primer vals. Mi hermano es tan descuidado con ciertas responsabilidades que, a pesar de que lady Merion le haya pedido como un favor que sustituyera a Herbert, me sorprendió agradablemente ver que se comportaba de modo tan correcto. Tal vez sea señal de que piensa sentar la cabeza. La dama que se case con él ha de poseer, naturalmente, todas las cualidades. Y mandará en Hazelmere House. Por descontado, tendrá que ser de una de las familias más distinguidas. Y forzosamente rica, desde luego. A fin de cuentas, Hazelmere es uno de los hombres más ricos del reino –lady Wilmot sonrió mirando fijamente a Dorothea–. Me atrevo a afirmar que no desvelo ningún secreto si digo que toda la familia tiene grandes esperanzas puestas en nuestra querida señorita Buntton.

–¿Ah, sí? –incapaz de escapar a la red tendida por la elocuencia de lady Wilmot, Dorothea se sintió extrañamente abatida y no pudo evitar mirar a la señorita Buntton. ¡Cielo santo! ¡La muchacha estaba sonriendo, satisfecha!

En ese instante, una mano le tocó el brazo.

–¡Dorothea! Aquí estás. Ven a conocer a mi cuñado. Le he prometido que te lo presentaría –los ojos de lady Alison Gisborne se encontraron con los de su hermana mayor, al otro lado del grupo. Lady Susan se sonrojó.

Dorothea, ajena a aquel intercambio de miradas, se despidió con alivio de lady Susan y la señorita Buntton y se alejó elegantemente para ser presentada a Andrew Gisborne.

Cuando las notas finales del último vals se apagaron en el salón de baile, mientras las parejas cansadas se dispersaban en busca de sus acompañantes, Dorothea se halló en un lateral del salón, del brazo de lord Alvanley. Éste escudriñaba la habitación como si buscara a alguien.

–¡Ah, ahí está! –mirando a Dorothea, explicó–: Marc me ha pedido que la lleve con él después del baile.

Mientras cruzaban lentamente el amplio salón, deteniéndose para despedirse de los invitados que se aprestaban a marcharse, Dorothea vio que lady Alison se paraba junto a su hermano y le tiraba del brazo para llamar su atención. Hazelmere la escuchó un momento con atención. Luego, lady Alison le hizo bajar la cabeza, le plantó un beso cariñoso en la mejilla y, agitando alegremente la mano, corrió a reunirse con su marido junto a la escalera.

Para entonces Dorothea y Alvanley habían llegado ya junto al marqués, que estaba conversando con lady Helen Walford, una opulenta belleza que a Dorothea le habían presentado poco antes. Los cuatro permanecieron charlando unos minutos mientras los invitados se dispersaban. Luego, lord Alvanley le ofreció cortésmente a lady Walford su brazo y, tras despedirse de Dorothea, se marcharon. Hazelmere, viendo una sonrisa admirativa en el rostro de Dorothea, dijo:

–Sí, Alvanley y yo somos muy buenos amigos –la sonrisa de ella se hizo más amplia. Tras una pausa, el marqués añadió–: Mi querida Dorothea, ¿piensa ir a pasear por el parque mañana?

Esta pregunta logró captar la atención de Dorothea, que estaba despidiéndose desde lejos de un grupo de invitados.

–Pues sí, creo que sí –contestó ella.

–En ese caso, Ferdie y yo, y probablemente también Tony, pasaremos a recogerlas a las diez. ¡No se retrasen! –le besó la mano y, advirtiendo el destello portentoso de sus ojos verdes, la apoyó sobre su brazo; antes de que ella tuviera ocasión de decirle lo que opinaba de que se atreviera a organizarle la mañana, Hazelmere comenzó a subir la escalinata yendo al encuentro de lady Merion.

Ésta se encontraba exhausta. La velada había sido un

éxito indescriptible, aunque en su opinión habría resultado menos enervante si Dorothea y Hazelmere no hubieran sido tan consumados bailarines. Sin embargo, no pensaba ponerse puntillosa por tan poca cosa y se hallaba en perfecta sintonía con el mundo. Al verlos salir del salón de baile ya desierto, sonrió radiante.

–¡Queridos míos! ¡Qué gran éxito ha sido!

–Y todo gracias a ti, abuela –contestó Dorothea, abrazando impulsivamente a la anciana señora.

–Y, ahora, ¡a dormir, niña! –dijo rezongona lady Merion–. Cecily ya se ha retirado. Estoy segura de que lord Hazelmere sabrá disculparte.

Hazelmere soltó la mano de Dorothea y, besándole elegantemente la muñeca, dijo:

–Buenas noches, Dorothea. Nos veremos mañana por la mañana.

Ella se marchó tras dedicarle otra encendida mirada. Lady Merion advirtió aquel intercambio de miradas y, cuando su nieta se alejó lo bastante como para no oírlos, dijo:

–Es usted muy osado, lord Hazelmere.

–Sólo con su nieta –contestó él tranquilamente y, viendo que ella se quedaba boquiabierta, añadió–: ¿Me equivoco al pensar que el pelmazo de Herbert es el tutor de esa bella criatura?

Lady Merion, consciente de que intentaba distraerla de su principal tribulación, se vio forzada a contestar:

–Desafortunadamente, sí.

–No importa –él se encogió de hombros y se giró dispuesto a marcharse.

Pero ella no tenía intención de dejarlo escapar tan fácilmente. Traspasándolo con una mirada que le recordó forzosamente a su madre, lady Merion preguntó:

–¿Cuándo va a pedir su mano?

–A su debido tiempo –contestó él sin dejarse arredrar por la franqueza de la pregunta.

–De modo que piensa pedirla en matrimonio.

Él sonrió.

–¿Acaso lo duda usted?

–Después del primer vals, no creo que nadie lo dude –replicó ella con aspereza.

–Que es justamente lo que pretendía –sonriendo con calma, Hazelmere hizo una reverencia y bajó la escalinata.

Lady Merion lo observó mientras se alejaba. Tenía la sensación de que, a pesar de la desenvoltura con que Hazelmere parecía manejar aquel asunto, desenvoltura que ella no podía dejar de aplaudir por el buen sentido que demostraba, hasta ese momento el marqués había obtenido un éxito tan fácil que resultaba antinatural. Su larga experiencia le había enseñado que una joven tan testaruda como Dorothea difícilmente podía tener en alta estima la tranquilidad con que Hazelmere se tomaba su relación. «No, señor», pensó, «preveo nubarrones».

[illegible]

[illegible] Atlántida [illegible]

[illegible] volcanes, una seguida [illegible] columnas [illegible] Pues [illegible] cada lado [illegible] de Hércules [illegible] parte [illegible] de agua [illegible]

9

A la mañana siguiente, el paseo a caballo transcurrió apaciblemente. De Cavendish Square llegaron las hermanas Darent y los señores Hazelmere, Fanshawe, Ferdie y Dermont. Junto a las puertas del parque se encontraron con lord Harcourt y la señorita Bressington. A esa hora había pocos paseantes, a pesar de la mansedumbre del tiempo. Al poco rato las tres parejas se separaron para deambular por prados y caminos, completamente absortas, mientras Ferdie y el señor Dermont se enfrascaban en una discusión acerca de las últimas tendencias de la moda.

Como solía hacer cuando se hallaba a solas con Hazelmere, Dorothea daba muestras de un aplomo más aparente que real. Cada vez le costaba más mantener la fría desenvoltura que, según creía, constituía su única defensa contra aquellos ojos castaños que parecían verlo todo. La presencia de Hazelmere la perturbaba físicamente hasta el punto de que su intelecto dejaba de funcionar con su habitual claridad. En medio de otros, en bailes y fiestas, donde las formas sociales ponían coto al proceder de Hazelmere, ella lograba mantener el suficiente dominio de sí misma como para atajar los sutiles abordajes del marqués. Pero cuando se hallaban a solas, sin nada que impidiera a Hazelmere conducir los pensamientos de Dorothea por caminos que ella sabía peligrosos aunque excitantes, la joven no se sentía capaz de impedir que el marqués adivinara hasta qué punto la turbaba. En realidad, ya no sabía si le estaba ocultando algo. Ignoraba qué conclusiones había sacado él de su conducta en el invernadero de la duquesa de Richmond. Por otro lado, Hazelmere no había variado ni un ápice su modales imperiosos. Y aún tenía que hablarle, aunque fuera indirectamente, de amor.

Mientras paseaban a caballo el uno junto al otro por el corazón del parque, lejos de las miradas de sus amigos, Dorothea se hizo consciente de una creciente inquietud que le excitaba los nervios, particularmente porque su acompañante parecía desconocer el significado de la incertidumbre. El marqués se mostraba en todo punto seguro de sí mismo. Dorothea tenía la extraña sensación de hallarse atrapada inexorablemente en algo que no acertaba a comprender, en una especie de trampa de cuyo cebo, de un irresistible atractivo, resultaba imposible escapar. Y Hazelmere se hallaba en el centro, arrastrándola cada vez más hacia él.

El marqués aprovechó la ocasión para anunciarle que debía volver a ausentarse hasta fines de la semana siguiente. Su breve estancia en Hazelmere le había revelado más muestras de su negligencia de las que su conciencia podía soportar. Habiendo hecho cuanto podía para convencer a su círculo social de lo serias que eran sus intenciones respecto a Dorothea y de cuál sería con toda probabilidad la respuesta de ésta a su proposición de matrimonio, estaba decidido a enmendar los problemas surgidos en sus dominios sin más tardanza. Aparte de la dama que cabalgaba a su lado, poco más lo retenía en Londres. Los bailes de debutantes no solían contarse entre sus diversiones favoritas.

Dorothea, a pesar de aceptar estoicamente la noticia de

su inminente viaje, se vio sorprendida por el comentario final del marqués.

–En mi ausencia, si necesitara ayuda de alguna clase, puede confiar en Ferdie y en Tony, o en Alvanley, Peterborough o, lo que es lo mismo, en cualquiera de los amigos del grupo. Siempre nos ayudamos mutuamente y ninguno de ellos dudaría en ocupar mi puesto si fuera necesario.

Ella se volvió a mirarlo con los ojos muy abiertos, pero, aparte de un melancólico destello en sus ojos, no logró advertir en su semblante nada que le diera algún indicio de a qué se refería exactamente.

La causa de aquel destello fue darse cuenta de que le había revelado a Dorothea mucho más de lo que pretendía. Estaba metiendo la pata otra vez. Si se paraba a pensar, Dorothea podía preguntarse por qué sus poderosos amigos debían extender su protección a la señorita Darent. Tal vez se le pasara por la cabeza que sin duda lo harían tratándose de la futura marquesa de Hazelmere. El marqués estaba seguro de que Dorothea ignoraba hasta qué punto se había aceptado públicamente su relación, y sospechaba que aquella idea sería recibida, al menos inicialmente, con desconfianza, si no con enojo, por parte de la joven. No formaba parte de sus planes verse forzado a pedir su mano haciendo tan poco que había empezado la temporada.

Hazelmere pasó una hora deliciosa intentando ver hasta qué punto podía arrastrar a Dorothea por el camino de la osadía, y descubrió que mucho más allá de lo que convenía a su dominio de sí mismo, que parecía disminuir rápidamente. Así pues, con una habilidad nacida de la práctica, se zafó diestramente, dejando a Dorothea confusa, pero sin idea alguna de hacia dónde se habían dirigido sus pasos.

Fueron los últimos en reunirse con el grupo, y la expresión de Hazelmere le recordó a Ferdie que tenía razones para enojarse con el marqués y, pensándolo bien, también con Fanshawe. Hallándose, por lo demás, en perfecta armonía, el grupo salió del parque y regresó a Cavendish Square, donde Julia Bressington iba a pasar el día.

El jueves siguiente iba a celebrarse en casa de los Bressington un selecto baile de máscaras. Las debutantes de la temporada llevaban tiempo reclamando una mascarada. Tales celebraciones, muy comunes unos años antes, habían caído en desgracia debido al libertinaje que provocaban y a la dificultad de hacer cumplir normas de conducta aceptables. Unas cuantas madres, sin embargo, cediendo a la continua insistencia de sus hijas, habían unido sus intelectos para llegar a un compromiso. El baile sería de disfraces, pero estaría sujeto a normas estrictas. Sólo se permitiría entrar con invitación y todo el mundo habría de llevar un sencillo dominó negro sobre el traje de noche. Las máscaras se entregarían en la puerta, de forma que la anfitriona reconociera las caras de todos los invitados antes de franquearles la entrada.

Dorothea se llevó una decepción al darse cuenta de que Hazelmere no llegaría a tiempo para asistir al baile de máscaras. Consideró la posibilidad de no ir, pero, dado que en el salón de baile no se admitían carabinas, lady Merion iba a tomarse un merecido descanso, y, Cecily no quería faltar, no tenía opción. Por otro lado, lady Merion hizo algunos comentarios un tanto oscuros acerca de la necedad de mostrarse abatida y languidecer únicamente porque cierto noble se hubiera ausentado de la ciudad. No siendo tonta, Dorothea entendió la indirecta y acompañó a Cecily al baile de buena gana.

Al entrar en el vestíbulo de Bressington House, entregaron sus invitaciones y, recibiendo la aprobación de la anfitriona, se unieron a la fila que llevaba a una mesa en la que la señorita Bressington estaba repartiendo máscaras. Al ver a Dorothea, Julia Bressington se mostró extrañamente turbada. La joven vaciló un instante y luego, con aire conspirativo, le entregó subrepticiamente una nota.

Dorothea, que esperaba en la fila, abrió la misiva. Ésta contenía una sola frase: *Encuéntrese conmigo en la terraza a medianoche*. Enseguida comprendió que sólo había una persona capaz de mandarle una nota con una orden tan perentoria. Así pues, Hazelmere asistía al baile después de todo. Seguramente pensaba llegar tarde y de aquel modo se ahorraría tener que buscarla entre la multitud.

Julia le ató riendo la máscara y le colocó la capucha del dominó, cubriéndole por completo el pelo. No bien habían traspuesto Cecily y ella el umbral cuando dos altas figuras ataviadas con sendos dominós negros solicitaron su compañía. Notando un brazo conocido alrededor de su cintura, Dorothea alzó la mirada y, al ver unos ojos castaños que parecían sonreírle, se relajó al instante y se echó a reír.

–¡Ya está usted aquí!

–¿Ya? ¿Cómo sabía que iba a venir? –preguntó él, sorprendido.

–Por la nota que me ha dejado –mientras decía aquellas palabras, se apoderó de ella un terrible presentimiento.

–¿Qué nota? No, espere –la llevó hacia el hueco de un ventanal–. Enséñemela –le ordenó, extendiendo la mano.

Dorothea, que había guardado la nota en el bolsillo interior de su manto, la sacó y se la entregó. Hazelmere leyó el único reglón de la misiva y la expresión de su boca pareció endurecerse. La idea de que Dorothea asistiera a la mascarada y cayera víctima de los manejos de un caballero tan experimentado como él había bastado para impulsarlo a concluir sus asuntos de negocios el día anterior. Pero ¿qué demonios significaba aquella nota?

Advirtiendo que Dorothea palidecía bajo la máscara, deslizó el brazo alrededor de su talle, se guardó la nota en el bolsillo y la condujo hacia el centro del salón.

–Recuérdeme, querida, que alguna vez le enseñe mi firma. Así, si le envío una nota, sabrá que es mía.

Dorothea prefirió no distraerse pensando en el extraño epíteto con que la había obsequiado el marqués, y le preguntó sin ambages:

–Pero ¿de quién es, si no es suya?

Hazelmere consideró la posibilidad de contarle alguna patraña, cualquier cosa que le hiciera olvidar el incidente, pero al mirar la expresión resuelta de su rostro comprendió que aquella treta tenía escasas probabilidades de éxito y respondió tranquilamente:

–Yo sé tan poco como usted, querida.

En ese momento comenzó a sonar un vals y Dorothea se halló girando por el salón de baile en sus brazos. Cuando el baile concluyó, Hazelmere había logrado convencerla de que se olvidara de la misteriosa nota y le dedicara a él toda su atención. Dorothea comprendió entonces que el principal aliciente de un baile de máscaras era que una dama podía pasarse la noche entera en brazos de un solo hombre sin causar un escándalo. Hazelmere, por su parte, no tenía intención de dejarla marchar. Por fortuna, la mayoría de las parejas del salón de baile tampoco variaron y Dorothea no opuso ninguna objeción a este arreglo, de modo que el empeño de Hazelmere por permanecer a su lado pasó desapercibido.

Tras su segundo baile, Hazelmere la condujo a un rincón en sombras. Allí, mientras Dorothea permanecía de pie, abandonada casi sin darse cuenta en el círculo confortador de los brazos de Hazelmere, hablaron de lo que les había ocurrido durante aquellos días.

–Y Lord Peterborough ha sido tan atento... –suspiró Dorothea con ojos brillantes.

–¿Ah, sí? –dijo Hazelmere, frunciendo el ceño.

–Mmm –murmuró ella, añadiendo inocentemente–. Me pidió que se lo dijera.

La risa que provocaron en Hazelmere sus palabras la hizo estremecerse. Los ojos castaños del marqués estaban dando al traste con su compostura.

–Me acordaré de darle las gracias a Gerry la próxima vez que lo vea. Mientras tanto, dulce tormento, vamos a bailar.

Durante el resto de la velada, Hazelmere se esforzó en hacerle olvidar la existencia de la nota. Puso en práctica todos los trucos que conocía para entretenerla, confiando en distraerla lo suficiente como para poder dejarla sin que se diera cuenta al cuidado de Fanshawe mientras él iba a cumplir con su cita de medianoche. Pero, a pesar de que prestaba atención a cuanto él decía y se sonrojaba deliciosamente ante sus más provocativas sugerencias, estaba claro que Dorothea poseía un inquietante dominio de sí misma y un intelecto imperturbable. Hazelmere sospechaba que había adivinado la razón de su conducta y, aparte de besarla en medio del salón de baile, no se le ocurría otro modo de distraerla. Al acercarse la medianoche, desistió de su empeño.

Las normas del baile exigían el desenmascaramiento de todos los invitados al tocar la medianoche. Cuando en el reloj de encima de la puerta faltaban cinco minutos para las doce, Hazelmere, consciente de que Dorothea también estaba pendiente de la hora, la arrastró hacia las puertas que conducían a la terraza.

–¿Está segura de que quiere seguir adelante con esto? –preguntó él.

–¡Por supuesto que sí! –Dorothea estaba convencida de que el evidente deseo de Hazelmere de que renunciara a su cita a medianoche tenía su origen en la creencia de que sucumbiría a algún tipo de femenil sentimentalismo, y se sentía ligeramente agraviada por que no la conociera mejor.

–Antes de que la deje salir a la terraza, quiero que me prometa que hará exactamente lo que le diga.

Ella estuvo a punto a decirle que la nota era suya y, por lo tanto, la aventura también. Y que, ciertamente, no necesitaba su permiso para salir a la terraza. Pero no había tiempo para discutir, y el brillo divertido de los ojos de Hazelmere sugería que había adivinado sus pensamientos de todos modos. Al fin, Dorothea refrenó su enojo y asintió.

–Muy bien. Se lo prometo. ¿Qué debo hacer?

–Abra la puerta y salga, pero no la cierre detrás de sí. Yo me quedaré aquí detrás, entre las sombras. Avance por la terraza pero, haga lo que haga, no vaya más allá de la mitad de la terraza, ni se aleje más que unos pasos a ambos lados de la puerta. ¿Entendido?

Ella asintió. Satisfecho, Hazelmere apartó la pesada cortina para que Dorothea saliera y se deslizó tras ella en el hueco en penumbra entre la cortina y la puerta. Abrió ésta y Dorothea salió a la terraza iluminada por la luna.

Justo delante de ella había un tramo de escalones de piedra que conducía a un camino de grava, más allá del cual los prados y setos se hallaban envueltos en la oscuridad. Atenta a las instrucciones de Hazelmere, se movió a la izquierda sin alejarse de la casa. Sólo había dado un par de pasos cuando le llegó una voz de algún lugar cercano a los escalones.

–¡Señorita Darent! ¡Por aquí!

En ese preciso instante, desde el interior del salón de baile alguien corrió una cortina y abrió una ventana, pero, al oírse la orden de quitarse las máscaras, volvió a cerrarla.

Dorothea y Hazelmere oyeron claramente un ruido de pasos que se alejaba por el sendero de grava, todavía en sombras. Hazelmere salió a la terraza y susurró:

–Quédese aquí –pasó junto a ella y bajó aprisa los escalones.

El último eco de aquellos pasos se perdió en la distancia. Los setos de rododendros que bordeaban la terraza eran muy tupidos y más altos que el propio Hazelmere. El lugar perfecto para un secuestro, pensó ásperamente Hazelmere. Sabía que no era sensato adentrarse en el jardín a oscuras, dejando a Dorothea desvalida en la terraza, a pesar de que pareciera que el misterioso autor de aquella nota había desaparecido. Quitándose la máscara y echándose hacia atrás la capucha del dominó, regresó a la terraza.

–No hay rastro de nadie –dijo–. Es una lástima, pero no importa.

–Pero ¿quién será? ¿A quién se le ocurre gastar una broma tan absurda? –preguntó ella, tirando de los nudos con que Julia Bressington le había atado los lazos de la máscara.

–Espere, déjeme a mí.

Él pasó los brazos por encima de ella y le desató la máscara, se la quitó y le apartó la caperuza del pelo. Luego, tomando su cara entre las manos, la besó. Al cabo de un momento, deslizó las manos bajo el dominó y sin poder resistirse la estrechó entre sus brazos. Dorothea perdió de nuevo la noción del tiempo. Hazelmere no hizo más que reforzar lo que le había enseñado en el invernadero; no había tiempo para más. Su boca reclamó la de Dorothea, persuadiéndola suavemente, mientras, bajo el dominó, sus manos se deslizaban acariciadoras sobre sus pechos, su cintura, sus caderas. Luego, de mala gana, la soltó. Antes de que ella pudiera recobrarse, posó la mano de Dorothea sobre su brazo y se encaminó a la puerta, diciendo con su habitual desenvoltura:

–Será mejor que volvamos al salón de baile, antes de que sea demasiado difícil explicar nuestra ausencia.

De vuelta en el salón de baile antes de haber recobrado

el dominio de sí misma, Dorothea no tuvo ocasión de decir nada. Al instante se vieron rodeados por sus amigos, que hablaban y reían al mismo tiempo. Pero durante el resto de la velada, fue consciente de que los ojos del marqués se posaban a menudo en ella, lo cual no contribuyó a serenarla.

Más tarde, cuando salían juntos del salón de baile, Hazelmere recordó la nota.

–Por cierto, querida, si recibiera alguna otra nota presuntamente mía incitándola a hacer algo impropio, ha de recordar que yo ese tipo de insinuaciones suelo hacerlas en persona.

Resultaba imposible contestar a aquellas palabras de manera decorosa. Dorothea prefirió no decir nada.

Al marcharse de Bressington House poco después, Hazelmere y Fanshawe insistieron en acompañar a las hermanas Darent hasta su carruaje. Dándose cuenta demasiado tarde de que había permitido que Hazelmere monopolizara su compañía durante toda la velada, Dorothea le lanzó una mirada que esperaba transmitiera la desaprobación que le inspiraba su despótica conducta. No lo consiguió, sin embargo, pues, echándose a reír, él le susurró al oído que, si continuaba dirigiéndole aquellas miradas provocativas, sería incapaz de resistir la tentación de besarla otra vez. En la salida de carruajes, en medio de la penumbra, hizo efectivas sus palabras antes de ayudar a subir a una sofocada Dorothea al coche de su abuela.

La nota misteriosa y el incidente de la terraza habían alterado a Hazelmere mucho más de lo que suponía Dorothea. Mientras regresaba caminando a Cavendish Square en compañía de Fanshawe, sopesaba las posibles explicaciones.

Algunas jóvenes herederas habían sido raptadas y retenidas con exigencia de rescate; ése era uno de los motivos plausibles. Sin embargo, las víctimas de aquellos secuestros habían sido siempre muchachas muy ricas. Dorothea, aunque disponía según la opinión general de una buena dote, no era inmensamente rica. De modo que, si se trataba de un intento de secuestro, era probable que el objetivo fueran las arcas del propio Hazelmere. Nunca se le había ocurrido pensar que, al hacer tan patente su interés en ella, pudiera convertirse en objetivo de semejantes agresiones.

Observó la figura que caminaba a su lado. Fanshawe no parecía encontrarse bien y, suponiendo por su silencio que la causa era la joven señorita Darent, no quiso añadir mayor pesadumbre a su ya atribulado amigo.

La relación entre Fanshawe y Cecily no avanzaba como aquél deseaba. Fanshawe había descubierto que su amada tenía ideas propias y que, cuando se le metía una en la cabeza, se aferraba a ella contra viento y marea. Cecily le había reprochado lo que llamaba su actitud posesiva durante el baile, lo cual había hecho que Fanshawe se sintiera decididamente rechazado. A pesar de que ella parecía haberse aplacado más tarde, permitiéndolo que la acompañara hasta el carruaje, se había mantenido fría y distante.

Los dos amigos prosiguieron su camino sumidos en un silencio absorto. Se separaron en la esquina de Cavendish Square para retirarse a sus respectivas casas, angustiados, por motivos bien distintos, por lo que les deparara el futuro.

[illegible]

[illegible]

[illegible] resultaba difícil. Había pasado media semana en compañía de gran número de [illegible] desde el momento en que ella regresaba de su paseo [illegible] parque hasta que, tarde ya, [illegible] de Marlow [illegible]

[illegible]

10

El viernes, el sábado y el domingo siguientes al baile de máscaras, Hazelmere bailó con Dorothea de un modo que habría hecho maravillarse a cualquiera del poder del amor, en caso de que todavía quedara alguien interesado en observarlos. Lady Merion se sintió obligada a hacerle a Hazelmere diversos comentarios desabridos cuando nadie los oía, relativos a lo inadmisible de su modo de proceder. Hazelmere la escuchaba cortésmente y dejaba que sus dardos pasaran sin rozarlo. Se alegraba de que su madre hubiera regresado a Hazelmere el viernes por la mañana.

Vigilar a Dorothea en las fiestas y bailes nocturnos no resultaba difícil. Podía dejarla tranquilamente en compañía de gran número de amigos de ambos. Pero desde el momento en que ella regresaba de su paseo a caballo por el parque hasta que, tarde ya, abandonaba Merion House para acudir a alguna reunión social, la forma en que invertía sus días era un misterio para él.

El viernes resolvió aquel problema invitándola a pasear con él por el parque esa tarde y estuvo a punto de cometer la estupidez de invitarla de nuevo a salir el sábado, pero, vislumbrando cierta expresión de su cara, comprendió que ella empezaba a sospechar algo. Dorothea era muy capaz de relacionar su repentina solicitud con lo sucedido en el baile de máscaras. El marqués regresó a Hazelmere House y pasó el resto de la tarde intentando diseñar una estrategia para vigilarla sin levantar sospechas.

La única persona a la que podía pedirle consejo era Fanshawe, pero éste tenía sus propios problemas. Ansiaba conocer todos los movimientos de Dorothea, pero no hallaba la forma de hacerlo. Fue sólo cuando un lacayo entró a encender el fuego cuando tuvo una idea. Llamando a su mayordomo, preguntó:

–Mytton, ¿existe alguna conexión entre esta casa y Merion House?

Mytton, no sabiendo a qué respondía aquella extraña pregunta, no vio razón alguna para andarse por las ramas.

–El joven Charles, el lacayo, milord, está en relaciones con la nueva doncella de la señorita Darent.

–¿De veras? –preguntó Hazelmere suavemente, y alzó la mirada hacia su estricto y sagaz mayordomo–. Mytton, ¿podrías decirle a Charles que deseo que averigüe, si puede, qué planes tiene la señorita Darent para mañana? Puede tomarse el tiempo que necesite. Pero debo tener esa información antes de mañana. ¿Crees que podrá cumplir semejante tarea?

–Si me permite decirlo, señor, Charles es un joven muy capaz –respondió gravemente Mytton.

–Muy bien –dijo Hazelmere, refrenando una sonrisa.

Al regresar a casa a primera hora de la mañana del sábado, Hazelmere descubrió que Charles era, en efecto, tan capaz como aseguraba Mytton. Enterado de los planes de Dorothea para los dos días siguientes, pudo guardar las apariencias acudiendo al habitual paseo a caballo de Dorothea por el parque, a un baile el sábado por la noche y a la fiesta a la que ella asistía la noche del sábado. En dicha fiesta, se halló de nuevo bajo sospecha.

–¿Se puede saber que está tramando ahora? –preguntó Dorothea mientras se giraban por la pista de baile en el único vals de la velada.

–Creía que estaba bailando un vals –repuso Hazelmere con afectada inocencia–. Se me tiene en general por un buen bailarín.

Dorothea lo miró como miraría a un chiquillo travieso.

–Y supongo que siempre ha tenido por costumbre acudir a fiestas tan aburridas como ésta.

–Ah, pero olvida usted, querida mía, que mi corazón está postrado a sus pies. ¿No lo sabía?

A pesar de que aquellas palabras eran las que Dorothea deseaba oír, su tono no dejaba duda acerca de cómo debía tomarlas, y se echó a reír.

–¡Oh, no! No le será tan fácil distraerme. Tendrá que pensar un modo mucho más plausible de justificar su presencia nada menos que aquí.

–¿Tan desagradable le resulta mi presencia? –preguntó él aparentando seriedad.

Advirtiendo el brillo malicioso de su mirada, Dorothea no sintió remordimientos al contestar:

–¡Claro que no! Creo que, con una compañía como ésta, hasta me alegraría de ver a lord Peterborough.

Él se echó a reír.

–Muy ingenioso, querida mía. Pero, si esta fiesta le resulta tan aburrida, ¿por qué la honra con su encantadora presencia?

–Ignoro por qué se ha empeñado mi abuela en venir –admitió ella–. Ni siquiera ella se está divirtiendo, porque Herbert y Marjorie están aquí. Menos mal que mañana se van a Darent House. ¡Y Cecily! Lleva unos días que parece un alma en pena –fijando en él una mirada directa, añadió–: Por cierto, y por si le interesa, podría decirle a lord Fanshawe que deje de animarla a creerse capaz de todo, porque no lo es. Eso es lo que ha estado haciendo lord Fanshawe, y ahora mi hermana está enfadada porque él no le permite hacer su santa voluntad. Si él le dijera claramente que no puede ser, Cecily dejaría de insistir. Ella siempre ha necesitado que la dirijan con mano firme.

–No como su hermana mayor –murmuró él provocativamente.

–Exactamente –contestó Dorothea.

Hazelmere tuvo ocasión de trasmitirle a Fanshawe el mensaje de Dorothea al día siguiente. Gracias a los buenos oficios de Charles, supo que Dorothea y Cecily pensaban asistir a una selecta comida campestre que iba a celebrarse en casa de lady Oswey en compañía de Ferdie Acheson-Smythe. Pensando que podía dejar el bienestar de Dorothea en las manos capaces de Ferdie por un día, marchó en busca de Fanshawe y juntos fueron a presenciar un combate de boxeo en Clapham Common. Como esa noche las hermanas iban al teatro en compañía de lord y lady Eglemont, Hazelmere tampoco sintió la necesidad de asistir a la función. No fue hasta las primeras horas de la mañana siguiente cuando, algo desastrados y muy complacidos por haberse librado por un día de los rigores de la temporada, ambos señores regresaron a Cavendish Square y a sus camas.

Ferdie y Dorothea salieron de Merion House el lunes por la mañana, confiando en pasar un día agradable en casa de los Oswey en Twickenham, a orillas del Támesis. Cecily se mostraba quejosa y malhumorada, debatiéndose entre los aguijonazos que le causaba, por un lado, el convencimiento de haber tratado injustamente a lord Fanshawe y, por otro, el deseo de no permitirle manejar su vida.

Observando a su hermana mayor, se preguntaba por qué Dorothea, siendo como era mucho más resuelta que ella, se plegaba tan dócilmente a las sugerencias del marqués. Al advertir la sonrisa absorta que se insinuaba en los labios de su hermana mientras miraba distraídamente por la ventana del carruaje, Cecily concluyó que Dorothea estaba enamorada de Hazelmere. Ella, en cambio, había malinterpretado sus sentimientos. Porque, sin duda, si estuviera enamorada de Fanshawe, se sentiría perfectamente feliz de consentir que prevaleciera el juicio de éste. Sin embargo, él se había mostrado horriblemente estricto y anticuado al reprocharle la desenvoltura con que trataba a algunos de los caballeros más apuestos presentes en el baile de máscaras. La insidiosa sospecha de que tenía razón al decirle que su familiaridad con esos caballeros en particular no le sería de provecho alguno no contribuía a mejorar su estado de ánimo. De modo que, al apearse en Oswey Hall, se hallaba de pésimo humor.

Con todo, el sol radiante, el cielo azul y la suave brisa, condiciones perfectas para una comida campestre junto al río, en el bosque poblado de narcisos silvestres, levantaron incluso el ánimo de Cecily. Pronto se unió a un grupo de jóvenes parlanchinas que intercambiaban anécdotas acerca de sus encuentros con los solteros más codiciados de la alta sociedad. Demasiado mayor para aquellas chiquilladas, Dorothea se sentó junto a una prima de los Oswey, que había llegado a la ciudad desde su casa al oeste de Hampshire para pasar la temporada con sus parientes. Tímida y retraída, la señorita Delamere se mostró agradecida con la hermosa señorita Darent, que parecía feliz de hablar con ella de pasatiempos campestres. A Dorothea, que hacía semanas que no pensaba en La Grange, la alegró hablar de asuntos que, en años precedentes, habían sido su única preocupación.

No había carabinas presentes, salvo la indolente lady Margaret Oswey que, arrellanada sobre un montón de cojines en el claro donde se celebraba el almuerzo, no sentía deseo alguno de moverse, de ahí que sólo se hubiera invitado a aquellos caballeros en quienes podía confiarse plenamente, incluso estando fuera de la vista de lady Oswey. Ferdie se contaba entre aquel selecto grupo. Lord Hazelmere, Fanshawe y sus amigos estaban, naturalmente, ausentes.

Tras el almuerzo, Ferdie acompañó a dos de las señoritas más jóvenes a ver la cañada de las hadas, así llamada por la mezcla de jacintos silvestres, flores de azafrán y tulipanes que allí crecía. La cañada se encontraba en la arboleda que habían atravesado de camino al río, y se llegaba a ella por un sendero que se desgajaba del camino principal que conducía a la casa. Habiéndose deleitado en la contemplación de la colorida alfombra de flores, las dos jóvenes consintieron de mala gana en regresar junto a los demás. Al salir Ferdie al camino principal con una joven de cada brazo, se les acercó un lacayo que iba en busca de la señorita Darent.

–Creo que está con la señora, junto al río –dijo Ferdie. Viendo la carta que llevaba el criado en una bandeja, preguntó–: ¿Eso es para la señorita Darent? –tras enterarse de que, en efecto, la carta que acababa de entregar un mozo era para Dorothea, Ferdie añadió–: Yo se la llevaré, si quiere. Soy muy amigo de la señorita Darent.

El lacayo, que había visto llegar a Ferdie con las hermanas Darent, no halló inconveniente en dejar la misiva en sus manos. Ferdie necesitaba ambos brazos para escoltar a las jóvenes damas de vuelta a la orilla del río, de modo que se guardó la carta en el bolsillo interior de su chaqueta. Al llegar al claro, descubrió que Dorothea había ido a dar un paseo con la señorita Delamere. Ferdie pasó el resto de la tarde en un *tête-à-tête* con Cecily, pero, como ésta había llegado a un punto en que necesitaba un hombro sobre el que llorar, la experiencia no resultó divertida. Sin embargo, al final de una larga discusión en la cual sopesaron todos los defectos reales e imaginarios de cierto caballero anónimo al que él conocía muy bien, Ferdie sintió que había hecho algún progreso al convencer a Cecily de que considerara las cosas desde el punto de vista de dicho caballero y no sólo desde el suyo propio.

A pesar de que había disfrutado del día, Ferdie exhaló un suspiro de alivio cuando el carruaje de lady Merion partió de Oswey Hall a última hora de la tarde. Tras su comprometida conversación con Cecily, había olvidado por completo la carta.

Ésta reapareció al día siguiente. Dorothea y Cecily habían mandado recado de que esa mañana no irían a montar a caballo. Ferdie dio por sentado que Cecily debía de haber pasado una mala noche. Así pues, Ferdie se hallaba desayunando tranquilamente cuando Higgins, su ayuda de cámara, se acercó a él.

–He encontrado esto en el bolsillo de su chaqueta, señor.

Como no era raro que olvidara cartas y notas en los bolsillos de su ropa, Ferdie no se extrañó y abrió el sobre sin señas. Al leer su contenido, frunció el ceño. Le dio la vuelta a la hoja y luego, volviéndola otra vez, la leyó de nuevo. Apoyándola contra el salero, la miró fijamente mientras acababa de tomarse el café. Después la dobló y llamó a su ayuda de cámara.

–Higgins, ¿en cuál de mis chaquetas has encontrado esto?

–En la azul que llevó ayer a la comida campestre de lady Oswey, señor.

–Ah. Eso me parecía.

Ferdie se vistió rápidamente y partió hacia Hazelmere

House, confiando en que su primo no hubiera salido ya a dar un paseo por la ciudad. La suerte se le mostró favorable. El marqués bajaba las escaleras de Hazelmere House en compañía de Fanshawe cuando Ferdie entró en Cavendish Square. Casi sin aliento, les hizo señas con la mano. Perplejos al ver al impecable señor Acheson-Smythc tan apresurado, Hazelmere y Fanshawe se detuvieron y aguardaron a que llegara.

–¡Ferdie! –exclamó Hazelmere–. ¿Qué demonios te pasa?

–No te había visto correr en toda mi vida –dijo Fanshawe.

–Tengo que hablar contigo, Marc. ¡Ahora mismo! –jadeó Ferdie.

Hazelmere notó que su primo parecía extrañamente preocupado.

–Entremos en casa.

Los tres volvieron a entrar en Hazelmere House y se dirigieron a la biblioteca. Hazelmere tomó asiento tras el escritorio. Fanshawe se apoyó en una esquina del mismo y ambos miraron expectantes a Ferdie, que se había dejado caer en un sillón, frente a ellos. Luchando todavía por recobrar el aliento, sacó la carta y la tiró encima del escritorio, delante de su primo.

–Lee esto.

Hazelmere, poniéndose de pronto muy serio, hizo lo que le pedía. Luego miró a Ferdie con expresión impasible.

–¿De dónde has sacado esta carta?

–Iban a entregársela a Dorothea en el almuerzo campestre de lady Oswey. Me encontré al lacayo en el camino y me ofrecí a llevarla. Me la guardé en el bolsillo y se me olvidó por completo. Higgins la ha encontrado esta mañana y, sin saber qué era, la he abierto. He pensado que querrías echarle un vistazo.

–Así que, ¿Dorothea no la recibió?

Ferdie sacudió la cabeza. Fanshawe estaba totalmente desconcertado.

–¿Podría alguien explicarme qué está pasando? –suplicó.

Sin hacer comentario alguno, Hazelmere le tendió la carta. En ella se leía:

Mi querida señorita Darent:

No acierto a imaginar que la compañía de los invitados al picnic de lady Oswey le resulte tan chispeante como aquella a la que se ha acostumbrado. Así pues, ¿por qué no se reúne conmigo en el portillo blanco que hay al final del camino, cruzando la arboleda? Llevaré a mis yeguas grises y podremos dar un paseo por los caminos sin que nadie nos interrumpa. No tarde. Ya sabe que odio hacer esperar a mis caballos. La espero a las dos.

Hazelmere

Al igual que Ferdie, Fanshawe, que conocía perfectamente la letra y la firma de Hazelmere, comprendió al instante que la carta que tenía en la mano era un engaño. Mirando a su amigo con expresión preocupada, preguntó lisa y llanamente:

–¿Quién ha escrito esto?

–Ojalá lo supiera –dijo Hazelmere–. Ya es la segunda

–¿Qué? –exclamaron Ferdie y Fanshawe al mismo tiempo.

Hazelmere dejó frente a él la carta que Ferdie le había llevado, abrió un cajón y sacó la nota que Dorothea había recibido en el baile de máscaras de los Bressington. Puestas una al lado de la otra, saltaba a la vista que habían sido escritas por la misma mano. Fanshawe y Ferdie rodearon el escritorio y las observaron atentamente.

–¿Cuándo mandaron la primera? –preguntó Fanshawe.

–En el baile de máscaras. Ese intento habría tenido éxito de no ser porque yo regresé a Londres un día antes de lo previsto. La nota se la dieron a Dorothea en el vestíbulo de Bressington House. A ella la sorprendió que yo ya estuviera allí. Se había creído la nota. Lo cual no es de extrañar, porque eso es exactamente lo que se esperaría de mí.

–Debiste decírmelo. Podríamos haber tendido una trampa –dijo Fanshawe.

–Y lo hicimos –contestó Hazelmere con una sonrisa fugaz–. Dorothea salió a la terraza y yo me quedé escondido entre las sombras, tras ella. Una voz que ninguno de los dos reconoció la llamó desde la escalera que baja al camino. Pero en ese momento alguien abrió una puerta de la terraza desde dentro del salón de baile y quien fuera se asustó. No quise salir tras él y dejar a Dorothea sola en la terraza.

–¿Y no visteis a nadie? –preguntó Ferdie. Hazelmere sacudió la cabeza mientras estudiaba de nuevo la segunda nota.

–Es muy probable que Dorothea hubiera ido a ese portillo si Ferdie se hubiera acordado de darle la nota –dijo Fanshawe.

–No. No hubiera caído de nuevo en la trampa –dijo Hazelmere–. No tengo ni idea de quién pueda ser el autor de estas notas.

–Tiene que ser algún conocido tuyo –dijo Ferdie.

–Sí –convino Hazelmere–. Y eso es lo más preocupante. Al principio, pensé que podía tratarse de un intento de secuestro.

–Las hermanas Darent no son lo bastante ricas como para atraer la atención de los secuestradores –dijo Fanshawe.

–Ellas no, pero yo sí –contestó el marqués.

–Ah. No lo había pensado.

Los tres continuaron observando las cartas, confiando en que se les hubiera escapado algún indicio acerca de la identidad de su autor. Fanshawe rompió el silencio para preguntarle a Ferdie:

–¿Por qué dices que quien haya escrito estas notas tiene que conocer a Marc?

–La letra no es la suya, pero sí el estilo. Esto es justo lo que diría Marc –contestó Ferdie con sagacidad.

–Pero no puede conocerte tan bien. Tú nunca sales a pasear en coche con jovencitas, y menos aún con tus yeguas grises –señaló Fanshawe.

–Con una notable excepción –dijo Hazelmere–. O sea, con la señorita Darent.

–Ah –dijo Fanshawe, convencido por fin.

–Exactamente –continuó el marqués–. Tiene que ser alguien que me conoce lo bastante bien como para escribir una carta con un estilo que pueda pasar por mío. Alguien que además sabe que he salido a pasear en coche con la señorita Darent con las yeguas grises, que no soporto hacer esperar a mis caballos y que estaba al tanto de que iba a ausentarme de la ciudad y no esperaba que asistiera al baile de los Bressington.

–Así pues –concluyó Ferdie–, uno de nosotros. De nuestro círculo social, quiero decir. Por lo menos, en calidad de cómplice.

–Ésa parece ser la conclusión ineludible –dijo Hazelmere sin dejar de mirar las cartas.

–¿Qué vamos a hacer? –preguntó Fanshawe.

–No podemos recurrir a Bow Street –dijo Ferdie con decisión–. Son muy indiscretos. Ocasionan toda clase de estropicios. A lady Merion no le haría ninguna gracia. Ni a Dorothea tampoco.

–Ni a mí –añadió Hazelmere.

–Por supuesto –dijo Ferdie, satisfecho de haber dejado aquel punto claro.

–En mi opinión, lo único que podemos hacer es vigilar cuidadosamente a Dorothea –dijo Hazelmere–. Ella no volverá a dejarse engañar por una de estas notas, pero, mientras no sepamos quién está detrás de todo esto, tenemos que asegurarnos de que nadie que pueda estar implicado pueda acercarse a ella estando sola.

–¿Nosotros tres solos? –preguntó Fanshawe.

Hazelmere consideró la pregunta.

–De momento, sí –contestó al fin–. Pero podemos buscar refuerzos, si fuera necesario.

–¿Qué están haciendo ahora? –preguntó Fanshawe.

–Descansar –contestó Ferdie. Al advertir su sorpresa, añadió–: Anoche fueron al teatro con tus padres, querido amigo. El resultado: Cecily está exhausta.

–Ah –dijo Hazelmere con una sonrisa comprensiva. Fanshawe frunció el ceño.

–Esta tarde voy a salir a dar un paseo a caballo con ellas –continuó Ferdie–. Luego, esta noche, van al Baile de las Embajadas de Carlton House. Eso será fácil. Estaremos los tres.

–Bueno, Ferdie, querido muchacho –dijo Fanshawe mientras se levantaba para irse–, tendrás que mantenernos informados de adónde va la señorita Darent para que al menos uno de nosotros esté allí. No creo que sea muy difícil. Todavía no pueden andar por ahí recorriendo la ciudad a su antojo, ¿no?

Ferdie pensó que sus amigos, siempre enfrascados en sus galanteos, ignoraban lo ocupada que podía estar la agenda de una dama. Esperaba sinceramente no tener que mantener la vigilancia mucho tiempo.

Un momento después, cuando bajaban los tres los escalones de la casa, dio voz a una idea que llevaba rondándole la cabeza algún tiempo.

–La verdad es que, a mi modo de ver, el modo más sencillo de solucionar todos estos problemas sería que os dierais prisa y os casarais con ellas de una vez. Así Marc podría pasarse el día entero con Dorothea, si hiciera falta, Cecily no se deprimiría y yo podría volver a disfrutar de una vida tranquila –viendo que su consejo no era bien recibido, les hizo un gesto apresurado con la mano–. ¿No? Bueno, pues me voy. Nos veremos esta noche, en el baile.

El Baile de las Embajadas de Carlton House se llamaba así porque a él asistían todas las legaciones diplomáticas con sede en Londres. Auspiciado por el Príncipe Regente, la asistencia de todos aquellos que habían sido invitados era prácticamente obligatoria. Ello incluía a todas las debutantes del año, a la mayoría de los nobles presentes en Londres y a la élite social. Al príncipe le divertía pensar que, por una noche durante la temporada, todos bailaban al son que él marcaba. A pesar de que la flor y nata de la alta sociedad consideraba este festejo sumamente aburrido, la obligación de estar presente cuando llegara el príncipe aseguraba el que todos llegaran temprano.

Conociendo al príncipe, Hazelmere era consciente de que, aunque era extremadamente improbable que Dorothea fuera secuestrada en el transcurso del baile, tanto ella como Cecily tendrían que enfrentarse a una amenaza de muy distinta procedencia. Tras sopesar sus alternativas, Fanshawe y él decidieron visitar Merion House mientras las hermanas estaban paseando a caballo con Ferdie. Encontraron a lady Merion en casa y, tras explicarle a grandes rasgos la razón de sus inquietudes, se convino que ellos acompañarían al séquito de lady Merion a Carlton House, utilizando para ello el carruaje grande de Hazelmere.

Ferdie se extrañó de encontrarlos allí cuando llegó a Merion House esa noche. Una concisa explicación de Hazelmere le hizo comprender la situación.

–¡Cielo santo! ¡No se me había ocurrido!

–¿Qué no se te había ocurrido, Ferdie? –preguntó Dorothea, que lo había oído y, llena de curiosidad, se había acercado a ver si podía sonsacarle alguna explicación que justificara la aparición de Hazelmere y Fanshawe.

Ferdie nunca reaccionaba con suficiente presencia en tales situaciones. No se le ocurrió qué contestar a Dorothea. Ésta sabía que, si esperaba lo suficiente, Ferdie acabaría diciéndole algo de provecho. Pero no había contado con Hazelmere, que interpuso tranquilamente una mentira fragante.

–Ferdie, creo que lady Merion lleva unos minutos intentando llamar tu atención.

–¿Qué? ¡Ah, sí! Tengo que ir a ver a tu abuela –diciéndole esto a Dorothea, cruzó la habitación en dirección a lady Merion con la presteza de un conejo que escapara de una trampa. Dorothea miró disgustada a Hazelmere.

–Aguafiestas –dijo.

–No es justo intentar sonsacar a Ferdie. Él no está a su altura. Si quiere, puede usted intentar sonsacarme a mí.

–Dado que es evidente que no tiene usted intención de decirme nada, me temo que sería una pérdida de tiempo –contestó ella, añadiendo–: En estos casos, yo, a fin de cuentas, tampoco estoy a su altura.

–Cierto –contestó Hazelmere, desanimándola.

La mirada esmeralda que recibió de Dorothea hablaba por sí sola.

Llegado Ferdie, no había nada más que retrasara su partida y pronto se hallaron acomodados en el carruaje de camino al baile. En el carruaje de Hazelmere, sumamente lujoso, cabían fácilmente seis personas, pese a los voluminosos vestidos que solían llevar las damas para aquel baile. El Baile de las Embajadas había reemplazado temporalmente y en cierto sentido a las audiencias de gala de antaño. Éstas se habían suspendido a causa de los problemas que asediaban a la familia real. Sin embargo, la costumbre de que las debutantes lucieran vestidos blancos y entallados de amplia falda y plumas de avestruz en el pelo se había transmitido al Baile de las Embajadas del Príncipe Regente.

El vestido completamente blanco le daba a Cecily un aire etéreo. Dorothea, cuyo pelo oscuro y ojos verdes contrastaba con el blanco del vestido, parecía una diosa. Celestine había, como de costumbre, sacado el máximo provecho a la edad y la figura de Dorothea. El corpiño era de corte bajo, mientras que la cintura había sido sutilmente alterada para enfatizar el esbelto talle y las redondeadas caderas de la joven. Al entrar en el salón de Merion House y posar sus ojos en ella, Hazelmere había comprendido que no se equivocaba al prever problemas en Carlton House.

No se tardaba más de diez minutos en recorrer la corta distancia que había hasta la residencia londinense del Príncipe Regente, pero, debido a la aglomeración de gente, tardaron casi una hora en alcanzar la escalinata y oír sus nombres anunciados a la entrada del salón de baile. Dado que Su Alteza estaba convencido de ser particularmente proclive a catarros y enfriamientos, las estancias habían sido calentadas en exceso. Dorothea se alegró de no haber llevado chal. Hazelmere, mirándola mientras caminaba a su lado, deseó que lo hubiera llevado.

Recorrieron lentamente el salón de baile, Cecily del brazo de Fanshawe y lady Merion del de Ferdie, deteniéndose aquí y allá a conversar con amigos y conocidos. Todos habían convenido en que el lugar más seguro para que las señoritas Darent presentaran sus respetos al Príncipe Regente era allí donde solía congregarse la flor y nata de la aristocracia. Lady Jersey y las demás patronas de Almack's estarían allí, así como la mayor parte de los conocidos de los señores. En tan augusta compañía, las posibilidades de que Su Alteza expidiera una de sus temidas órdenes quedaban reducidas al mínimo.

Habían llegado a aquel lugar y estaban entretenidos saludando a sus amigos cuando un estremecimiento general que recorrió la multitud anunció la llegada del Príncipe Regente. Mientras la figura oronda del príncipe, acompañado de dos de sus hombres de confianza, cruzaba lentamente el salón de baile, los caballeros alineados en fila se inclinaban y las señoras ejecutaban sus más enfáticas reverencias. Aquel movimiento recorrió el largo salón como una ola, deteniéndose aquí y allá cuando Su Majestad se paraba a intercambiar unas palabras con alguno de sus favoritos o, con mayor frecuencia, a admirar a una bella mujer. Observando al príncipe mientras se acercaba, Dorothea pensó que su conducta resultaba indecorosa en un hombre de su edad y posición. En esto, la mayoría de quienes la rodeaban estaban de acuerdo.

Cuando la ola de reverencias la alcanzó y la debutante de su izquierda se inclinó, Dorothea hizo lo propio, inclinando la cabeza como le habían enseñado. Supuestamente debía mantener aquella pose hasta que pasara Su Majestad. Pero mientras aguardaba, inmóvil, reparó en que los pies del príncipe, la única parte de su cuerpo que veía en aquella postura, calzados con extravagantes mocasines de baile de un rojo brillante y enormes hebillas doradas, se habían detenido a escasa distancia de ella. Aventurándose a alzar la mirada, descubrió que los ojos saltones del príncipe, de una azul pálido, estaban fijos en ella. Él sonrió maliciosamente y, tomándola de la mano, la hizo levantarse.

Mientras los que la rodeaban abandonaban sus posturas obsequiosas, Dorothea notó que Hazelmere estaba detrás de ella, muy cerca entre la gente, algo a su izquierda, y que había posado levemente una mano en su cintura. La señora Drummond-Burrell se movió un poco hacia su izquierda. Este movimiento, casi imperceptible, distrajo al príncipe, quien de pronto pareció reparar en quienes rodeaban a

Dorothea. Ésta advirtió que su mirada lasciva se disipaba y desaparecía del todo cuando Su Majestad se topó con la mirada fija de Hazelmere.

El príncipe maldijo para sus adentros. Había sido informado de que la debutante más atractiva de ese año era la señorita Darent, pero también de que sería inapropiado sugerir que ésta lo entretuviera en privado, pues se la consideraba prácticamente comprometida con el marqués de Hazelmere. Aunque había algunos nobles a los que podía ignorar, Hazelmere no se contaba entre ellos. Sin embargo, al ver a la deliciosa joven postrándose ante él, había olvidado por completo aquella advertencia hasta que se la recordaron la mirada de reprobación de la señora Drummond-Burrell y los fríos ojos de Hazelmere. Así pues, en lugar de decir lo que tenía pensado, sonrió con afectación y dijo casi con simpatía:

–Es usted realmente bonita, querida –e, inclinando la cabeza, le soltó la mano y, sin dejar de sonreír, se alejó.

Dorothea percibió un alivio casi palpable a su alrededor. Mientras el príncipe seguía avanzando por el salón de baile y las filas de sus súbditos se rompían, ella se volvió a mirar a Hazelmere y, no sabiendo cómo formular la pregunta, lo miró alzando inquisitivamente una ceja.

–Sí, de eso se trataba –dijo él, sonriendo mientras posaba la mano de Dorothea sobre su brazo–. Lo ha hecho usted muy bien, querida mía.

Ella preguntó:

–¿Por qué no me dijo que podía ser tan...? Bueno, así.

–Porque nunca se sabe cómo va a reaccionar.

–¿Es por eso por lo que tenía que estar con usted y no con mi abuela?

–A veces, Su Majestad se deja confundir hasta el punto de hacer... sugerencias que en el caso de usted serían completamente inapropiadas.

–Comprendo. Y no haría tales sugerencias mientras me acompañara usted, pero podía hacerlas si me hubiera encontrado solo con mi abuela.

Hazelmere, que hubiera preferido que no se diera cuenta, se limitó a asentir. Sabía que ella no tardaría mucho en deducir la razón por la que su presencia la había protegido de las pretensiones del Príncipe. Tras dirigir una mirada al rostro pensativo de Dorothea, se dirigió hacia la zona del salón reservada para el baile.

Las normas sociales que imperaban en todos los sitios, no se aplicaban en Carlton House con el mismo rigor. Las principales damas de la aristocracia deploraban la relajación de costumbres que imponía la influencia del príncipe. En anteriores ocasiones, Hazelmere había hallado muy conveniente aquella laxitud. Ahora le preocupaba que la ignorancia de Dorothea respecto a lo que ocurría en Carlton House la condujera sin ella saberlo a algún atolladero.

Al llegar a la zona de baile, oyendo que los músicos comenzaban a tocar, la tomó en sus brazos sin decir palabra y empezó a bailar el vals. En Carlton House no se estilaban las libretitas de baile, y el vals era el único baile permitido. Ella no había dicho nada aún. Hazelmere, deseando que Carlton House tuviera un invernadero desierto, notó lo rígida y distante que estaba Dorothea mientras se deslizaban por el salón de baile. Pero, a medida que avanzaban, a pesar de sí misma, ella fue relajándose en sus brazos. Hazelmere advirtió que habían atraído la atención de ciertos caballeros los cuales no solían asistir a las reuniones de la alta sociedad, y decidió devolver a Dorothea a lady Merion en cuanto acabara aquella pieza. Al mirar el rostro sereno de ella, se dio cuenta con sobresalto de que ignoraba por completo lo que estaba pensando. Era habitualmente tan franca con él que, hasta ese momento, no se le había ocurrido pensar que pudiera replegarse sobre sí misma tan completamente. Sin saber qué hacer por primera vez en su vida, permaneció en silencio.

Al acabar la pieza, se llevó la mano de Dorothea a los labios y advirtió un destello conocido en sus ojos verdes. Sonriendo, le ofreció el brazo y la condujo en busca de lady Merion. Al dejarla apesadumbrado junto a su abuela, vio con alivio que Alvanley le solicitaba el siguiente baile. Mostrarse excesivamente solícito sólo conseguiría empeorar el humor de Dorothea, de modo que se resignó a no volver a bailar con ella y se alejó en busca de sus amigos.

Dorothea se hallaba en un estado de franca confusión que la necesidad de mantener una conversación cortés sólo lograba empeorar. A medida que pasaban las semanas, había llegado a aceptar que tal vez con el tiempo Hazelmere y ella llegaran a un compromiso. A un compromiso de mutuo acuerdo. Pero ahora parecía que ella no tenía nada que decir al respecto. Todo el mundo sabía ya que se casaría con lord Hazelmere. ¡Hasta el príncipe lo sabía!

La sensación de ser una marioneta cuyos hilos manejaba Hazelmere avivaba su ira. Mientras ella, perdidamente enamorada, se había estado preguntando si él la quería o no, Hazelmere había logrado convencer a todo el mundo de que era suya. ¿Cómo se atrevía a darlo por descontado hasta tal punto?

Sofocada y enfurecida, se veía privada de la posibilidad de enfrentarse a él cara a cara. Pasó tres valses absorta, tramando lo que haría al día siguiente. Hazelmere debía enterarse de que ella no era una pobre ilusa a la que podía manipular a su antojo.

Bailar uno tras otro con los amigos de Hazelmere, todos los cuales parecían tratarla como a la esposa de un amigo, no contribuyó a mejorar su humor. Ninguno de sus acompañantes adivinó, sin embargo, su verdadero estado de ánimo. Su compostura era impecable; su serenidad, convincente. Fue así como, sintiendo un extraño desasosiego, vio que un distinguido caballero francés se inclinaba ante ella y le solicitaba el honor del siguiente vals. Lord Desborough acababa de dejarla junto a su abuela y se había alejado entre la todavía nutrida concurrencia.

Tras solicitar el permiso de lady Merion, dejó que el conde de Vanée la condujera a la pista de baile. Él, según le informó, acababa de llegar de París. Mientras la guiaba hábilmente entre las parejas de baile, el conde comenzó a charlar de generalidades a las que Dorothea prestaba escasa atención. Hasta que oyó mencionar el nombre de Hazelmere y, sin vacilar, interrumpió el discurso de su acompañante.

–Lo siento, señor conde, pero me temo que no he entendido lo que acaba de decir.

–Ah, *mademoiselle*, sólo estaba diciendo que es muy propio del marqués buscar a sus amantes entre las mujeres más bellas. La encantadora lady Walford, por ejemplo, a la que podéis ver allí, hablando con su señoría.

Dorothea miró hacia donde le indicaba y vislumbró a Hazelmere enfrascado en una conversación con lady Walford, hacia cuyo bello rostro inclinaba la cabeza como si la escuchara con toda atención. Hasta para su mirada inexperta, su actitud evidenciaba cierto grado de familiaridad. Sintiendo que se le caía el alma a los pies, hizo acopio de su bien probada entereza para volver a mirar los ojos del conde con su acostumbrada calma. El joven, sin embargo, notó que se crispaba al ver a Hazelmere y lady Walford y se sintió más que satisfecho con su éxito. Demasiado astuto como para insistir sobre el caso, continuó desgranando alegremente anécdotas acerca de la buena sociedad.

Sus palabras, sin embargo, afectaron a Dorothea mucho más de lo que él creía. Si antes se hallaba confusa, ahora se sentía completamente desolada. Una única imagen atormentaba su imaginación: la de Hazelmere conversando íntimamente con lady Walford. Todo lo demás parecía haberse hundido bajo las miasmas del dolor.

El domingo anterior, antes de partir hacia Darent Hall, Marjorie Darent había solicitado una entrevista en privado con Dorothea a fin de, según decía ella, cumplir con su deber.

–Dado que Herbert es tu tutor y yo su esposa –había comenzado cautelosamente–, siento el deber de decirte que todo el mundo sabe que lord Hazelmere está jugando con tus afectos. Me han dicho que ha actuado exactamente del mismo modo con muchas otras jóvenes impresionables. Lamento decir que tu resistencia a sus encantos es con toda probabilidad lo que lo atrae a tu lado. Ni Herbert ni yo querríamos criticar a tu abuela, pero nos duele profundamente verte en manos de un hombre semejante.

Dorothea la había escuchado pacientemente, convencida de que todo aquello no era cierto. Marjorie ignoraba cómo se conducía Hazelmere con ella. Y era de todo punto impensable que lady Merion consintiera sus atenciones de no ser éstas honorables.

Marjorie había proseguido enumerando los numerosos defectos del marqués: su afición por el juego, las carreras de caballos y el boxeo, así como por otros deportes de baja estofa, y al fin había llegado al objeto de su visita.

–Es mi deber, por más que me disguste, hablarte claramente, querida. Lady Merion cree que estas cosas no deben herir los oídos de una joven inocente, pero, dadas las circunstancias, es necesario que lo sepas. A fin de cuentas, quien avisa no es traidor.

Llegadas a este punto, la vívida imaginación de Dorothea se había desbocado. Ardía en deseos de saber qué vida secreta le había inventado Marjorie al marqués. La explicación, cuando llegó, era tan insustancial que estuvo a punto de hacerla reír.

–Querida mía, ese hombre es un libertino. Un libertino de muy alta alcurnia, sí, pero libertino a fin de cuentas. ¡Dios mío, las historias que he oído contar de sus amantes, muchas de ellas tan bien nacidas como tú y como yo...! Y, además, todas bellísimas. Igual que tú, querida mía.

La insinuación que Marjorie había logrado infundirle a sus últimas palabras casi había dado al traste con la compostura de Dorothea. La idea de que Hazelmere le propusiera carta blanca era tan ridícula que había tenido que respirar hondo para no echarse a reír y arruinar su pose de cortés atención. En realidad, Marjorie se había tomado su inspiración como señal de la profunda impresión que le había causado la perfidia del marqués.

Su prima había concluido afirmando que ni Herbert ni ella consentirían mayores confianzas con el marqués. Dorothea había logrado refrenar su enojo recordándose que, en Londres, se hallaba a cargo de su abuela, no de Marjorie.

Después de que ésta se marchara, Dorothea había echado en olvido sus advertencias por considerarlas fantasías ridículas. Pero ahora que parecía que al menos una de las cosas que le había dicho su prima era cierta, se veía obligada a cuestionarse si de veras conocía a Hazelmere.

Imaginaba que había habido muchas mujeres en la vida del marqués. Difícilmente podía haber alcanzado un conocimiento tan profundo de las mujeres como el que ostentaba sin mucha práctica. Pero siempre había pensado que aquellas mujeres eran de condición inferior y, más aún, que, relegadas al pasado, habían dejado de poblar su vida actual. Lady Walford, sin embargo, pertenecía a la aristocracia, y obviamente formaba parte del presente de Hazelmere.

Dorothea no oyó ni una sola palabra del resto de la conversación del conde. Justo antes de que acabara la pieza, reparó en que Cecily estaba bailando con Fanshawe. Por el brillo de los ojos de su hermana, Dorothea adivinó que habían solventado sus diferencias. Fanshawe, vislumbrándola entre la multitud, pareció sorprendido, pero el movimiento de la danza los separó de inmediato y Dorothea no logró ver qué había suscitado la atención del joven. Al acabar el baile, el conde la condujo ceremoniosamente junto a su abuela y se retiró de inmediato, desapareciendo entre los invitados. La prontitud de su partida se debía a que él también había advertido la mirada de sorpresa de Fanshawe y, a diferencia de Dorothea, sabía cuál era la causa.

Tal y como el conde había predicho, unos minutos después Hazelmere se presentó junto a Dorothea. Notando al instante la expresión de disgusto de ésta, decidió no preguntarle qué le ocurría y se apresuró a sugerirle a lady Merion que podían abandonar el baile con toda impunidad, pues el príncipe se había retirado. Lady Merion, a quien disgustaba el cariz del festejo, accedió de buena gana. Fanshawe y Cecily aparecieron en ese instante, de modo que sólo quedaba encontrar a Ferdie para poder marcharse. Lograron esto último fácilmente, y el grupo al completo abandonó Carlton House.

Sentado frente a Dorothea en el carruaje, Hazelmere buscó desesperadamente un indicio que explicara su agitación. Sabía por Tony que había bailado con un diplomático francés, hombre de reputación dudosa. Pero parecía improbable que pudiera haberle dicho nada capaz de turbarla hasta aquel punto. Notaba que bajo su apariencia de serenidad se hallaba al borde de las lágrimas, pero ignoraba el porqué, y el saber que preguntárselo francamente sería inútil y que, por tanto, no podía reconfortarla, sólo contribuía a aumentar su frustración.

El carruaje se detuvo frente a Merion House y las señoras fueron acompañadas hasta su interior. Ferdie se marchó a pie y, mandando por delante el carruaje, Fanshawe y Hazelmere cruzaron caminando la plaza. Durante más de la mitad del camino Fanshawe mantuvo un fervoroso monólogo acerca de las delicias del amor. Había hecho buen uso del consejo de Dorothea y, añadiéndole un poco de una arrogancia que había tomado prestada de Hazelmere, había obtenido un éxito completo.

Al darse cuenta de que Hazelmere no respondía, Fanshawe observó la cara larga de su amigo y exclamó:

–No me digas que ahora os habéis enfadado vosotros.

Hazelmere sonrió.

–A decir verdad, no lo sé.

–¡Cielo santo! ¡Sois peor que nosotros!

–Desgraciadamente, sí.

–Bueno –continuó Fanshawe–, ¿y por qué no le aplicas a Dorothea su propio consejo?

–Porque he sido informado por una fuente de toda confianza de que la mano dura no funciona con la mayor de las hermanas Darent –contestó Hazelmere con una sonrisa fantasmal.

–O sea que, muy probablemente, sí funcione –dijo Fanshawe, todavía jovial.

–En realidad, puede que tengas más razón de la que crees –contestó Hazelmere mientras se separaban ante las escaleras de Hazelmere House.

Ni lady Merion ni Cecily, menos observadoras que Hazelmere, advirtieron la mirada angustiada de Dorothea. Lady Merion se fue a la cama con jaqueca y Cecily se sentía tan feliz que, por una vez, la palidez de su hermana escapó a su mirada penetrante. Dorothea pudo retirarse a su alcoba sin tener que responder a preguntas difíciles.

Permaneció tumbada, mirando hacia la ventana, durante

lo que le parecieron horas. Su corazón no aceptaba lo que su mente sabía cierto. Hazelmere se había deshecho en atenciones con ella, le había robado el corazón su desenvoltura, sus suaves caricias y aquellos malévolos ojos castaños, disfrutando al mismo tiempo de una relación ilícita con la hermosa lady Walford. Y, lo que era peor aún, pensó sintiendo compasión por sí misma, ello significaba que no estaba enamorado de ella en absoluto.

Había tardado en descubrirlo, pero ahora, al fin, estaba segura: Hazelmere tenía que casarse y había decidido que ella le servía. No la gélida y desabrida señorita Buntton, sino una joven ingenua y provinciana que no se sintiera a sus anchas en los círculos de la alta sociedad, que fuera una esposa cariñosa, servicial, conveniente y manejable, que le diera herederos y dirigiera su hogar mientras él seguía haciendo su vida, disfrutando de los placeres prohibidos que le proporcionaban las mujeres como lady Walford. Con toda probabilidad, era la aparente indiferencia de ella lo que le había llamado la atención. Ella suponía para él al mismo tiempo un desafío y una conquista ventajosa.

Por primera vez desde su llegada a Londres, Dorothea pensó con nostalgia en La Grange, donde la vida era mucho más simple. Allí no tenía que enfrentarse a caballeros despóticos con bellas amantes que por razones enteramente egoístas, conseguían que una se enamorara de ellos.

Casi amanecía cuando al fin cayó en un inquieto duermevela.

Al volver a su casa, Hazelmere entró en la biblioteca y, tras servirse un buen vaso de brandy, se sentó a contemplar el fuego moribundo. Cuando había decidido aguardar hasta que la temporada estuviera más avanzada para pedir la mano de Dorothea, no había previsto que su relación llegaría a complicarse tanto. Ignoraba aún qué había salido mal esa noche y no tenía derecho a pedir una explicación. Y aunque quizás antes de aquel día ella se la hubiera dado, esa noche se había dado cuenta de hasta qué punto era pública su relación gracias a él. Y ello no le había hecho ninguna gracia. Sólo Dios sabía qué diría si llegaba a enterarse de que todo el mundo consideraba inminente el anuncio de su boda. Hazelmere sonrió al imaginar su furia. No lamentaba, pese a todo, el haber hecho uso de sus artimañas. Después de la conducta que había demostrado en Moreton Park y en aquella condenada posada, sabía que no era dócil ni maleable. Si la hubiera dejado elegir marido a voluntad, ella sin duda habría acabado con un petimetre aburrido demasiado bobalicón para ejercer control alguno sobre ella. Y Dorothea necesitaba que alguien la controlara, velara por ella, la cuidara y la mimara. Le estremecía pensar en qué atolladeros se habría visto metida de no haber estado él allí, una y otra vez, para rescatarla. La mitad de las veces, ella ni siquiera se daba cuenta del peligro cuando lo tenía delante. Como le pasaba con él.

Ello no dejaba de sorprenderlo. Dorothea desconfiaba claramente de Peterborough y de Walsingham. Pero nunca, desde su primer encuentro en el bosque de Moreton Park, cuando la había besado y abrazado como nadie lo había hecho antes, había mostrado ella el más leve recelo en su compañía. Otra más de sus extrañas peculiaridades de carácter, aunque por ésta en particular sentía él una profunda gratitud.

Sospechaba que el desagrado que causaban en Dorothea sus modales autoritarios se debía a que estaba acostumbrada a hacer y deshacer a su antojo y a manejar a personas como Cecily, lady Merion y Ferdie para que hicieran cuanto deseaba. El hecho de que hubiera renunciado a intentar sonsacarle el motivo de su presencia en Merion

House esa tarde, sugería que era consciente de que a él sería inútil intentar embaucarlo o manipularlo. Cosa que le convenía. No tenía intención alguna de permitir tal cosa. Sin embargo, pensó esbozando una sonrisa, no tenía nada que objetar a que ella lo intentara.

Dando un suspiro, se obligó a pensar en sus problemas presentes. Dorothea parecía haberse alejado de él y, aunque en circunstancias normales él no habría dudado de su capacidad para atraérsela de nuevo, había demasiados incidentes sin explicar como para que se sintiera a gusto. Miró su mesa, en uno de cuyos cajones guardaba las dos misteriosas notas. Había alguien más jugando aquella mano, y él no sabía aún quién era.

Sólo cabía hacer una cosa. El administrador de sus propiedades en el condado de Leicester le había rogado su presencia. De camino hacia allá, atravesaría el condado de Northampton, no muy lejos de Darent Hall. Al revisar mentalmente sus compromisos, recordó que al día siguiente tenía un almuerzo. Muy bien, partiría hacia Leicester más tarde y le haría una visita al odioso Herbert en el camino de regreso. Suponía que después tendría que avisar a su madre, lo cual significaba pasar una noche en Hazelmere. Siete días en total. Estaría de regreso en Londres el martes siguiente.

Le disgustaba separarse de Dorothea, pero dado que ignoraba si alguien volvería a molestarla, lo más sensato era solventar futuros problemas casándose con ella lo antes posible. Raptar a la marquesa de Hazelmere sería tarea mucho más difícil que raptar a la señorita Darent. De hecho, él se encargaría de que fuera enteramente imposible.

Apuró el resto del brandy y se fue a la cama. Cómodamente tendido entre sus sábanas de seda, oyó cómo se extinguían los pasos de Murgatroyd por el pasillo. Su encuentro con Dorothea en el invernadero de Richmond House no dejaba dudas acerca de los sentimientos que albergaba hacia él. Y su conducta posterior había, aun sin saberlo ella, confirmado las esperanzas de Hazelmere. Dorothea estaba enamorada de él. A pesar de la inquietud que sentía, aquel convencimiento se apoderaba de él como una oleada de ebriedad, fuente constante de alegría y asombro. De ese sentimiento había surgido la paciencia necesaria para ver concluir el juego, para permitir que Dorothea disfrutara a su antojo de la temporada antes de reclamarla como suya. Dejando aparte otras consideraciones, él había disfrutado de su enérgica resistencia, de sus intentos, cada vez menos fructíferos, de ocultar lo que sentía por él. Hazelmere suspiró. Para bien o para mal, a Dorothea se le había acabado el tiempo. El martes siguiente se acabaría el juego. Y empezaría algo completamente distinto.

Se estiró, notando la crispación que se ocultaba bajo su aparente tranquilidad. Jamás debería haberla besado. Ahora, cada vez que la veía, se apoderaba de él un intenso deseo de besarla de nuevo. Y cada vez que cedía a aquel impulso, se daba cuenta de que su deseo de llevarla a la cama crecía un poco más. La suavidad del cabello de Dorothea, su piel tersa, la dulzura de sus labios y, más que cualquier otra cosa, aquellos bellísimos ojos verdes habían llegado a serle tan evocadores que, por primera vez en su vida, parecía haber perdido el control sobre sus propios deseos. Dejando a un lado todo lo demás, al casarse con ella pondría fin a aquel suplicio.

Se deslizó en una postura más cómoda y, pensando en unos ojos de color esmeralda, perdió la noción de la realidad.

11

A la mañana siguiente, lady Merion, indispuesta a causa de la atmósfera enrarecida de Carlton House, se quedó en la cama. Dorothea, a la que una noche de inquieto sueño no había logrado refrescar, fue a interesarse por su salud. Su abuela advirtió de inmediato las ojeras que circundaban sus ojos e insistió en que se quedara en la cama el resto de la mañana. Segura de que, si iba a pasear a caballo por el parque, se encontraría a Hazelmere, y sabiendo que le sería imposible hablar con él con normalidad, Dorothea aceptó.

Cecily no se mostró contrariada por el cambio de planes, pues había acordado salir a pasear en coche con Fanshawe esa tarde. Escribió a Ferdie para cancelar su cita matutina y, a instancias de Dorothea, le pidió que acompañara a su hermana a pasear a caballo por la tarde.

Ferdie se presentó a media tarde y partió con Dorothea en dirección al parque. A pesar de que era por lo común poco observador, advirtió que Dorothea estaba cambiada. Pensando en distraerla, comenzó a charlar sobre el baile en Carlton House, los amigos del Príncipe Regente, y sobre lo primero que se le venía a la cabeza. Dorothea, que comprendió enseguida sus bienintencionados esfuerzos, intentó alegrar la cara e ignorar el hecho de que él también parecía considerarla prácticamente comprometida con Hazelmere.

Se habían adentrado en el parque y estaban paseando a lo largo del reborde de hierba del camino de carruajes cuando, al mirar adelante, Dorothea se detuvo de pronto y atajó, alterada, la descripción de Ferdie acerca de la nueva peluca de lady Hanover.

–Ferdie, quiero galopar hasta esos árboles. Creo que allí crecen fresas.

De pronto, hizo girar a la yegua baya y partió al galope hacia un robledal que había a su izquierda. Sorprendido, Ferdie volvió grupas y se dispuso a seguirla. Al hacerlo, su mirada se posó un instante en un carruaje que se acercaba. Era la calesa del marqués en la que, tirada por las yeguas grises, iban el propio Hazelmere y Helen Walford. Una fugaz mirada a su primo bastó para convencerlo de que Hazelmere había observado la precipitada marcha de Dorothea. De repente, Ferdie comprendió horrorizado que Dorothea acababa de dejar plantado a su primo en mitad del parque.

–¿Se puede saber qué te pasa? –le preguntó al reunirse con ella junto a los árboles–. ¡Ése era Hazelmere!

–Sí, lo sé, Ferdie –contestó Dorothea, compungida al advertir la inquietud de su amigo.

–Pues que me cuelguen si entiendo qué te pasa –continuó él–, pero te aseguro que dejar plantado en medio del parque a un hombre como Hazelmere no es muy conveniente.

–Sí, Ferdie. Ahora quisiera irme a casa, si no te importa.

–¿No me digas? –dijo él ásperamente, sabiendo que Hazelmere iría pronto tras ellos.

De camino a Cavendish Square, Ferdie intentó hacer que Dorothea comprendiera la magnitud de su error. A pesar de no saber qué había causado tan extraña conducta, estaba convencido de que, si podía inducirla a mostrarse contrita cuando volviera a encontrarse con su primo, tendría mayores oportunidades de reparar su error. Ferdie sabía mejor que la mayoría que el temperamento frívolo que aparentaba Hazelmere no era más que una ficción. El marqués tenía mucho genio; lo que ocurría era sencillamente que no perdía a menudo los nervios.

Ferdie ignoraba que Dorothea ya conocía el temperamento de Hazelmere. Al verlo paseando con sus yeguas junto a lady Walford, la joven no había podido soportar la idea de quedarse e intercambiar con ellos trivialidades llenas de cortesía. Aunque sabía que se había portado mal y que Hazelmere tenía todo el derecho a enojarse, ella también se sentía agraviada y casi deseaba ansiosamente una entrevista con el marqués. Ferdie, por suerte, desconocía sus sentimientos: que alguien pudiera desear entrevistarse con Hazelmere, hallándose éste furioso, era algo que escapaba a su comprensión.

Al llegar a Merion House, Ferdie acompañó a Dorothea al interior de la casa, pasó junto a Mellow y entró en el salón. Allí logró entrever lo que sucedía. Dorothea, que se paseaba por la habitación como un tigre enjaulado, le pareció más enojada que contrita.

–¿Cómo se atreve a acercarse a mí yendo con esa mujer? –estalló ella finalmente.

Ferdie la miró extrañado.

–¿Qué hay de malo en ir con Helen Walford? –preguntó, temiendo que se le escapara algo.

–¿Es que no lo sabes? ¡Es su amante!

–¿Qué? –Ferdie quedó pasmado–. ¡No! ¡Te equivocas! Claro que no es la amante de Marc.

Recordando su parentesco con Hazelmere, Dorothea se convenció de que se pondría de parte de su primo y prefirió ignorarlo. En ese momento, sintieron que alguien llamaba imperiosamente a la puerta. Ferdie miró por la ventana y vio fuera la calesa de Hazelmere.

Ver a Dorothea alejarse deliberadamente de su camino había dejado a Hazelmere sumamente asombrado. ¿Qué demonios pretendía tratándolo de aquel modo? Demasiado consciente de lo que lo rodeaba para dar rienda suelta a su ira, tardó sin embargo varios minutos en sentirse lo bastante dueño de su voz como para decirle a Helen Walford:

–Mi querida Helen, ¿te importa si te llevo ya con tus amigos? Parto para Leicester dentro de poco y creo que aún tengo un asunto que resolver.

Lady Walford conocía bien el temperamento de Hazelmere por haber provocado ella su ira más de una vez durante su niñez. Al observar sus ojos castaños, normalmente cálidos y divertidos, y descubrirlos fríos y neblinosos como ágatas, se limitó a sonreír, asintiendo. Confiaba en que la señorita Darent tuviera más temple que la mayoría de las debutantes, pues sin duda la esperaba una entrevista de lo más desagradable y, en contra de lo que pudiera suponerse, el hecho de que Hazelmere estuviera loco por ella no le serviría de gran ayuda. Como todos los Henry, el marqués poseía una sorprendente vena puritana que sin duda le llevaría a exigir en su futura esposa una conducta mucho más estricta de la que consentía en damas menos afortunadas. Lady Walford temía, pues, que Dorothea estuviera a punto de enfrentarse a un encuentro particularmente violento.

Tras dejar a lady Walford en compañía de sus amigos, Hazelmere se dirigió de inmediato a Merion House. Al llegar, le tiró las riendas de la calesa a un mozo sin mediar palabra y subió corriendo los escalones de la entrada. Le abrió la puerta un intrigado Mellow, al que se limitó a preguntarle con voz engañosamente suave:

–¿Dónde está la señorita Darent, Mellow?

–En el salón, milord.

–Gracias. No se moleste en anunciarme.

Cruzó el vestíbulo y abrió la puerta del salón. Al posar sus ojos en Ferdie, sonrió de tal modo que éste se aprestó a hacer su voluntad. Hazelmere mantuvo la puerta abierta y dijo:

–Creo que ya te ibas, Ferdie.

No había duda respecto a la orden, pero Ferdie, advirtiendo la dureza de la mirada de su primo, dudaba de la conveniencia de dejarlos solos. Pero, al mirar a Dorothea, se halló de pronto sin capacidad de elección.

–Adiós, Ferdie –dijo ella.

De modo que Ferdie se fue, descartando la idea de decirle a su primo que Dorothea parecía creer que Helen Walford era su amante. A su modo de ver, sería preferible que fuera la propia Dorothea quien hablara a Hazelmere de sus amantes.

Al oír que la puerta se cerraba suavemente a su espalda, Ferdie decidió conveniente informar a lady Merion de la razón y el probable resultado de la entrevista que iba a tener lugar en su salón. Cinco minutos después, al regresar al vestíbulo tras explicarle la situación a lady Merion en el piso de arriba, encontró la puerta del salón todavía cerrada y, observando aquello con recelo, optó por dejar la casa.

Después de que la puerta se cerrara tras Ferdie, Hazelmere se adentró en la habitación.

–Muy sensato por su parte, querida mía. No hay necesidad de que Ferdie se entere de esto.

Se detuvo para quitarse los guantes de montar y los arrojó sobre una mesita. Al mirar a Dorothea, que estaba de pie junto a uno de los sillones situados al pie de la chimenea, con la mano aferrada a su respaldo, comprendió que ella estaba tan enfadada como él. Ignoraba el porqué, pero ello bastó para que refrenara su ira para preguntarle con voz relativamente serena:

–¿Cree que podría explicarme por qué me ha dejado plantado en el parque?

A pesar de su aparente calma, el tono de su voz logró avivar la ira de Dorothea.

–¿Cómo se atreve a acercarse a mí yendo con esa mujer?

Mirando sus ojos enfurecidos, Hazelmere sintió, como Ferdie antes, que había perdido el hilo de la conversación.

–¿Con Helen? –preguntó, desconcertado.

–¡Con su amante! –contestó ella con desprecio.

–¿Mi qué? –sus palabras restallaron como un látigo, sobresaltando a Dorothea. Hazelmere, más enfurecido aún, se acercó hasta quedar a dos pasos de ella, intentando contener su rabia. Con los ojos entornados, preguntó con voz engañosamente suave–: ¿Quién le ha dicho que Helen Walford era mi amante?

–No creo que eso le importe...

–Se equivoca –la atajó él–. Me importa, y mucho, porque Helen Walford no ha sido nunca, no es ni será mi amante. Así pues, ¿quién le ha dicho tal cosa, mi crédula señorita Darent?

Dorothea observó sus tormentosos ojos castaños y comprendió que le estaba diciendo la verdad.

–El conde de Vandée –contestó finalmente.

–Un hombre de baja condición –dijo él con desdén–. Puede que le interese saber que conozco a Helen Walford desde que ella tenía tres años. Sin embargo –continuó, adelantándose hasta quedar justo frente a ella, lo cual la obligó a apartarse del sillón que hasta ese momento se había interpuesto entre ellos–, dejando eso a un lado, aún no me ha explicado por qué, fuera lo que fuese lo que le ocurría, se le ha ocurrido hacerme un desplante tan notorio.

Aunque su voz era baja y firme, Dorothea notaba que apenas lograba controlar su ira. Sabía que se había equivocado, pero las siguientes palabras del marqués disiparon su intención de disculparse.

–Ya le había dicho que esos modales provincianos no se estilaban en Londres –continuó él, pero se detuvo ahí, pues ella se apartó de él con una expresión de cólera tan evidente que Hazelmere se quedó asombrado.

–¿Cómo se atreve a hablarme a mí de modales? Explique los suyos, si puede. Sé que ha estado haciéndome la corte únicamente para ver si podía hacer que me enamorara de usted, sólo porque no sucumbí a sus legendarios encantos. Oh, la prima Marjorie me lo explicó todo...

Dorothea no pasó de ahí. Hazelmere palideció al comprender cuanto acababa de decirle. Pero, al tiempo que identificaba el motivo de aquella discusión, sintió que las riendas de su pasión se soltaban de golpe. Con un movimiento rápido y ágil, tomó a Dorothea en sus brazos y la besó casi con brutal intensidad. Atemorizada, ella se resistió, pero, al igual que en anteriores ocasiones, él hundió los dedos en su cabello y, sujetándole la cabeza, la apretó con fuerza y la estrechó contra sí. Luego, en un abrir y cerrar de ojos, su beso adquirió una infinita dulzura. Intrigada, ella abrió los labios y se halló flotando en un mar de sensaciones. Notó, aturdida, que el deseo la embargaba, haciéndose más fuerte con cada segundo, hasta adquirir una fuerza que, en su inexperiencia, no lograba refrenar. Comprendió que estaba respondiendo del modo más indecoroso al ardiente beso de Hazelmere, pero ya no le importaba. Sólo deseaba que él no se detuviera.

Hazelmere apartó los labios de su boca y comenzó a besarle suavemente la cara, la frente, los párpados, la barbilla y la delicada y blanca garganta. Después, apoderándose de nuevo de los labios enrojecidos de Dorothea, sondeó la dulce suavidad de su boca. Ella dejó escapar un gemido semejante a una caricia y, deslizando los brazos alrededor de su cuello, hundió los dedos en su cabello negro y se comprimió contra él. Hazelmere sonrió para sus adentros y dejó que el beso se hiciera más profundo y avivara las llamas del deseo de Dorothea hasta producir un fuego que amenazó con consumirlos a ambos. Luego, alcanzando la hondura de una naturaleza tan apasionada como la suya, exigió y recibió una rendición tan completa e inequívoca que comprendió sin sombra de duda que Dorothea sería suya en cuerpo y alma siempre que él lo deseara. Enteramente satisfecho, la apretó contra sí y, apoderándose de su boca, dejó que notara hasta qué punto la deseaba.

Dorothea estaba casi desfallecida. Una pequeña parte de su conciencia conservaba la lucidez suficiente como para hallarse horrorizada e impotente mientras las manos expertas de Hazelmere recorrían su cuerpo y sus hábiles caricias provocaban en ella oleadas de deseo que la recorrían de la cabeza a los pies. El resto de ella no estaba dispuesto a escuchar. Suponía que él tendría que parar en algún momento... pero ella quería disfrutar de aquel placer mientras durara. Aun así, imaginaba que Hazelmere no pretendería seducirla en el salón de su abuela. ¿O tal vez sí?

El estremecimiento que recorrió a Dorothea hizo que Hazelmere recobrara el sentido, sobresaltándose. Tenía que soltarla, y cuanto antes. Debía hacerlo, puesto que estaban en Merion House, no en su casa. Si la miraba a los ojos, no sería capaz de irse. Y en aquel momento no estaba de humor para hablar con ella. Necesitaba alejarse para pensar sobre lo ocurrido, pues en ese instante no estaba seguro de nada, salvo del deseo físico que sentía por ella. Y eso no requería palabras para explicarse. Era consciente de que habían llegado a tal extremo que ya no era posible separarse con suavidad. Así pues, interrumpiendo bruscamente aquel beso, soltó a Dorothea, apartó las manos de su pelo y, apartándola de sí con rudeza, dio media vuelta, se fue derecho a la puerta recogiendo sus guantes de camino y salió de la habitación. En el vestíbulo encontró a Mellow. Como su rostro había recobrado ya la expresión habitual y llevaba el pelo cortado de tal modo que no podía adivinarse el desorden que habían causado en él las manos de Dorothea, Mellow presumió que no había llegado la sangre al río y se apresuró a abrirle la puerta.

Al abandonar la casa, Hazelmere cruzó la plaza en dirección a su casa. A pesar de que quien no lo conociera no habría advertido nada raro en él, en ese momento el marqués se hallaba tan aturdido que no acertaba a pensar con claridad. Rabia, frustración, orgullo herido y una extraña sensación de euforia eran sólo algunas de las emociones que se agolpaban en su cabeza. Tenía que marcharse, salir de Londres, hasta que su cerebro enfebrecido se enfriara lo bastante como para esclarecer en qué situación se hallaban desde ese momento. Entró en Hazelmere House y, viendo que Mytton salía de detrás de la puerta, se detuvo al pie de las escaleras.

–He decidido salir hacia Leicester inmediatamente. Confío en estar de vuelta el martes próximo. Mándeme a Murgatroyd y dígale a Jim que enganche los bayos y tenga el carruaje listo dentro de diez minutos.

–Sí, señor –contestó Mytton y regresó de inmediato a la cocina para transmitir al servicio las órdenes del marqués, añadiendo que éste se hallaba de un humor de perros. Sin añadir comentario alguno, todos corrieron a sus tareas, y Murgatroyd subió casi al trote las escaleras.

Hazelmere, que se hallaba delante del espejo con intención de quitarse el alfiler de la corbata, se giró bruscamente hacia su ayuda de cámara, que había comenzado ya a hacer la maleta.

–Murgatroyd, mira si puedes alcanzar a Jim antes de que salga. Dile que he dejado la calesa frente a Merion House. Si ya se ha ido a las cuadras, manda a un criado por él y dile que venga.

Tras un momento de asombro, Murgatroyd salió de la habitación y bajó las escaleras tan rápido como se lo permitía el decoro. Hazelmere observó con fastidio su reflejo. Si sus sirvientes no habían adivinado ya la causa de su estado ánimo, el hecho de que se hubiera marchado de Merion House dejando sus yeguas grises frente a la casa acabaría de aclararles el caso.

Murgatroyd llegó a la cocina al mismo tiempo que Jim, quien, ataviado con la librea de los Hazelmere, se disponía a salir. Al oír su mensaje, todos los sirvientes de la casa enmudecieron de asombro. Luego, todos aquellos que tenían acceso a la parte delantera de la casa, se dirigieron a la puerta de la calle, la abrieron y miraron hacia Merion House, al otro lado de la plaza. Mytton, Jim, Murgatroyd y Charles contemplaron atónitos la calesa.

–¡Cielo santo! Si no lo veo, no lo creo –dijo Jim.

Todos ellos regresaron a sus quehaceres sacudiendo la cabeza. Jim cruzó la plaza para recuperar las preciadas yeguas del marqués y Murgatroyd subió al piso de arriba para informar a su amo de que estaban preparando el carruaje.

Al final, Jim tuvo que pasear a los caballos cinco minutos antes de que apareciera su amo. Mientras bajaba las escaleras, Hazelmere recordó que había un jugador en aquella partida que no sabía adónde se dirigía y debía saberlo. Regresó a la biblioteca. Sus ojos se posaron en un montón de correspondencia entregada esa misma tarde. Revisó los sobres, dejándolos casi todos sin abrir. Un sobre sencillo, de escasa calidad, dirigido con mano firme al señor M. Henry, atrajo su atención. Lo abrió y leyó apresuradamente las páginas que contenía. Cuando alzó los ojos, permaneció quieto, con la mirada perdida, tamborileando distraídamente con los dedos sobre la superficie del escritorio. Luego, frunciendo el ceño, se guardó la carta en el bolsillo de la chaqueta y se sentó para escribirle una nota apresurada a Ferdie. Ello no le resultó fácil. Todavía le costaba concentrarse, particularmente cuando recordaba su entrevista con Dorothea en Merion House. Por fin escribió un par de renglones notificándole a Ferdie que tenía que marcharse al condado de Leicester por asuntos de negocios, que regresaría a Londres el martes siguiente, que Tony estaba al corriente, que tanto Tony como él mismo habían informado a sus amigos íntimos de las misteriosas notas que había recibido Dorothea y les habían pedido que la vigilaran. Acabó pidiéndole con sencillez que cuidara a Dorothea por él.

Firmó la carta, pero en el último momento recordó algo. Empuñó la pluma y añadió una posdata. Preferiría que Ferdie le ocultara a Dorothea los miedos que albergaban respecto a su seguridad. Sonriendo con desgana, selló la carta y llamó a un lacayo. No confiaba mucho en la capacidad de Ferdie para distraer a Dorothea si ésta empezaba a sospechar, y era probable que lo hiciera antes de que él volviera. Entregó la nota ordenando que la llevaran de inmediato a las habitaciones del señor Acheson-Smythe y salió a la calle, donde le aguardaba el carruaje.

Liberada de aquel abrazo apasionado, Dorothea permaneció junto al sillón, demasiado aturdida para moverse. Al oír que se cerraba la puerta de la calle, se llevó los dedos a los labios levemente hinchados. Sus ojos se enfocaron lentamente. Luego, exhalando un suspiro tembloroso, se acercó a la puerta, la abrió y sin ver siquiera a Mellow subió las escaleras en dirección a su alcoba.

Lady Merion salió del solario al oír los pasos de su nieta. Cinco minutos después de que Ferdie se despidiera de ella, había bajado al piso inferior. No podía dejar eternamente a Dorothea a solas con Hazelmere. No se oía ni un ruido procedente del salón. Lady Merion había respirado hondo y, despachando a Mellow con un gesto, había abierto la puerta. Al ver a Dorothea en brazos de Hazelmere, la había cerrado de nuevo inmediatamente. Con expresión pensativa, le había dicho a Mellow que iría a sentarse al solario y que si llegaba alguna visita, la condujera allí. Ahora, al ver la figura de su nieta en lo alto de la escalera, suspiró y con aire resignado llamó para que le sirvieran el té.

A pesar de ignorar los detalles de la entrevista que acababa de desarrollarse en su salón, estaba segura de que Dorothea necesitaría al menos media hora para llorar. Demasiado inteligente para intentar hacer entrar en razón a una joven deshecha en lágrimas, revisó con calma lo que sabía sobre lo sucedido esa tarde. Pero en su mayor parte carecía de sentido. Tendría que sonsacarle a su nieta detalles suficientes antes de poder dilucidar qué estaba sucediendo. Era demasiado vieja para llegar a conclusiones precipitadas.

Acabándose el té, subió con decisión las escaleras.

Al llegar a su alcoba, Dorothea cerró la puerta y se arrojó en la cama, deshecha en llanto. Por primera vez en años lloró desconsoladamente, vertiendo una mezcla de alivio, desconcierto y agitación al tiempo que la desilusión y una frustración apenas reconocida le prestaban su sabor amargo a la tristeza que se había apoderado de ella. La tormenta prosiguió sin amainar diez largos minutos. Finalmente, por puro agotamiento, el caleidoscopio enloquecido en que se había convertido su mente dejó de girar lentamente y sus sollozos se extinguieron. Estaba recostada en las almohadas, intentando infructuosamente enjugarse los ojos con un pañuelo empapado cuando su abuela llamó a la puerta y entró.

Al ver a su nieta, siempre serena y apacible, entre las sombras de la cama, con los ojos llenos de lágrimas, Hermione se acercó y se sentó al borde del lecho. Dorothea tragó saliva y murmuró:

–Oh, abuela, ¿qué voy a hacer?

Lady Merion respondió secamente:

–Lo primero que has de hacer, querida, es lavarte la cara y procurarte un pañuelo limpio. Vamos. Te sentirás mucho mejor –mientras Dorothea se levantaba, continuó–: Y, después, creo que tendremos una larga charla. Es hora de que me expliques qué está pasando entre Hazelmere y tú.

Dorothea volvió los ojos hacia su abuela, pero no hizo comentario alguno. Mientras se lavaba y secaba la cara y buscaba un pañuelo limpio en su tocador, fue recuperando la capacidad de raciocinio. Su abuela se merecía sin duda una explicación. Pero había tantas preguntas aún por resolver... Pensativa, volvió a sentarse en la cama. Lady Merion comenzó la conversación pidiéndole lisa y llanamente que se lo contara todo. Dorothea hizo una mueca, exhaló un profundo suspiro y comenzó a hablar.

–Anoche, en el baile, el príncipe... bueno, es obvio que creyó... que sabía que... hay un... un vínculo entre lord Hazelmere y yo. Ahora me doy cuenta de que la mayoría de la gente piensa que existe una especie de... compromiso entre nosotros.

–No me extraña, después del vals de tu baile de debut –dijo lady Merion dando un soplido.

–¿El vals? –repitió Dorothea, desconcertada–. ¿Qué quieres decir?

Lady Merion suspiró.

–Imaginaba que no lo sabías –fijó en su nieta una mirada penetrante y luego añadió–: Durante las últimas semanas, tus sentimientos hacia Marc Henry se han vuelto cada día más visibles. Oh, no quiero decir que lleves el corazón en una bandeja. Nada de eso. Pero nadie, al veros juntos, dudaría de que estás interesada en él. Y, teniendo en cuenta las atenciones que te ha prodigado desde el inicio de la temporada, las intenciones de Hazelmere están bastante claras. Después de tu baile de debut, me dijo que iba a pedir tu mano. A su debido tiempo, añadió. Lo cual es muy propio de él, desde luego.

Dorothea escuchó la explicación de su abuela y al fin pareció comprender. De pronto pensó que a nadie mejor que a su abuela podía recurrir en busca de consejo.

–La verdad –dijo– es que me preguntaba si estaba... bueno, si sólo estaba buscando una novia que le conviniera. Tiene que casarse. Supongo que su familia lleva años presionándolo –respiró hondo con decisión y le expuso a su abuela su miedo más escondido–. Cuando nos conocimos en los bosques de Moreton Park, creo que, por algo que dije, lord Hazelmere concibió la idea de que no tenía esperanzas de casarme. Después, he llegado a la conclusión de que, viendo que no me comportaba como las otras, el marqués ha decidido que yo le serviría –se detuvo para recobrar fuerzas y prosiguió–. Me preguntaba si él creía que, dado que yo no tenía muchas posibilidades de casarme, aceptaría encantada un... Supongo que la expresión adecuada es un «matrimonio de conveniencia», que a él le permitiera seguir viendo a sus amantes, como antes.

El semblante de lady Merion adquirió una expresión desconcertada. Luego, echando la cabeza hacia atrás, rompió a reír. Cuando logró controlar su voz, dijo:

–¡Vaya, vaya! Me alegro de que el galanteo cuidadosamente orquestado de Hazelmere haya obtenido el resultado que merecía –confundida, Dorothea la miró con expectación, pero su abuela desdeñó con un gesto su pregunta implícita–. Mi querida Dorothea, un hombre que busca un matrimonio de conveniencia no se empeña en seducir a su futura esposa antes de pedirla en matrimonio –una sonrisa traviesa iluminaba aún la expresión sagaz de lady Merion–. Después de cómo se ha comportado contigo, querida, no pensaba que fueras la última persona en darse cuenta de que está enamorado de ti.

–Oh –la esperanza y la insidiosa sospecha de que aquello era demasiado bueno para ser cierto contendía en el pecho de Dorothea. Venció la esperanza, pero la sospecha no se disipó del todo.

Lady Merion interrumpió sus pensamientos.

–Ferdie mencionó cierto malentendido relacionado con Helen Walford.

–El conde de Vandée me dijo que era la amante de Hazelmere. Él lo negó.

Lady Merion estuvo a punto de lanzar un exabrupto. Cerró los ojos. Cuando al fin volvió a abrirlos, preguntó en tono resignado:

–Se lo preguntaste, supongo.

–Bueno, él quería saber por qué le había vuelto la espalda en el parque –dijo Dorothea, recuperando rápidamente su entereza habitual–. Dijo que conocía a Helen desde que era una niña.

–Y es cierto. El padre de Helen Walford es un pariente lejano de lady Hazelmere y, de niña, Helen pasaba a menudo los veranos en Hazelmere. Ella es unos años menor que Ferdie. Era una especie de marimacho y siempre andaba detrás de Marc y de Tony, que la trataban como trataban a Alison. Que yo recuerde, siempre la estaban sacando de algún lío, y no precisamente con delicadeza, te lo aseguro.

Por desgracia, Helen hizo un matrimonio sumamente desafortunado. Arthur Walford era un hombre libertino y aficionado al juego. Se mató, para alivio de todos. Nadie sabe qué paso exactamente, pero Hazelmere estuvo implicado. Helen le preguntó una vez cómo había muerto su marido. Él le dijo que no le hacía falta saberlo, pero que se contentara con que así fuera.

–Eso parece muy propio de él –dijo Dorothea, sollozando.

–En cualquier caso, Hazelmere siempre ha tratado a Helen exactamente igual que a Alison. Supongo que le sorprendió que pensaras que era su amante.

Recordando la expresión de Hazelmere, Dorothea asintió.

–Pero ¿por qué me diría el conde de Vandée que lo era?

–Querida mía, me temo que tendrás que acostumbrarte a la lengua maliciosa de ciertas personas con las que habrás de cruzarte. Hay más de uno que querría causarle problemas a Hazelmere y estaría dispuesto a utilizarte a ti para lograrlo –lady Merion hizo una pausa, observando el elegante perfil de su nieta–. Por cierto, yo, si fuera tú, no volvería a sacar a relucir a las amantes de Hazelmere. Te aseguro que ha tenido unas cuantas. Bueno –se corrigió, dándose cuenta de que sus palabras eran inadecuadas–, más que unas cuantas. Un montón, en realidad, y todas ellas bellísimas. Pero, querida mía, las amantes de Hazelmere a ti no te conciernen. Si Marc sigue los pasos de su padre, todas esas mujeres quedarán relegadas a su pasado. Es sumamente improbable que, estando tan enamorado de ti como lo está, tengas que preocuparte en el futuro de tales relaciones, no como les sucede a muchas otras señoras.

Dorothea inclinó la cabeza, agradecida por aquel excelente consejo. Al mirarla, lady Merion advirtió que el cansancio se apoderaba de sus pálidos rasgos. Se inclinó hacia delante y palmeó la mano de Dorothea para tranquilizarla.

–Querida, estás agotada. Haré que te suban algo de comer. Deberías irte a la cama temprano. Tendremos que pensar cómo proceder de aquí en adelante, pero creo que deberíamos dejar esa discusión para mañana.

Sintiéndose extrañamente cansada y feliz al mismo tiempo, asintió y besó a lady Merion en la mejilla antes de que ésta, notando repentinamente los achaques de su edad, abandonara la habitación.

Cuando Trimmer le llevó la bandeja con la cena, Dorothea, en contra de lo que creía, tenía bastante apetito. Mientras masticaba el pollo tierno, reconsideró su situación. Nada de lo ocurrido debía sorprenderla. Pero el caso era que las cosas habían cambiado. De algún modo, mano a mano con el marqués de Hazelmere, se había deslizado de las aguas seguras del galanteo mundano, a un terreno en el que fuerzas mucho más poderosas que cuanto había conocido parecían haberse aliado para robarle el alma. Cuando pensaba en cómo se había sentido en brazos de Hazelmere, se estremecía. Él nunca le permitiría olvidar cuánto lo deseaba. Esa apuesta la había ganado sin sombra de duda. Una parte de su intelecto sugería débilmente que debía sentirse ofendida por las sutiles maquinaciones del marqués, las cuales podían haberle hecho olvidar todas sus objeciones. Pero lo cierto era que... Lo cierto era que no tenía objeciones. Ninguna en absoluto.

Distraída, levantó la taza de tisana preparada especialmente por Witchett. Mientras se la bebía, se relajó en su sillón, sintiendo el agradable calor del fuego a medida que caía la noche. Al echar la vista atrás, no lograba recordar ni un solo incidente en que Hazelmere le hubiera declarado seriamente su devoción. Ése había sido uno de los factores que la habían atraído hacia él. Al lado de sus demás admiradores y de sus protestas de amor eterno, la serena firmeza de Hazelmere había sido un alivio bienhechor. Pero, de haber sido capaz de pensar con claridad en lo que a él concernía, se habría dado cuenta del verdadero significado de la peculiar calidez que brillaba en sus ojos castaños, de las atenciones que continuamente le había prodigado, hasta el punto de pagar a un centinela para que vigilara las escaleras durante la noche en aquella posada, como ella había sabido al día siguiente. No resultaba difícil creer a su abuela. Pero ¡ah! ¡Qué no daría por oírlo con claridad y sin ambages de los labios de Hazelmere!

Contempló el fuego como si pudiera encontrar el rostro del marqués entre las llamas. Ignoraba qué sucedería a continuación y, mientras bostezaba otra vez, se dio cuenta de que estaba demasiado cansada para sopesar las posibilidades. Tendrían que esperar hasta el día siguiente.

Trimmer entró y apartó hábilmente la bandeja. Ayudó a Dorothea a cambiarse y se retiró sigilosamente. Tendida en su colchón de plumas, Dorothea dejó escapar un profundo suspiro y se acurrucó en la cama. Bajo la sutil influencia de la tisana de Witchett, se sumió en un profundo sueño.

A la mañana siguiente, se despertó temprano, sintiéndose reanimada, pero extrañamente aturdida. Permaneció en su habitación, mirando por la ventana los cerezos del parque, ya florecidos. A las nueve salió de la alcoba y bajó al solario. Le dijeron que Cecily había ido a la calle Mount, a pasar la mañana con los Benson, y había cancelado su paseo a caballo con Ferdie. Aliviada de dos preocupaciones, Dorothea agradeció para sus adentros poder ahorrarse el sinsabor de satisfacer la curiosidad de su hermana. Tras beberse una taza de café y comer una rebanada de pan tostado, decidió que era aún demasiado pronto para subir a ver a su abuela. Dejándose llevar por un impulso, llamó a Trimmer y salió a dar un paseo por la plaza.

El sol brillaba y una brisa ligera empujaba jirones de nubes por el cielo. Caminó hasta el otro lado del parque, complaciéndose en el aire fresco, y luego regresó a toda prisa a Merion House. Lady Merion ya se habría levantado de la cama. Al subir las escaleras, la sorprendió encontrarse a Ferdie, que bajaba.

Tras recibir la nota de su primo, Ferdie había decidido que, ya que Dorothea no debía enterarse del peligro que la acechaba, era al menos hora de que alguien informara a lady Merion de las amenazas que se cernían sobre su nieta. Además, había logrado tranquilizar a lady Merion acerca de las inevitables habladurías que provocaría el incidente del parque. En la fiesta a la que había acudido la noche anterior, Ferdie había descubierto que dicho incidente había concitado escasa atención, y los pocos comentarios que había oído al respecto lo describían como una simple riña de enamorados.

La suerte había querido que lady Jersey fuera testigo del encuentro. Inmediatamente después, la buena señora había asistido a un té selecto en casa de la señora Drummond-Burrell y, naturalmente, había comentado con excitación el extraño comportamiento de la señorita Darent y la posible respuesta del marqués. Aunque se habían alzado no pocos comentarios desfavorables, la propia señora Drummond-Burrell había zanjado la conversación. Siendo como era amiga de Hazelmere, apreciaba a Dorothea y aprobaba de todo corazón la elección del marqués. En respuesta a un comentario desdeñoso según el cual la señorita Darent había desbaratado sus propios planes, pues Hazelmere jamás admitiría semejante comportamiento, lady Drummond-Burrell, una de las patronas más estrictas de Almack's, había observado fríamente:

–Querida Sarah, creo que no aprecias en lo que vale a la señorita Darent. ¿Cuántas veces ha visto alguna de nosotras a Hazelmere tan desconcertado? –el silencio subsiguiente la había convencido de que disponía de la atención de todas las asistentes–. En mi opinión –continuó–, cualquier joven capaz de desafiar el aplomo del marqués merece nuestras felicitaciones. Si la señorita Darent consigue que el marqués se dé cuenta de que no lo puede controlar absolutamente todo, yo al menos estoy dispuesta a aplaudirla.

De este modo, la conducta de Dorothea había llegado a contemplarse como un intento triunfante de desafiar la soberbia de Hazelmere, cuyo resultado había sido una mera riña de enamorados.

Ferdie se detuvo para saludar a Dorothea y dijo:

–Vendré a buscarte a las tres.

–Oh, Ferdie, no sé si puedo.

–No se trata de que puedas o no puedas, es que debes –respondió él. Al ver que ella no comprendía, sugirió–: Ve a ver a tu abuela. Ella te lo explicará.

Inclinando la cabeza, bajó al vestíbulo y, tomando el sombrero que le tendía Mellow, abandonó la casa. Dorothea le entregó su capa a Trimmer y entró en la alcoba de su abuela.

Lady Merion llevaba dándole vueltas a la cabeza toda la mañana. La noticia de que Dorothea había sido objeto de dos intentos de secuestro le había causado una profunda impresión. Pero, sabiendo que ya se habían tomado las medidas necesarias para protegerla, no se le ocurría nada más que hacer al respecto. Había rechazado la sugerencia de Ferdie de que Dorothea fuera advertida, diciéndole que su primo ya le causaba suficientes quebraderos de cabeza sin necesidad de añadir aquél a la lista. La ausencia de Hazelmere no resultaba tranquilizadora. Aunque, por otro lado, le daría tiempo a Dorothea para acostumbrarse a la idea que Hazelmere se hacía de su futuro.

Lady Merion se había mostrado gratamente sorprendida

y no poco aliviada al saber que la escena del parque apenas había despertado expectación, y agradecía sobremanera que Ferdie se hubiera ofrecido a acompañar a Dorothea a dar un paseo a caballo por el parque esa tarde.

–No le conviene ocultarse, ¿comprende? –había comentado sensatamente el joven caballero.

Cuando Dorothea entró en la habitación, lady Merion sonrió y le indicó que se acercara a su cómodo canapé.

–Tienes mucho mejor aspecto, querida mía.

–Me siento mucho mejor, abuela –contestó Dorothea, besándola dócilmente en la mejilla y sentándose a su lado.

Advirtiendo su serenidad y su dominio de sí misma, Hermione inclinó la cabeza.

–Creo que ya es hora de que hablemos sin tapujos –tras comenzar de manera tan prometedora, se detuvo para reordenar sus argumentos–. Para empezar, confío en que admitas que Hazelmere ha conseguido comprometer tus afectos.

Sonriendo al oír tan escrupulosa expresión, Dorothea respondió alegremente:

–Llevo algún tiempo enamorada de lord Hazelmere.

–Como te dije ayer, él me ha confesado que tiene intención de pedir tu mano. A su debido tiempo –continuó su abuela–. Pero lo que quiero saber es qué piensas contestarle.

Dorothea dejó escapar una risita.

–Oh, abuela, ¿de veras crees que tengo elección?

Lady Merion soltó un bufido.

–Para serte sincera, querida, lo dudo. Hazelmere es muy consciente de tus sentimientos. Y, por lo que vi ayer en el salón, tu acuerdo verbal no es más que una mera formalidad –observó que su nieta se ruborizaba suavemente–. La verdad –continuó–, es que es una pena tener un marido que sabe demasiado, pero no se puede tener todo. Aun así, no me parece mal trato. Su padre era igual, y Anthea Henry fue la esposa más feliz de la ciudad.

Dorothea creyó más prudente aceptar la palabra de su abuela en silencio. Decidiendo que no podía hacer nada más por ayudar a Hazelmere, lady Merion añadió con decisión:

–Muy bien. Ahora, debemos decidir qué haremos. No debes darles a los chismosos razón alguna para suponer que lo sucedido entre vosotros es algo más que una riña sin importancia –Dorothea levantó las cejas con expresión desdeñosa–. Sí, ya –dijo lady Merion, asintiendo–. Pero en este asunto debes dejar que Ferdie y yo te guiemos. Ferdie es extremadamente útil en casos como éste; él siempre sabe qué apariencia presentan las cosas y a qué hay que atenerse. Has de seguir cumpliendo con todos tus compromisos, como siempre, y mostrar una actitud perfectamente normal –mirando a su nieta, añadió ácidamente–: Lo cual no parece costarte ningún trabajo en este momento.

Dorothea posó sus enormes ojos verdes en su abuela y sonrió confiada, cosa que, dadas las circunstancias, a lady Merion le resultó extrañamente desconcertante.

–Abuela, te prometo que me comportaré de forma decorosa en todo momento. Pero no esperarás que sea la misma que antes del Baile de las Embajadas.

Lady Merion, que no estaba segura de su intuición, aceptó la aparente seguridad de su nieta.

–Una última cosa. Ferdie me ha dicho que Hazelmere ha tenido que marcharse a una de sus propiedades y estará fuera de la ciudad hasta el martes. No ha sido –añadió en respuesta a la mirada inquisitiva de Dorothea– por culpa de vuestra pelea. Ya les había dicho a sus amigos que pensaba marcharse ayer por la tarde.

Dorothea procuró digerir la noticia y decidió que, de todos modos, no le vendrían mal unos días para pulir sin distracciones su nueva personalidad pública. Además, empezaba a sentir que le quedaban algunas bazas por jugar en la partida que mantenía con el arrogante marqués de Hazelmere. Cuando éste volviera a aparecer, estaría bien preparada.

12

Ferdie y Dorothea llegaron al parque y se unieron a los grupos de señoras y caballeros que pululaban por allí, intercambiando saludos y comentarios. Más de un par de ojos se volvieron a mirar a Dorothea. Ésta charlaba animadamente, relajada y segura de sí misma. Para todo aquél interesado en ella, parecía completamente a sus anchas.

La señora Drummond-Burrell, sentada majestuosamente en su carroza, les indicó que se acercaran. Cuando llegaron a su lado, elogió el aspecto de Dorothea y a continuación se embarcó en una conversación con ambos. En ningún momento hizo referencia alguna al muy noble marqués de Hazelmere, ni al incidente del parque. Dorothea miró sus fríos ojos azules y sonrió calurosamente, comprendiendo el mensaje.

Nada más apartarse de la señora Drummond-Burrell, cayeron presa de lady Jersey. Ésta intentó por todos los medios posibles sonsacarle a Dorothea algún comentario acerca de Hazelmere y lo ocurrido el día anterior después de que se marcharan del parque. Dorothea logró soslayar con divertida tolerancia las agudas preguntas de la señora, quien se mostró más intrigada que enojada por sus evasivas. Escapando por fin de sus garras, siguieron cabalgando.

–¡Uf! –exclamó Ferdie en cuanto estuvieron lo bastante lejos–. ¡Nunca había visto a Sally tan empeñada en conseguir una respuesta!

Aunque se encontraron con cierto número de damas igualmente empeñadas en conocer los pormenores de su último encuentro con el marqués, el interrogatorio de lady Jersey fue con mucho el más agudo, y Dorothea se zafó fácilmente de las chismosas menos habilidosas.

Al regresar a Merion House tras separarse de lord Peterborough a las puertas del parque, Ferdie se declaró muy satisfecho con la actuación de Dorothea. A Dorothea, que oyó este comentario dirigido a su abuela, le brillaron los ojos.

–Vaya, gracias, Ferdie –dijo suavemente.

Ferdie, que no sabía cómo tomarse aquello y al que la confianza en sí misma de Dorothea le resultaba levemente alarmante, prometió pasarse a las ocho para acompañarlas al festejo de aquella noche y escapó.

Durante los días siguientes, Dorothea notó que los amigos de Hazelmere la vigilaban constantemente, y le hizo gracia que se tomaran tantas molestias para disimularlo. Intrigada, le preguntó a Ferdie cuál era la razón y él tuvo que escudarse finalmente tras su primo ausente.

–Será mejor que se lo preguntes a Hazelmere si quieres saberlo.

Dorothea comprendió que aquello significaba que Hazelmere había dado orden de que no le contaran nada, y prefirió no presionar a Ferdie. Éste, que había descubierto que las palabras «Porque lo dice Hazelmere» actuaban como un talismán, las utilizaba cada vez con mayor frecuencia y confiaba fervientemente en que su primo no demorara más de lo debido su regreso a Londres.

Dado que tenía a los mejores amigos de Hazelmere danzando a su alrededor, Dorothea decidió aprovechar la ocasión para inducirlos a hablar de sus muchos intereses y diversiones. Al hacerlo, a menudo le proporcionaban también información acerca de Hazelmere, y Dorothea fue construyéndose poco a poco una imagen más completa de la compleja personalidad del marqués. Los amigos de éste, por su parte, descubrieron que vigilar a Dorothea era un placer. Más de uno se descubrió hechizado por aquellos ojos verdes. El temple natural de Dorothea era mucho más evidente en ausencia de Hazelmere y, además, ella daba siempre la impresión de mantenerse elegantemente distante, como si esperara algo o a alguien. Sin embargo, ninguno de ellos descubrió indicio alguno que sugiriera que no estaba del todo satisfecha con el galanteo de Hazelmere. Así pues, maldiciendo para sus adentros la buena suerte del marqués, hasta el voluble Peterborough sucumbió a la sutil invitación de Dorothea para que fueran amigos y todos ellos se convirtieron en devotos esclavos de la joven.

Fanshawe, que observaba desde lejos cuanto sucedía mientras seguía cortejando a Cecily, sólo discernía un motivo que pudiera explicar la serenidad de Dorothea. Pero, habiéndose enterado por Ferdie de su último encuentro con Hazelmere y adivinando por el silencio de Cecily que Hazelmere no se había declarado, se hallaba desconcertado. Por la conducta de sus amigos, adivinaba que Dorothea había logrado atraerlos al círculo de sus rendidos admiradores. Hazelmere se sorprendería cuando descubriera en qué había convertido a sus guardianes. Con suerte, la susceptibilidad de sus amigos le divertiría más de lo que le enojaría el triunfo de Dorothea. La vida sería muy interesante cuando el marqués regresara a la ciudad.

Para Dorothea, el tiempo pasaba en un torbellino informe que de buena gana hubiera cambiado por la posibilidad de contemplar los ojos castaños del marqués, sobre todo si éstos le sonreían. Le inquietaba en cierto modo su siguiente entrevista a solas con él, pues presentía que tendría que explicarle por qué se había comportado como lo hacía, y ello la azoraba. Sin embargo, prefería afrontarlo cuanto antes. Por desgracia, no podía hacer nada, salvo esperar y, teniendo a tanta gente empeñada en complacerla, le parecía grosero quejarse, a pesar de que su entusiasmo por los galanteos se había disipado.

El único incidente preocupante tuvo lugar en el baile de los Melchett, la noche del sábado. De haber pensado en él lo más mínimo, Dorothea habría adivinado que Edward Buchanan volvería a perseguirla como un fantasma despechado. Buchanan se había enterado del incidente del parque y había escuchado con interés las especulaciones que se hacían respecto a su resultado. En su opinión, la señorita Darent se estaba quedando rápidamente sin alternativas.

Buchanan abordó a Dorothea cuando ésta se hallaba de pie a un lado de la pista de baile, en compañía de lord Desborough. Los músicos habían sufrido un pequeño percance, y en el intervalo los invitados se paseaban por el salón, conversando en pequeños grupos. Desborough no conocía a Edward Buchanan, de modo que aceptó sin recelar la familiaridad con que éste se dirigió a Dorothea. Sabiendo que los galanteos de Buchanan acabarían enojándola, Dorothea le pidió a Desborough que fuera a buscarle un vaso de limonada, confiando en poder librarse entre tanto de su indeseado perseguidor. Pero sus planes fracasaron y se halló atrapada en una pequeña antecámara, con Edward Buchanan presionándola de nuevo.

–Dispongo, a fin de cuentas, de la bendición de su tutor. Y corren rumores acerca de su conducta con Hazelmere. Estoy convencido, querida mía, de que ninguno de sus elegantes admiradores querrá desposarla ahora –alzó una ceja y su voz solemne se hizo más densa–. Son todos unos arrogantes. Ha perdido usted su oportunidad. Le conviene rebajar sus miras, querida niña. Hazelmere y sus amigos están ahora fuera de su alcance. Debería reconsiderar mi proposición, ¡ya lo creo que sí!

Dorothea, rígida por la furia, intentó controlar su voz.

–Señor Buchanan, se lo diré por última vez: no deseo casarme con usted bajo ninguna circunstancia. Espero que esté lo bastante claro. No cambiaré de opinión. Herbert fue extremadamente insensato al animar sus pretensiones. Lo lamento, pero he de regresar al salón de baile.

Se movió para pasar al lado de Buchanan, que estaba de espaldas a la puerta. Al hacerlo, Desborough, que la había estado buscando por todas partes, apareció en la puerta. La expresión de Dorothea reflejó un profundo alivio. En ese mismo instante, Edward Buchanan la agarró por los hombros e intentó besarla. Ella se resistió, asustada, y apartó la cara.

Casi al instante, Buchanan se vio apartado bruscamente de ella y arrojado contra la pared. Aturdido, se deslizó hasta sentarse en el suelo con las piernas estiradas y expresión bobalicona. Desborough se ajustó la chaqueta y, ofreciéndole el brazo a Dorothea, se dio la vuelta y dijo:

–Dé gracias de que haya sido yo y no Peterborough, Walsingham o, que el cielo no lo permita, el propio Hazelmere. De haber sido cualquiera de ellos, tendría usted ahora unos cuantos moratones y un par de huesos rotos. Le sugiero, señor Buchanan, que deje de molestar a la señorita Darent –con ésas, condujo de nuevo a Dorothea, profundamente agradecida, al salón de baile.

A consecuencia de este incidente, los amigos de Hazelmere no volvieron a dejarla sola ni un instante, ya fuera en un salón de baile, en el parque o en cualquier otra reunión de la alta sociedad.

Hazelmere se esforzaba en controlar a sus nerviosos caballos mientras avanzaban por las calles atestadas de la capital. Una vez pasado el villorrio de Hampstead y enfilado Finchley Common, aflojó las riendas y los caballos bayos salieron al galope. El carruaje comenzó a adelantar, traqueteando, a los coches que viajaban a velocidad normal. Jim Hitchin, que iba encaramado a la parte de atrás, mantenía la boca cerrada y rezaba por que la habitual destreza de su amo no lo abandonara en aquel momento. Jim confiaba en que aminorarían el paso cuando comenzara a caer la noche y las sombras se alargaran, salpicando los caminos de negras manchas que ocultaban agujeros y baches. Sin embargo, no advirtió cambio alguno cuando dejaron atrás Barnet y enfilaron Great North Road en dirección a la posada de George en Harpenden, donde solían pasar la noche en tales ocasiones.

Jim guardaba silencio, más por temor a distraer al marqués que por reticencia. Pero cuando Hazelmere adelantó en una curva cerrada a la diligencia del norte justo antes de llegar a Saint Albans, Jim, aterrorizado, profirió un exabrupto.

–¿Qué pasa, Jim? –preguntó Hazelmere.

–Nada, señor –contestó Jim. Pero, incapaz de contenerse, añadió–: Que si pretende que nos rompamos el cuello, se me ocurren modos más rápidos de hacerlo.

Silencio. Luego, Jim oyó que su amo se reía suavemente.

–Perdona, Jim. Sé que no debería haber hecho eso –y el carruaje aflojó el paso hasta que comenzaron a avanzar a un ritmo más prudente.

Llegaron a última hora del jueves a Lauleigh, el dominio de Hazelmere en el condado de Leicester, entre Melton Mowbray y Oakham. El administrador, un hombre hosco llamado Walton, no se había equivocado al solicitar su presencia. Había una enorme cantidad de trabajo que hacer y empezaron esa misma noche, revisando las cuentas y planificando los quehaceres de los dos días siguientes.

Walton, que se había enterado por Jim del más que probable cambio en los asuntos de su señor, se aseguró de que no quedara pendiente nada que requiriera la autorización de éste. No se hacía ilusiones de contar de nuevo con su presencia en el norte esa temporada.

El sábado por la tarde, Hazelmere decidió darse un descanso y se retiró a su despacho tras informar a Jim de que partirían a primera hora de la mañana. Los acontecimientos de los dos días anteriores, desvinculados por completo de la temporada londinense, habían logrado devolverle la calma. Al obligarse a abordar asuntos tan prosaicos, había conseguido olvidar el torbellino de emociones que había experimentado al separarse de Dorothea.

Aunque al sur del país el tiempo era cálido, en el condado de Leicester soplaba de noche un viento frío y el fuego se hallaba encendido. Sirviéndose una copa, se dejó caer en un cómodo sillón delante del hogar y estiró las largas piernas hacia la chimenea. Sujetó la copa entre las manos y se quedó contemplando las llamas saltarinas. Conjurando la imagen de unos ojos verde esmeralda, se preguntó qué estaría haciendo ella. Ah, sí. El baile de los Melchett. Alejado del interminable ajetreo de Londres durante la temporada, era aún más consciente de cuánto la deseaba a su lado. Su encuentro en el salón de Merion House había tenido cierto aire de fatalidad. Él había cruzado la puerta enfurecido con ella, más por orgullo herido que por legítima indignación. ¡Y qué furiosa se había mostrado ella! Afortunadamente, enseguida le había dicho el porqué. Hazelmere sonrió. En el espacio de unos pocos minutos, habían subvertido todos los dictados de conducta de una joven dama. Hazelmere no lograba imaginar a otra mujer, salvo a su madre quizá, que se hubiera atrevido a insinuar siquiera que sabía de sus amantes, y mucho menos a preguntarle por ellas.

Dado que toda la alta sociedad conocía la naturaleza de su relación con Helen Walford, jamás se le habría ocurrido pensar que alguien pudiera presentarle a Dorothea una versión distinta. Muy astuto, el conde. Hazelmere recordaba vagamente una disputa con monsieur de Vanée acerca de una muchacha que en otro tiempo se había hallado bajo su protección. ¿Cómo se llamaba? ¿Madeline? ¿Miriam? Hazelmere se encogió de hombros mentalmente. Las mentiras del conde, sumadas al incidente con el príncipe, habían causado sin duda el enfado de Dorothea la noche del baile. No era de extrañar que se hubiera sentido ultrajada al verlo con Helen en el parque.

Pero ¿por qué le había lanzado aquella absurda acusación de que ella no era para él más que un desafío? Aunque Marjorie Darent le hubiera sugerido aquella idea, ¿por qué la había creído? Hazelmere bebió un sorbo de coñac francés y sintió cómo se deslizaba cálido por su garganta. No, Dorothea no habría creído los cuentos de Marjorie. Los Darent se habían marchado de Londres el lunes, de modo que Marjorie y Dorothea tenían que haber hablado forzosamente antes. Pero Dorothea se había comportado como de costumbre en la horrenda fiesta del sábado por la noche. Y en el Baile de las Embajadas se había mostrado perfectamente despreocupada hasta que la conducta del príncipe le había abierto los ojos. Pero ni siquiera entonces le había parecido angustiada, sino únicamente molesta, tal y como esperaba. Sólo después, tras hablar con el conde, se había mostrado dolida y casi al borde de las lágrimas. En fin, lo sucedido en el salón de su abuela tenía que haber solventado aquel asunto. Ella no podía haber malinterpretado el significado de aquel beso.

Hasta ese día, a Hazelmere no se le había ocurrido pensar que, al enamorarse de ella, le había otorgado el poder de hacerle daño. Dado su temperamento fuerte y seguro de sí mismo, había muy pocas personas cuya opinión le importara hasta el punto de hacer mella en él: su madre y Alison, Tony y Ferdie y, en menor grado, Helen. Nada más. Y Dorothea le importaba mucho más que todos ellos juntos. Pero si debía soportar aquella vulnerabilidad, lo haría. Dorothea sólo le había vuelto la espalda porque se sentía dolida por los ultrajes ficticios de Hazelmere. Él se aseguraría de que tales malentendidos no volvieran a producirse en el futuro.

Así pues, ¿en qué situación se hallaban ahora? En la misma que antes, salvo por el hecho de que, probablemente, Dorothea ya sabía que la amaba. Suponiendo que los acontecimientos se desarrollaran como pretendía, no había razón para que no estuvieran casados dentro de un mes, más o menos. Entonces, sus frustraciones y las dudas de Dorothea serían cosa del pasado.

Hazelmere apartó la mirada del techo y la fijó de nuevo en las llamas. Se hallaba felizmente enfrascado en salaces fantasías en las que Dorothea tenía un papel destacado cuando su ama de llaves entró para comunicarle que la cena estaba servida.

Hazelmere llegó a Darent Hall, cerca de Corby y no muy lejos de su ruta, justo antes de las diez. Le tiró las riendas a Jim, que había corrido a colocarse junto a la cabeza de los caballos, y le ordenó mantenerlos en movimiento.

Cuando le franquearon el paso al vestíbulo, le dijo al mayordomo:

–Soy el marqués de Hazelmere. Me pregunto si lord Darent podría dedicarme unos minutos.

Reconociendo la calidad del visitante, el mayordomo lo condujo a la biblioteca y fue a informar a su señor. Herbert estaba desayunando tranquilamente cuando Millchin anunció que el muy noble marqués de Hazelmere requería unas palabras con él. Herbert se quedó boquiabierto. Al cabo de un momento se repuso y dijo:

–Muy bien, Millchin, ahora voy, por supuesto. ¿Dónde lo has llevado?

Millchin se lo dijo y se retiró. Herbert se quedó mirando fijamente la puerta. Apenas tenía dudas respecto a las intenciones de Hazelmere, pero Marjorie insistía en que no era de fiar y que, aunque lo fuera, no podía considerársele conveniente. En este caso, le resultaba completamente imposible adherirse a los deseos de su esposa. Herbert ya se sentía molesto antes de entrar en la biblioteca para hablar con Hazelmere, quien de algún modo parecía más a sus anchas en aquella hermosa habitación que su propio dueño.

La entrevista fue breve y concisa, pues fue Hazelmere quien la dirigió. Tras escuchar la solicitud del marqués, Herbert se sintió obligado a confesarle que ya le había dado permiso a Edward Buchanan para dirigirse a Dorothea. Al oír mencionar al señor Buchanan, la mirada de Hazelmere se tornó tan intensa que resultaba incómoda.

–¿Quiere decir que le ha dado permiso a Buchanan para pedir la mano de su pupila sin hacer averiguaciones sobre su procedencia?

La precisa dicción del marqués puso a Herbert aún más nervioso.

–Tengo entendido que el señor Buchanan dispone de una propiedad en Dorset –balbució Herbert–. Y, naturalmente, conoce a sir Hugo Clere.

–Y sin duda habrá sabido por sir Hugo que la señorita Darent ha heredado La Grange. Para su información, Edward Buchanan posee una granja ruinosa en Dorset. Está sin un penique. La única razón de que esté en Londres es que, tras un reciente e infructuoso intento de huir con una heredera local, Dorset es un lugar demasiado embarazoso para él. Me extraña, milord, que se tome usted tan poco interés por sus deberes como tutor de las señoritas Darent –Herbert, colorado de vergüenza, permaneció en silencio–. Supongo que, estando al corriente de mi procedencia y posición social, y dado que mi riqueza está fuera de toda duda, no tendrá objeción en concederme permiso para dirigirme a la señorita Darent.

Su tono sarcástico escoció a Herbert.

–Naturalmente, si desea dirigirse a Dorothea, tiene usted mi permiso –dijo con nerviosismo, y añadió atropelladamente–: Pero ¿y si ella ya ha aceptado a Buchanan?

–Mi querido señor, su pupila es mucho más sensata que usted.

Ya que había obtenido la aprobación de Herbert, lo único que le interesaba era saber el nombre de los notarios de la familia que se encargaría de las capitulaciones matrimoniales. Herbert se mostró extrañamente inseguro al respecto.

–Creo que Dorothea utiliza los servicios de Whitney e Hijos, en Chancery Lane.

El marqués tardó un momento en comprender. Luego preguntó, achicando los ojos:

–Así que, los notarios de la señorita Darent, ¿no son los de usted?

–Una de las alocadas ideas de mi tía –dijo Herbert poniéndose a la defensiva–. Lady Darent tenía las ocurrencias más extrañas. Decidió que era preferible que las dos muchachas controlaran su propia fortuna.

–De modo que –continuó Hazelmere poniéndose los guantes–, cuando la señoritas Darent se casen, ¿el control de sus respectivas fortunas seguirá en sus manos?

–Pues sí –dijo Herbert, mirándolo fijamente–. Pero sin duda eso no le preocupará a usted, ¿no? Las propiedades de Dorothea no son nada comparadas con las suyas.

–Oh, desde luego –dijo Hazelmere–. Me estaba preguntando únicamente si le dio usted esa información al señor Buchanan. ¿Lo hizo?

Herbert se quedó pasmado.

–No. No me lo preguntó.

–Ya me parecía –dijo Hazelmere esbozando una cínica sonrisa.

Como no tenía ningún deseo de disfrutar de la compañía de sus futuros parientes, Hazelmere salió al vestíbulo y descubrió que no estaba destinado a escapar de un encuentro con Marjorie Darent. Ésta, que presentaba un aspecto aún más severo que de costumbre, le lanzó a su marido tal mirada que Hazelmere casi sintió lástima por él.

–Lord Hazelmere... –comenzó ella.

Pero el marqués estaba decidido a mantener las riendas de la conversación.

–Lady Marjorie –dijo–, estoy seguro de que me perdonará por no poder prolongar mi visita. He concluido el negocio que me ha traído aquí y es sumamente urgente que regrese a Hazelmere de inmediato. Mi madre, ¿comprende usted?

–¿Lady Hazelmere está enferma? –preguntó Marjorie.

Hazelmere, que no deseaba que su madre recibiera cartas de condolencia deseándole una pronta recuperación, se limitó a adoptar una expresión muy seria.

–Me temo que no puedo hablar de este asunto. Estoy seguro de que lo entenderá usted.

El marqués inclinó elegantemente la cabeza sobre su mano, saludó a Herbert con una leve reverencia y se marchó.

Llegó a Hazelmere el lunes por la tarde. Su madre estaba descansando, de modo que, advirtiendo el destello de la mirada de su administrador, dedicó su atención a los pequeños asuntos que Liddiard le tenía reservados. Demoró su aparición en el salón hasta justo antes de la cena. Sin la presencia de los criados, su madre se apresuraría a preguntarle por el motivo de su visita, y prefería afrontar su interrogatorio después de la cena.

Entró en el salón delante de Penton, su mayordomo. Lady Hazelmere, que se había dado cuenta de su estrategia, le hizo una mueca cuando él se inclinó para besarla en la mejilla. Hazelmere se limitó a dedicarle una sonrisa que sabía la enfurecía, dándole a entender que era perfectamente consciente de lo que ella quería decirle, pero que no tenía deseo alguno de escucharlo. Al menos, todavía no. Lady Hazelmere concluyó que su hijo se parecía cada vez más a su difunto marido.

Durante la cena, el marqués contó sin cesar triviales anécdotas sobre los acontecimientos sociales que se habían sucedido desde que lady Hazelmere abandonara Londres. Su madre, sabiendo que no diría nada de importancia delante de los criados, procuraba escuchar con interés. Por fin, después de que los sirvientes recogieran la mesa y se retiraran, lanzó un profundo suspiro.

–Y ahora ¿vas a decirme qué haces aquí?

–Sí, mamá –contestó él dócilmente–. Pero creo que estaríamos más cómodos en tu saloncito.

El saloncito de lady Hazelmere era un alegre apartamento situado en la primera planta de la enorme casa de campo. Las cortinas ya estaban echadas, cerrando el paso a la luz del atardecer, y un pequeño fuego ardía alegremente en la chimenea. Lady Hazelmere se sentó en su sillón favorito, junto al hogar, y su hijo acercó otro sillón al fuego y se sentó frente a ella. Luego le lanzó una sonrisa a su madre, que no podía disimular su impaciencia. Lady Hazelmere, acostumbrada a tales tácticas, preguntó bruscamente:

–¿Por qué has venido a verme?

–Como acertadamente supones, para decirte que tengo intención de pedir la mano de Dorothea Darent.

–Te encuentro muy puntilloso.

–Ya sabes que siempre lo soy. En tales asuntos, al menos.

Su madre, consciente de que aquello era cierto, ignoró su comentario.

–¿Cuándo será la boda?

–Como aún no se lo he preguntado a ella, no lo sé. Si fuera por mí, lo antes posible.

–Confieso que me extrañaba que tuvieras tanta paciencia.

Él se encogió de hombros.

–Me pareció buena idea esperar. Dorothea acababa de llegar a la ciudad y, si me rechazaba, ello habría causado inconvenientes a ciertas personas.

–Sí, ya lo imagino. Pero ¿por qué has cambiado de idea?

Él la miró con fijeza.

–¿No te ha escrito lady Merion esta semana?

–Pues sí –admitió ella–. Pero preferiría que me lo contaras tú mismo.

Hazelmere suspiró y resumió sucintamente los acontecimientos que habían precedido a su marcha de la capital. Habló también de los dos intentos de secuestro que había sufrido Dorothea, y supo que su madre ya estaba al corriente de ello a través de lady Merion. Cuando acabó, lady Hazelmere lo miró con perplejidad.

–Pero, si Dorothea está en peligro, ¿por qué andas por ahí, recorriendo el país?

–Porque los otros están cuidando de ella y me pareció más sensato casarme con ella cuanto antes y apartarla del peligro de una vez por todas –explicó él pacientemente–. Como tenía que ir a Lauleigh, en el camino de vuelta le hice una visita a Herbert Darent.

Su madre asintió finalmente.

–Sí, supongo que tienes razón, como siempre. Imagino que Herbert se puso loco de contento.

–Pues, en realidad, no –contestó él con una sonrisa–. Creo que esa espantosa mujercita suya le ha convencido de que no soy más que un crápula al que no conviene admitir en la familia –lady Hazelmere se quedó sin habla. Al cabo de un momento, Hazelmere dijo–: Supongo que cuento con tu aprobación.

Su madre procuró dejar a un lado sus cavilaciones acerca de la estrechez de miras de lady Darent.

–¡Por supuesto! Dorothea es un gran partido. En realidad –dijo–, es un partido excelente, y entre sus numerosas cualidades puede preciarse de haber logrado la hazaña de atraer tu interés.

–Exactamente –contestó él, divertido–. Y, dado que me he tomado grandes molestias para que la relación que nos une quedara clara a ojos de todo el mundo, no creo que el anuncio sorprenda a nadie.

–¡Cuando pienso en el vals del baile en Merion House! –Anthea Henry cerró los ojos y continuó con voz suave–. ¡Qué conmoción viniendo de ti, querido!

Hazelmere contestó:

–Tenía que apostar fuerte, mamá.

Ella abrió los ojos con expresión divertida.

–¡Y lo conseguiste! Hiciste que a todas esas arpías se les pusiera el pelo de punta.

Madre e hijo dejaron que la conversación expirara mientras ambos revivían agradables recuerdos. Por fin, lady Hazelmere se removió, inquieta.

–¿Cuándo piensas hablar con ella?

–En cuanto pueda verla. El miércoles, seguramente. Si está de acuerdo, vendremos aquí a pasar unos días. Imagino que será conveniente que vea la casa.

Lady Hazelmere suspiró. La carta que había recibido de

lady Merion era perfectamente ingenua. Estaba claro que, dejando a un lado pequeños malentendidos, su arrogante hijo había triunfado, como siempre, y todo se haría conforme a su deseo. Incluso la testaruda Dorothea había entrado aparentemente por el aro. Si las cosas continuaban así, Marc pronto se mostraría completamente imposible. Ella había depositado tantas esperanzas en Dorothea... Pero por lo menos ahora tendría una nuera. Dorothea y ella podrían intercambiar anécdotas acerca de su indomable hijo, aunque sólo fuera eso. Y, conociendo a Marc, era de esperar que le diera un nieto antes de transcurrido un año. Aquella idea la entusiasmaba. Así pues, resignada, se limitó a decir:

–Sí, sería muy oportuno. Habrá que redecorar las habitaciones contiguas a las tuyas.

13

Hazelmere regresó a Londres con un nuevo tiro de caballos negros, dejando a los bayos en el campo para que recobraran fuerzas. El carruaje entró a toda prisa en los prados de la parte de atrás de Hazelmere House a última hora de la tarde. Salía del establo hablando con Jim de las monturas nuevas justo cuando Ferdie entraba en los prados llevando dos caballos.

Ferdie, que estaba harto de su papel de guardián y confidente, se alegró de ver a su primo. Desmontó y, al darle las riendas a Jim, pensó que la procedencia de los caballos que montaban las hermanas Darent era uno de los secretos mejor guardados de aquel asunto. Imaginaba qué diría Dorothea cuando supiera que su yegua baya pertenecía a Hazelmere. Esperaba que cuando se enterara ya estuvieran casados y ella pudiera discutir el asunto con Hazelmere y no con él. Se volvió hacia su primo.

–¡Cuánto me alegro de que hayas vuelto!

–¿Ah, sí? –Hazelmere frunció las cejas inquisitivamente.

–No es que haya pasado nada –se apresuró a decir Ferdie–. Pero Dorothea intuye que pasa algo y yo ya no sé qué decirle.

–¡Pobre Ferdie! Cualquiera diría que esto es demasiado para ti.

–Pues sí, lo es –replicó Ferdie, exasperado–. Dorothea ha convertido a todos tus amigos en sus más devotos admiradores. ¡Oh, sí! No te lo esperabas, ¿eh? –tuvo la satisfacción de ver que los ojos castaños del marqués se agradaban. Asintiendo con decisión continuó–: Me temo que en tu ausencia ha sido ella quien ha llevado las riendas, no nosotros.

Hazelmere suspiró.

–Ya veo que me equivoqué al pensar que podía dejar a la señorita Darent a vuestro cargo. Debí imaginar que sería al revés. ¿Por qué demonios le habéis permitido apoderarse del látigo? Está claro que tendré que intervenir y salvaros a todos.

–Te conviene hacerlo, porque es a ti a quien ama, no a nosotros. Nunca he visto una mujer capaz de hacernos bailar a todos al son que ella marca. Será mejor que la hagas tu esposa cuanto antes.

Hazelmere se echó a reír.

–Créeme, Ferdie, eso pienso hacer... lo antes posible. Pero creo que esta noche no. Hoy es la cena de Alvanley. No recuerdo si hay algo más.

–No, nada de importancia. Yo voy a acompañar a Dorothea y a Cecily a una fiestecita en casa de lady Rothwell. Sólo asistirán los más jóvenes, así que espero que sea una noche tranquila. Pero no te preocupes. Mañana será toda tuya.

–¡Oh, desde luego que sí! –mientras entraban en Cavendish Square, añadió–: En realidad, puedes contribuir a tu propia liberación informando a Dorothea de que iré a verla mañana por la mañana.

Ferdie miró a su primo con recelo y contestó:

–Está bien, se lo diré. Pero seguramente insistirá en ir a

montar a caballo o se acordará de repente de algún compromiso importante.

–En ese caso –dijo Hazelmere con voz suave, esbozando una sonrisa–, será mejor que añadas en tu tono más persuasivo que le conviene que la próxima vez que nos encontremos sea en privado y no en público.

Ferdie, que dudaba de poder trasmitir tal mensaje con la misma energía que Hazelmere, se limitó a asentir de mala gana.

–Sí, de acuerdo, supongo que con eso bastará.

–Te garantizo que sí –añadió Hazelmere, muy serio. Riéndose al ver la cara de fastidio de su primo, le dio una palmada en el hombro y entró en su casa, dejando que Ferdie regresara a pie a su casa.

Unas dos horas después, Fanshawe estaba intentando atarse la corbata a la última moda cuando tocaron a su puerta con inusual insistencia. Maldiciendo, abandonó su último intento y le dijo a su ayuda de cámara, que permanecía callado con un montón de corbatas limpias entre los brazos, que fuera a ver quién demonios era. Un minuto después, cuando se hallaba de nuevo enfrascado en su tarea, la puerta se abrió.

–Hartness, ¿quién ha planchado estas corbatas? Están tan lacias que no puede hacerse nada con ellas.

Una voz divertida contestó:

–El mal alfarero siempre le echa la culpa al torno.

Fanshawe se giró, arruinando cualquier posibilidad de anudarse correctamente la corbata.

–Ah, ¿ya has vuelto?

–Eso parece –dijo Hazelmere–. A fin de cuentas, dije que volvería.

–Contigo nunca se sabe. ¿Adónde has ido? ¿A Leicester?

–A Lauleigh, a Darent Hall y a Hazelmere –respondió el marqués.

Fanshawe se tomó un momento pare digerir la noticia.

–Ya me lo imaginaba –dijo con vivacidad–. ¿Has visto ya a Dorothea?

–No. Pensaba que, después de andar por ahí recorriendo el país, me merecía la cena de Alvanley. Y Ferdie dice que esta noche van a una fiesta aburridísima, así que no creo que pase nada hasta mañana.

–Mañana. Bien. ¿Y dónde dices que está Darent Hall?

–Ah, de modo que ¿el viento sopla en esa dirección?

–Tú no eres el único que puede decidir de repente y por razones desconocidas casarse con una mujer acostumbrada a hacer su santa voluntad –contestó Fanshawe divertido.

Riendo, Hazelmere dijo:

–Está en el condado de Northampton, no muy lejos de Corby. Es fácil de encontrar, si preguntas. Espera. Por el amor de Dios, deja que te ate esa corbata, o Jeremy empezará a preguntarse dónde nos hemos metido. ¡Estate quieto! –ató rápidamente la corbata de su amigo–. Ea, ya está. Ahora, vámonos.

Fanshawe admiró el resultado y dijo en tono pensativo:

–No está mal.

Hazelmere le tiró la chaqueta a la cabeza. Fanshawe se echó a reír y, poniéndosela, se reunió con su amigo en las escaleras.

Jeremy Alvanley tenía la costumbre de ofrecer una cena a sus amigos íntimos una vez al año desde hacía seis. Aquella cena se había convertido en un acontecimiento para sus invitados, en un festín sólo para caballeros en el que se servían los mejores vinos para ayudar a bajar los manjares del menú. Todos sus amigos hacían lo posible por asistir, y la ocasión solía resultar extremadamente divertida. La cena de ese año no fue una excepción. La conversación fluyó tan libremente como el vino y consistió en su mayor parte en regalar a Hazelmere con el relato de las tribulaciones que habían afrontado para vigilar a la señorita Darent. Todos ellos estaban al corriente del incidente en el parque, pero ninguno podía imaginar lo sucedido después. Sin embargo, conocían bien a Hazelmere y por ello les había sorprendido sobremanera la conducta subsiguiente de Dorothea. Hallando a Hazelmere de tan buen humor, ninguno de ellos sabía qué pensar. Pero, como a él parecía divertirle sinceramente el relato de sus dificultades, aprovecharon todas las ocasiones que se les ofrecieron para convencerlo de lo ardua que había sido su labor.

Aunque ellos no lo supieran, sus historias confirmaron lo que Ferdie y luego Fanshawe le habían dicho a Hazelmere: que Dorothea había tomado el mando al darse cuenta de que, hasta cierto punto, todos actuaban a las órdenes del marqués. Resultaba evidente que había logrado cautivarlos a todos. A Hazelmere le alegró saber que el único modo que habían encontrado sus amigos de escapar a los sutiles interrogatorios de Dorothea era invocar su nombre. El hecho de que aquella artimaña hubiera tenido éxito demostraba que Dorothea sabía perfectamente cómo tratar con aquel grupo de caballeros a quienes él consideraba de entre los más resistentes a los ardides femeninos.

En el transcurso de la velada, Desborough se acercó a su silla para hablarle de Edward Buchanan. Hazelmere frunció el ceño. Luego se encogió de hombros.

–Debí imaginarme que intentaría algo así. Afortunadamente, tú estabas allí.

Desborough esbozó una rápida sonrisa y se alejó.

Después de la cena, era su costumbre pasar en White's el

resto de la velada o, mejor dicho, hasta las primeras horas del día siguiente. A las once, estaban ya enfrascados en una partida.

Ferdie, Dorothea y Cecily llegaron a casa de lady Rothwell a las ocho en punto y encontraron un carruaje esperando para llevarlos a una fiesta sorpresa en Vauxhall. Ni Dorothea ni Ferdie mostraron entusiasmo ante la idea; Cecily, en cambio, se mostró encantada. Dado que era prácticamente imposible excusarse, Dorothea y Ferdie se vieron forzados a aceptar el cambio de planes cortésmente.

Lady Rothwell había alquilado en los jardines de recreo un reservado que miraba a la zona de baile, alegremente iluminada por guirnaldas y linternas de colores. Los invitados más jóvenes se reunieron en la pista de baile, mientras Dorothea y Ferdie permanecían en el reservado, observando la escena. Lady Rothwell vigilaba maternalmente desde su asiento a los jóvenes a su cargo.

Dorothea había oído que ese día se esperaba el regreso de Hazelmere. Cada vez dedicaba más tiempo a pensar en su siguiente encuentro. Al ver su expresión pensativa, Ferdie recordó el recado de su primo. Pero no podía dárselo a Dorothea delante de lady Rothwell.

—¿Le apetecería ver la Fuente de las Hadas, señorita Darent?

Dorothea no tenía ganas de ver la Fuente de las Hadas, pero le pareció extraño que Ferdie pensara que podía apetecerle. Luego advirtió que él inclinaba levemente la cabeza e, intrigada, dijo que sí. Lady Rothwell no puso objeción alguna y Dorothea abandonó el reservado del brazo de Ferdie. Una vez fuera del alcance de la vista y el oído de lady Rothwell, Dorothea no perdió ni un instante.

—¿Qué querías decirme, Ferdie?

Pensando que Dorothea tenía la mala costumbre de hacer imposible que se llegara a las cosas paso a paso, Ferdie respondió llanamente:

–He visto a Hazelmere esta tarde. Me ha dado un mensaje para ti.

–¿Ah, sí? –dijo ella, alzando el mentón.

A Ferdie no le gustó su tono y, tras llegar a la conclusión de que debería haberle dicho a su primo que diera él sus propios mensajes, se vio obligado a continuar.

–Me ha pedido que te diga que irá a verte mañana por la mañana.

–Entiendo. ¡Qué lástima que no pueda verlo! Creo que mañana por la mañana tengo que visitar a unos amigos.

–Eso le dije yo –Ferdie asintió sagazmente. Al ver la mirada irónica de Dorothea, se apresuró a continuar–. Le dije que probablemente tendrías algún compromiso.

–¿Y?

Ferdie, a quien cada vez le gustaba menos su papel, respiró y añadió con firmeza:

–Me dijo que te dijera que te convenía que os vierais en privado y no en público.

Aquella amenaza apenas velada dejó a Dorothea sin habla. Observando sus ojos centelleantes, Ferdie decidió que era hora de regresar a un lugar más seguro y populoso que el camino desierto que habían tomado.

–Te llevaré de vuelta con lady Rothwell –dijo.

Sofocada, Dorothea dejó que la tomara del brazo y ambos volvieron sobre sus pasos. Ella estaba enfadada. Peor aún, ¡estaba furiosa! ¿Cómo se atrevía él a hacerle llegar una orden? Sin embargo, mientras regresaba al reservado al lado de Ferdie, fue recuperando el sentido común. Si debía fiarse de su último encuentro con Hazelmere, lo más sensato sería no provocarlo más de la cuenta. La idea de negarse a aceptar aquella entrevista sólo para encontrarse con él en medio de una salón de baile bastaba para convencerla de la conveniencia de acceder a su petición.

Poco después de que Dorothea y Ferdie se marcharan, Cecily, que se lo estaba pasando en grande, se reunió con lady Rothwell acompañada por el hijo de ésta, lord Rothwell. Notando que Cecily estaba sofocada, lady Rothwell mandó a su hijo a buscar hielo al pabellón. Cecily se sentó a su lado y estaba describiéndole vivamente las vistas cuando fueron interrumpidas por una llamada a la puerta.

A instancias de lady Rothwell, un criado pulcramente vestido entró en el palco.

–¿Lady Rothwell?

–¿Sí?

–Traigo un mensaje urgente para la señorita Cecily Darent –el hombre le mostró una carta sellada.

Lady Rothwell inclinó la cabeza, Cecily tomó la carta, rompió el sello y desdobló la única hoja que contenía. Al leerla, palideció. Se dejó caer, exangüe, en una silla, y dejó que lady Rothwell le quitara la carta de las manos temblorosas.

–¡Cielo santo! –exclamó lady Rothwell, leyendo rápidamente la misiva–. ¡Querida mía, cuánto lo siento!

–Debo ir con él –dijo Cecily–. ¿Dónde está mi capa?

–¿No crees que deberías esperar a Dorothea y Ferdie?

–¡Oh, no! Podrían tardar media hora o más. Seguramente no será indecoroso que vaya. No debo retrasarme. Oh, por favor, lady Rothwell, por favor, dígame que puedo ir.

Lady Rothwell no pudo resistirse a la mirada implorante de Cecily, pero, al verla desaparecer por el camino en dirección a la salida de carruajes en compañía del criado de Fanshawe, sintió un profundo desasosiego. Diez minutos después, Ferdie y Dorothea volvieron al palco. Lady Rothwell había despedido a su hijo y estaba intentando librarse de la inquietante sospecha de que se había equivocado al permitir que Cecily se fuera. Alzó la mirada con alivio.

–¡Oh, Ferdie! Cuánto me alegro de verte. Y a ti también, querida. Cecily ha recibido un mensaje de lo más inquietante y se ha ido con un hombre de lord Fanshawe.

Ni Ferdie ni Dorothea comprendieron nada, pero viendo la carta que lady Rothwell sostenía, Ferdie la tomó.

A la señorita Cecily Darent:

Le escribo de parte de lord Fanshawe, quien en este momento se encuentra en mi consulta tras haber sufrido graves heridas en un accidente reciente. Su excelencia se encuentra malherido y pregunta por usted. Le envío esta nota por medio de uno de sus sirvientes y confío en que, si la encuentra, permitirá usted que dicho hombre, a quien su excelencia considera de plena confianza, la conduzca junto a lord Fanshawe. No necesito añadir que el tiempo es esencial.

Suyo, etcétera,

James Harten, cirujano

–¡Oh, Dios mío! –exclamó Dorothea.

–¡Embustero! –dijo Ferdie.

–¿Cómo has dicho? –preguntó Dorothea.

–Esta carta –explicó él–. Es falsa.

–Pero ¿cómo lo sabes? –gimió lady Rothwell.

–Porque sé que esta noche es la cena de Alvanley y que luego siempre van a White's. Todos los años hacen lo mismo. Así que, esté donde esté Tony, Marc está con él. Y Marc no hubiera permitido esto. Puede que ustedes no lo sepan, pero yo sí. Hazelmere es extremadamente quisquilloso para ciertas cosas.

Dorothea, que sabía que aquello era cierto, dio voz a sus pensamientos.

–Pero, si la carta es falsa, ¿qué se propone quien la haya enviado?

Ferdie se dio cuenta de que todos habían cometido un error al olvidar que había dos señoritas Darent. Dorothea y lady Rothwell aguardaban una respuesta.

–Lamento tener que decir esto, pero me temo que haya sido secuestrada.

–Sabía que había algo raro –gimió lady Rothwell–. ¡Oh, Dios mío! ¿Qué le voy a decir ahora a Hermione?

–Ferdie, ¿qué debemos hacer? –preguntó Dorothea sin perder el tiempo en histerismos.

Ferdie se detuvo a pensar un momento.

–¿Quién más sabe lo de esta carta?

–Nadie –respondió lady Rothwell–. William había ido por hielo en ese momento, y no quise enseñársela.

–Bien. Dorothea y yo volveremos a Merion House. Si envían algún mensaje o alguna exigencia, lo harán allí. Lady Rothwell, usted le dirá a todo el mundo que Dorothea no se encontraba bien y que Cecily y yo la llevamos a casa.

Lady Rothwell aprobó el plan.

–Sí, muy bien. Y Dorothea, dile a Hermione que no le diré nada a nadie. Me siento responsable por haber permitido que Cecily se fuera y me asusta pensar lo que tu abuela pueda pensar de mí, querida.

Dorothea asintió y murmuró unas palabras de agradecimiento para tranquilizarla antes de que Ferdie y ella se marcharan en busca de un carruaje. A pesar de los esfuerzos del cochero, el viaje a Cavendish Square les llevó veinte minutos. Mellow les abrió la puerta, sorprendido, y al entrar encontraron, como esperaban, una carta recién entregada y dirigida a Dorothea. Lady Merion había acudido a una partida de naipes en casa de la señorita Berry y tardaría horas en volver.

Ferdie llevó a Dorothea al salón, cerró la puerta y señaló la carta.

–Será mejor que la abras. Tenemos que saber qué quieren.

Dorothea rompió el sello y leyó el contenido de la única hoja mientras Ferdie miraba por encima de su hombro.

Mi querida señorita Darent:

Tengo a su hermana en mi poder. Si desea volver a verla, hará exactamente lo que le diga. Salga inmediatamente en su carruaje hacia la posada del Castillo, en Tadworth, al sur de Banstead. No lleve a nadie consigo o no obtendrá nada de su visita y la reputación de su hermana quedará irreversiblemente dañada. Si no llega antes del amanecer, me veré forzado a concluir que ha informado usted a las autoridades y tendré que huir del país, llevándome a su hermana. Estoy seguro de poder confiar en su buen sentido.

Su sincero servidor,

Edward Buchanan.

–¡Dios mío! ¡El muy canalla! –exclamó Ferdie, asqueado–. No puedes ir a ese sitio de ninguna manera –tras una pausa, añadió–: Pero alguien tendrá que ir.

La mente de Dorothea trabajaba a toda prisa. En cierto modo, era culpa suya que Cecily hubiera sido secuestrada. ¡Ojalá hubiera estado más pendiente de su hermana y menos enfrascada en sus propios asuntos! Era a Cecily a quien habían ido a buscarle un marido en Londres. Tal vez debería haberse mostrado más firme con Edward Buchanan, aunque no veía cómo. Tras sopesar sus alternativas, le dijo a Ferdie:

–Sí, ¿pero quién? ¿Y cómo?

Ferdie no tenía dudas al respecto.

–Lo mejor que podemos hacer es buscar a Hazelmere.

Tony estará con él y ellos sabrán qué hacer. A Marc se le dan bien estas cosas.

La mirada ausente de Dorothea se posó bruscamente en el rostro de Ferdie. No le costó comprender su comentario. Pero por dentro dejó escapar un gemido. El recuerdo de la situación en que se hallaba con el marqués volvió a ocupar su foco de atención. Después del modo en que se habían despedido, lo último que necesitaba era aquello. No soportaba la idea de volver a verlo para pedirle serenamente que rescatara a su hermana, la cual era responsabilidad suya, de las garras de uno de sus inoportunos admiradores.

–No, Ferdie –dijo con firmeza–. No hay necesidad de complicar en esto a Hazelmere, ni a Fanshawe, ni a nadie más.

Ferdie la miró perplejo. Luego, durante diez minutos, intentó disuadirla. Al fin Dorothea sugirió una solución de compromiso.

–Si vas a buscar a mi abuela, ella sabrá qué hacer.

Aliviado, Ferdie partió hacia el domicilio de la señorita Berry.

Algo más de una hora después, Mellow le abrió la puerta a su señora. Al llegar a la linda casita de las señoritas Berry, Ferdie le había hecho llegar una nota avisándola de que Dorothea estaba enferma y que, por consiguiente, se requería su presencia en Merion House. Pero, en lugar de salir ella, había hecho entrar a Ferdie. Lady Merion estaba enfrascada en una emocionante partida y quería saber cuán gravemente enferma se hallaba su nieta, a la que había visto por última vez sana como una manzana. Bajo la mirada divertida de lo que parecía la mitad de la alta sociedad londinense, Ferdie se había visto forzado a asegurarle a lady Merion que el estado de Dorothea no era crítico. Sonriendo, ella había terminado tranquilamente la partida.

Ahora, sin embargo, mientras le entregaban a Mellow su manto de pieles, lady Merion no parecía en absoluto complacida. La preocupación había puesto un ceño sobre sus sagaces ojos azules cuando entró en el salón. Ferdie la siguió y cerró la puerta.

–¿Dónde está Dorothea? –preguntó lady Merion.

Ferdie miró perplejo la habitación, casi como si esperara encontrar a Dorothea escondida en un rincón. Sus ojos claros se detuvieron al ver un pedazo de papel prendido a una esquina del espejo del aparador.

Lady Merion, que había seguido su mirada, se acercó y recogió el sobre. Iba dirigido a ella. Extrajo la hoja que contenía. Luego, agitando nerviosamente una mano, se dejó caer en un sillón. Palideció bajo los polvos de arroz, pero al hablar su voz sonó firme.

–¡Condenada chiquilla! Se ha ido a buscar a Cecily.

–¿Qué?

–¡Como lo oyes! –lady Merion leyó la nota otra vez–. Un montón de tonterías acerca de que se siente responsable de este lío –soltó un bufido–. Dice que ella puede apañárselas con Buchanan.

Siguió un silencio prolongado que, por una vez, demasiado enfadado para decir nada, Ferdie no se apresuró a romper. Lady Merion habló de nuevo.

–No estoy segura de que pueda vérselas con ese hombre. Creo que deberíamos avisar a Hazelmere de todos modos. Dorothea parece oponerse a ello, pero, dadas las circunstancias, creo que debemos decírselo. Es hora de que mi nieta se dé cuenta de que, dado que está prácticamente comprometida con él, no puede marcharse así como así, y mucho menos ocultárselo a Hazelmere –sus agudos ojos azules se posaron en Ferdie–. Bueno, ¿dónde lo buscamos?

Ferdie pareció reanimarse.

–Esta noche es fácil. Escriba una nota y se la mandaremos a White's. Una noche al año, se puede estar seguro de que estará allí.

Lady Merion asintió y, acercándose al pequeño escritorio, garabateó una nota para Hazelmere. Ferdie, enfrascado en sus pensamientos, alzó la mirada mientras ella sellaba la carta.

–No ponga la dirección. Lo haré yo.

Lady Merion enarcó las cejas, pero se levantó del asiento sin decir nada. Ferdie tomó la pluma, frunció el ceño y escribió en la parte delantera del sobre el título completo de su primo. Luego llamó a Mellow, puso la nota en sus manos y le dio orden de que fuera llevada de inmediato a White's. No se esperaba respuesta. Junto a Lady Merion, se sentó a esperar.

Tal y como había predicho Ferdie, lord Hazelmere y lord Fanshawe se hallaban en sus sitios de costumbre en el salón de juegos. Hazelmere manejaba la banca, y el resto de la mesa, compuesta por sus amigos, se esforzaba en hacerla saltar. Llevaban algo más de una hora jugando y acababan de meterse de lleno en la partida.

Hazelmere, que estaba repartiendo la siguiente mano, se sorprendió al ver que un lacayo se acercaba a él llevando una bandeja con una carta. Acabó de repartir las cartas, recogió la carta y, tras mirar las señas, usó un abrecartas de plata para romper el sello. Dejó la misiva sobre la mesa y fijó de nuevo su atención en las cartas.

Había reconocido al instante la letra de Ferdie, pero no acababa de comprender por qué su primo empezaba de pronto a mandarle cartas utilizando su título completo. En realidad, no comprendía por qué Ferdie le mandaba una carta a aquellas horas de la noche. A pesar de que mantenía sólo la mitad de su atención en el juego, logró completar la primera ronda y, mientras los otros jugadores se pensaban sus apuestas, abrió la carta.

Al instante comprendió el repentino cambio de comportamiento de Ferdie. Leyó rápidamente los renglones y procuró controlar la expresión de su rostro para que sus acompañantes no notaran nada. La carta decía:

Mi querido Hazelmere:

Cecily ha sido secuestrada por Edward Buchanan. En una nota, ha exigido la presencia de Dorothea en cierta posada. Tras mandar a Ferdie en mi busca, Dorothea ha partido hacia la posada. Ferdie cree que tal vez tú puedas hacer algo. Estamos en Merion House.

Afectuosamente,

Hermione Merion

Hazelmere dobló de nuevo la carta y miró pensativo sus naipes. Luego, guardándose el sobre en el bolsillo de la chaqueta, fijó de nuevo su atención en el juego, al que puso fin rápidamente negándole a Markham la oportunidad de subir su apuesta. Echó la silla hacia atrás y le indicó a un lacayo que retirara su montón de fichas de encima de la mesa.

–Lo siento mucho, amigos míos, pero tendréis que continuar sin mí –dijo suavemente.

–¿Algún problema? –preguntó Peterborough.

–Espero que no. Pero, de todos modos, tengo que regresar a Cavendish Square. ¿Te encargas tú de la banca, Gerry?

Mientras Hazelmere y Peterborough concluían la transferencia de la banca, Fanshawe miró ceñudo la mesa. Él también había reconocido la letra de Ferdie. Por fin logró atraer la mirada de Hazelmere y enarcó las cejas inquisitivamente. Su amigo inclinó un poco la cabeza, y él también se retiró de la partida. Minutos después, ambos amigos bajaban las escaleras de White's. Una vez fuera, Fanshawe preguntó:

–¿Qué ocurre? ¿Es tu madre?

Hazelmere sacudió la cabeza.

–Te equivocas de lado de Cavendish Square –sin más comentarios, le tendió la carta. Se pararon bajo una farola para que Fanshawe la leyera.

–¡Dios mío! ¡Cecily!

–Me temo que hemos protegido tanto a Dorothea que ese tipo ha cambiado de planes –viendo que Fanshawe seguía mirando fijamente la carta, Hazelmere se la quitó de las manos con firmeza, diciendo–: Creo que deberíamos darnos prisa.

Recorrieron el camino a Merion House en menos de diez minutos. Mellow, sumamente intrigado, les franqueó el paso, pero Hazelmere no aguardó a que los anunciara y entró directamente en el salón. Lady Merion se levantó de su asiento.

–¡Gracias a Dios que estáis aquí! –a pesar de sus esfuerzos por mantener la calma, aquel golpe inesperado estaba haciéndole mella. Ya no era una mujer joven.

Hazelmere esbozó una sonrisa tranquilizadora y, tras inclinarse sobre su mano, la hizo sentarse de nuevo. Notando que al otro lado de la habitación se levantaba un creciente revuelo mientras Fanshawe intentaba recomponer lo ocurrido, el marqués se apresuró a intervenir.

–Creo que deberíamos empezar por el principio.

Su voz cortó con eficacia el altercado. Fanshawe y Ferdie lo miraron; luego, Fanshawe depuso su postura beligerante y Ferdie su postura defensiva. Se sentaron, Ferdie frente a lady Merion y Fanshawe en un sillón que llevó desde el otro lado de la habitación. Hazelmere asintió, complacido, y se sentó al borde del diván.

–Empieza tú, Ferdie.

–Como decía, llevé a Dorothea y a Cecily a casa de lady Rothwell. Todos creíamos que iba a ser una fiestecita tranquila, pero acabó convirtiéndose en una visita a Vauxhall.

–¿No pudiste impedirlo? –lo interrumpió Fanshawe.

Ferdie miró a Hazelmere y respondió:

–Sabía que no iba a gustaros, pero no pude hacer nada. Dorothea y Cecily no lo habrían entendido. No podíamos poner una excusa y marcharnos.

Hazelmere asintió.

–Sí, comprendo. Y entonces ¿qué?

–Al principio, todo parecía ir bien. No ocurrió nada extraño. Sólo había gente muy joven y ningún personaje importante. Llevé a Dorothea a dar un paseo –inclinando la cabeza hacia Hazelmere, le explicó–: Para darle tu recado. Cuando volvimos al reservado, lady Rothwell nos dijo que Cecily se había ido. Un criado le había llevado una carta –sacando del bolsillo de su chaqueta la carta, continuó–: El tipo le dijo a lady Rothwell que trabajaba para ti, Tony. Aquí está la carta.

Le entregó la nota arrugada a Fanshawe. A medida que la leía, la cara de éste fue crispándose. Dándosela a Hazelmere, miró a Ferdie.

–¿Y Cecily se fue con ese hombre?

–Lady Rothwell intentó detenerla, pero ya sabes cómo es Cecily. Después, volvimos directamente aquí.

–Un momento. ¿Sabe alguien más, aparte de lady Rothwell, lo que ha ocurrido? –preguntó Hazelmere.

–No, afortunadamente –contestó Ferdie–. Y ella ha prometido guardar silencio. Dirá que Dorothea estaba indispuesta y que Cecily y yo la acompañamos a casa.

–Es una buena amiga –dijo lady Merion–. No dirá nada.

–¿Y luego? –preguntó Hazelmere con impaciencia.

–Encontramos la carta de Buchanan esperándonos cuando llegamos aquí.

–¿Dónde está la carta? –preguntó Fanshawe.

–Lady Merion y Ferdie intentaron recordar dónde la habían puesto. Entonces lady Merion cayó en la cuenta de que estaba sobre el escritorio. Hazelmere la recogió y permaneció de pie mientras leía la hoja y Fanshawe miraba por encima de su hombro.

–¿Es la misma letra que la de las otras? –preguntó Fanshawe.

Hazelmere asintió.

–Sí, es la misma. Así que era Edward Buchanan desde el principio –dobló la carta y regresó al diván–. ¿Qué ocurrió después?

–Sugerí que enviáramos a buscaros. Me parecía lo mejor. Dorothea no estaba de acuerdo. Insistía en que no hacía falta. Yo no lo entendía. Luego sugirió tranquilamente que avisáramos a lady Merion. ¡Y tan campante! A mí me pareció buena idea, así que fui en su busca. No sabía que ella se marcharía en cuanto me diera la vuelta. ¡No me dijo nada en absoluto! –Ferdie volvió a ponerse furioso.

Hazelmere sonrió. Lady Merion frunció el ceño.

–¿Y bien? ¿No vais a ir tras ella?

Hazelmere enarcó las cejas con cierta arrogancia.

–Por supuesto. Aunque me atrevo a decir que Dorothea puede apañárselas muy bien con Buchanan, me sentiría mucho mejor si supiera qué está pasando exactamente. Sin embargo –hizo una pausa y fijó su mirada en una aspidistra que había en un rincón–, estoy pensando que tal vez, si partimos precipitadamente, compliquemos más las cosas.

–¿Por qué? –preguntó Fanshawe, sentándose de nuevo.

–En este momento, es probable que Cecily se encuentre en la posada del Castillo, en Tadworth, en compañía de Edward Buchanan y sus compinches. Dorothea debe de haberse ido antes de medianoche y tardará cerca de tres horas en hacer el viaje. Ahora son más de las doce y media. Seguramente podríamos recorrer esa distancia en dos horas, de modo que llegaríamos a la posada poco después que ella –se detuvo para recuperar el aliento–. Sin embargo, si nos marchamos apresuradamente, lo que ocurrirá será que las dos señoritas Darent desaparecen misteriosamente de Londres y, esa misma noche, tú, Tony, y yo también desaparecemos misteriosamente. ¿Y qué haremos cuando las encontremos? ¿Traerlas de vuelta a Londres? No podríamos regresar antes de mañana por la mañana. Y las habladurías campanarían por sus respetos.

Lady Merion comprendió que cuanto decía era cierto y torció el gesto. La cara pálida de Ferdie adoptó una expresión perpleja.

–Ah.

–Entonces, ¿qué vamos a hacer? –preguntó Fanshawe.

Hazelmere sonrió.

–El problema no es irresoluble –mirando a lady Merion, añadió con una sonrisa–: Es una pena que su nieta mayor, que es tan ocurrente, no esté aquí para ayudarnos, pero creo que podré inventar una historia convincente. Llama a Mellow, Ferdie.

Hazelmere pidió que mandarán llamar a su criado a Hazelmere House. Mientras esperaban permaneció en silencio, esbozando una extraña sonrisa. En cierto momento preguntó si Dorothea se había marchado sola. Lady Merion contestó:

–La nota dice que iba a llevarse a Betsy, su doncella, y por supuesto a Lang, su cochero, que conduciría el carruaje.

Hazelmere asintió, satisfecho, y volvió a guardar silencio. Jim entró en la habitación con su gorra en la mano. Hazelmere lo observó un momento y luego, sonriendo, comenzó a decir con una voz suave que Jim conocía muy bien:

–Jim, he de darte una serie de instrucciones que es vital que cumplas al pie de la letra y a la mayor brevedad posible. Lo primero que vas a hacer es enganchar las yeguas grises.

–¿Qué? –exclamaron Fanshawe y Ferdie al mismo tiempo.

–No, Marc, ni se te ocurra. ¡Las yeguas grises con lo mal que están las carreteras y de noche! –añadió Ferdie.

Jim, que seguía mirando a su señor, se limitó a parpadear. Fanshawe abrió la boca para protestar, pero al ver la mirada de su amigo, prefirió callarse.

–Es absurdo tener el tiro de caballos más rápido del reino, si no se puede usar cuando hace falta –dijo Hazelmere y, volviéndose hacia Jim, continuó–: Cuando hayas mandado enganchar las yeguas, dile a algún mozo que las lleve a la plaza. Ensilla el caballo más rápido que haya en los establos. Relámpago, creo que es. Y luego vete primero a Eglemont –dirigiéndose a Fanshawe, preguntó–: Tus padres están en casa, ¿no?

–Sí –contestó Fanshawe, desconcertado.

–Bien. Tú, Jim, pide ver a lord Eglemont o, si no estuviera, a su esposa. Dile que lord Fanshawe llegará antes de que amanezca con Cecily Darent. Él se lo explicará todo cuando llegue. Después vete a Hazelmere y habla con la señora. Dile que llegaré antes de que amanezca con la señorita Darent. Y que se lo explicaré todo cuando llegue –sonriendo de pronto, añadió–: Como no conoces toda la historia, puedes decirle que no sabes nada con la conciencia limpia.

Jim, que conocía a la madre del marqués, le devolvió la sonrisa. Hazelmere le indicó que se retirara.

Fanshawe había adivinado el plan de su amigo y sonreía.

Hazelmere prefirió no mirarlo y se volvió hacia lady Merion y Ferdie.

–Sólo lo diré una vez. No tenemos tiempo para repetir las cosas. Escuchad con atención y, si veis que paso algo por alto, decídmelo. Tenemos que asegurarnos de que la historia sea infalible –comprobando que disponía de toda su atención, comenzó–. Hace algún tiempo, al principio de la temporada, le describí insensatamente a Dorothea lo hermoso que era contemplar el lago Hazelmere al amanecer. Dorothea se lo dijo a Cecily y entre las dos nos hicieron la vida imposible a Tony y a mí hasta que acordamos organizar una excursión para ver esa maravilla. Con la ayuda de nuestros respectivos padres, se organizó la visita. Es mejor contemplar ese espectáculo en una mañana clara, y como ninguno deseaba pasar una semana o más en el campo esperando una ocasión propicia, se acordó que, en la primera noche de luna y despejada, iríamos en el carruaje, veríamos el lago al amanecer, visitaríamos Hazelmere y Eglemont y regresaríamos a la ciudad después –mirando a lady Merion, añadió–: Usted, señora, iba a acompañarnos. Esta noche hay luna, el cielo está despejado y mañana promete hacer buen día. Una ocasión perfecta para nuestra excursión. ¿Has dicho algo, Tony?

Fanshawe alzando la mirada, dijo:

–Eso está muy bien para salvar la reputación de ellas, pero ¿y la nuestra?

Hazelmere sonrió.

–No espero que esta historia convenza a nuestros amigos. Es el resto de la gente quien debe preocuparnos –hizo una pausa–. Consuélate pensando en lo agradecida que te estará Cecily cuando le digas lo que has sacrificado para preservar su reputación.

Lady Merion lanzó un bufido. Se preguntaba si Hazelmere esperaba también la gratitud de Dorothea. Él volvió a hablar.

–Prosigamos. Convinimos que lady Merion y las señoritas Darent elegirían la noche más adecuada y mandarían a buscarnos. En la fiesta de los Rothwell, las chicas se dieron cuenta de que ésta era una noche propicia. Así que se excusaron de la fiesta con el pretexto de que Dorothea se hallaba indispuesta, regresaron a Merion House y nos enviaron un mensaje a White's. Ferdie las ayudó. Todos nuestros amigos me vieron recoger la carta y, después, los dos nos marchamos para regresar a Cavendish Square. Hasta aquí, todo perfecto. Después, cuando llegamos y acordamos que esta noche era perfecta, Ferdie fue a buscar a lady Merion. ¿Qué excusa pusiste para llevarte a lady Merion, Ferdie?

–Que Dorothea estaba enferma.

–Eso también encaja. Sin embargo, al llegar a casa, fue usted, lady Merion, quien empezó a sentirse indispuesta. Lo suficiente, al menos, como para rehusar una excursión nocturna a Hazelmere. Pero, en lugar de posponer la salida, y viendo que, como esta misma tarde Dorothea y yo íbamos a comprometernos... –Hazelmere se interrumpió, advirtiendo la conmoción que había causado su anuncio–. No –continuó con fastidio–, aún no se lo he pedido, pero tengo la bendición de ese pelmazo de Herbert y ella no tendrá oportunidad de rechazarme, así que estaremos comprometidos para cuando regresemos a Londres –se detuvo, pero, viendo que nadie decía nada, prosiguió–: ¿Por dónde iba? ¡Ah, sí! Dadas las circunstancias, usted sugirió que Betsy ocupara su lugar. Partimos inmediatamente. Dorothea y yo fuimos en el carruaje con Jim y Tony, y Cecily y Betsy nos siguieron en la calesa. Habíamos decidido que, como ahora la temporada es un tanto aburrida, pasaríamos todos unos días en el campo. De modo que eso es exactamente lo que ha ocurrido y lo que va a ocurrir.

Siguió un silencio mientras sopesaban la historia. Lady Merion consideraba a toda prisa qué podía ocurrir cuando

Hazelmere le comunicara tranquilamente a Dorothea que iba a casarse con él. Deseaba con vehemencia poder estar allí para verlo. Pero a Marc Henry le iría muy bien que, por una vez, alguien le llevara la contraria. Lady Merion apenas dudaba de que, al final, se saldría con la suya. De modo que permaneció en silencio en tanto una inesperada sonrisa curvaba sus labios. Entonces Hazelmere habló de nuevo.

–Ahora, veamos los cabos sueltos. Tú y yo, Tony, nos iremos dentro de un rato a Tadworth para rescatar a las damas de las garras de Buchanan y de allí nos dirigiremos a Hazelmere y Eglemont. Lady Merion, usted quédese aquí y asegúrese de que no haya más rumores. Ferdie, tú eres el último jugador y probablemente el que desempeña el papel más importante.

Ferdie lo miró receloso. Conocía bien a su primo y desconfiaba de tales pronunciamientos.

–¿Qué debo hacer?

–Primero, quiero que pongas una nota anunciando mi compromiso en la Gaceta de mañana. Supongo que te dará tiempo. Luego, debes asegurarte de que la historia de nuestra escapada romántica se difunda entre los círculos de la alta sociedad.

–¡Vaya! –gruñó Fanshawe apesadumbrado–. Jamás podremos volver a asomar la cara en White's.

Hazelmere sonrió.

–Aunque así sea. Si a la gente le escandaliza nuestro estúpido comportamiento, es improbable que busquen otras razones que expliquen los acontecimientos de esta noche –volviéndose hacia Ferdie, preguntó–: ¿He olvidado alguna cosa de importancia?

Ferdie estaba repasando mentalmente toda la historia. Volvió a fijar la mirada en su primo y sus ojos se iluminaron.

–No está mal. No tiene resquicios. Creo que mañana le

haré una visita a Ginger Gordon. Hace mil años que no lo veo.

Fanshawe gruñó otra vez. Sir Ginger Gordon, un inveterado chismoso, era el mayor rival de sir Barnaby Ruscombe. Siempre podía contarse con que unas simples palabras susurradas a su oído llegaran muy lejos.

–Bien. Entonces, todo arreglado –Hazelmere miró el reloj y se levantó–. Vamos, Tony. Será mejor que nos vayamos –tomando la mano de lady Merion, le sonrió con confianza–. No tema. Las traeremos sanas y salvas –Hazelmere se volvió hacia Ferdie y advirtió en su expresión una sonrisa de gozosa expectación–. No te dejes llevar por tu imaginación, Ferdie. A fin de cuentas, quiero seguir viviendo en Londres.

Sorprendido, Ferdie se apresuró a asegurarle que todo se haría con la mayor discreción. Fanshawe ya había acabado de despedirse y Hazelmere se limitó a lanzarle una mirada escéptica mientras se acercaba a la puerta.

Los dos amigos cruzaron rápidamente Cavendish Square. Al llegar a Hazelmere House, dijo Fanshawe:

–Iré a cambiarme. Pasa a recogerme cuando estés listo.

Hazelmere asintió y entró en su casa. Momentos después, sus sirvientes corrían a cumplir sus órdenes y, al cabo de diez minutos, ataviado de manera más conveniente para viajar por el campo de noche, montó en su calesa tirada por las inquietas yeguas grises y salió de la plaza. Tras recoger a Fanshawe en su casa, ambos atravesaron aprisa las calles desiertas de la ciudad. Una vez lejos de los suburbios, Hazelmere aflojó las riendas y la calesa se precipitó camino adelante.

El plan maestro de Edward Buchanan empezó a renquear desde el principio. La primera fase consistía en el secuestro de Cecily Darent en los jardines de Vauxhall. Imaginando que Cecily no sería muy distinta a las demás debutantes, Buchanan no esperaba la enérgica resistencia que la joven presentó cuando la asaltó en uno de los caminos en sombras. Asistido por su ayuda de cámara, le había atado las manos y amordazado, pero ella había logrado darle una patada en la espinilla antes de que la metieran en el carruaje. La había mantenido atada y amordazada hasta que había podido soltarla en el saloncito, el único disponible en la posada del Castillo, y había cerrado con llave la maciza puerta de roble, dejándola encerrada.

La posada del Castillo era una pequeña hostería, no muy lejos de los caminos principales, pero suficientemente apartada como para que fuera improbable la irrupción de algún visitante inoportuno. La puerta principal daba directamente a la taberna. Edward Buchanan permanecía junto al fuego, en la habitación de techo bajo, bebiendo una jarra de cerveza mientras meditaba con fruición sobre su futuro. Al fin había comprendido que la deseable señorita Darent, la de La Grange, Hampshire, esa hermosa propiedad, había madurado como una ciruela y estaba a punto de caer en manos del marqués de Hazelmere. Y éste ni siquiera necesitaba su dinero. Lo cual era terriblemente injusto. Así pues, él había tomado cartas en el asunto para rectificar los errores del destino. Sin embargo, la señorita Darent parecía poseer una habilidad pasmosa para escapar de sus ardides. Sus intentos en el baile de máscaras y en la comida campestre habían fracasado estrepitosamente. Esta vez, en cambio, se vanagloriaba de haberle tomado la medida. Estaba seguro de que, para salvar a su joven hermana, se entregaría a él, poniendo al mismo tiempo en sus manos su pequeña y apetecible fortuna. Su riña con Hazelmere y la ausencia de éste habían despejado la única nube que se alzaba sobre el horizonte. Buchanan sonrió mirando las llamas. Luego, aburrido de su propia compañía, se levantó y se desperezó. La señorita Cecily llevaba sola casi una hora. Convenía aventurarse a entrar y hablar de las excelencias de su porvenir con su futura cuñada.

Abrió la puerta del saloncito y entró. Un jarrón de flores voló sobre su cabeza. Buchanan se agachó a tiempo y el jarrón se estrelló contra la puerta.

–¡Fuera! –gritó Cecily en un tono que recordaba al de lady Merion–. ¿Cómo se atreve a entrar aquí?

Él esperaba encontrarla llorando desconsoladamente, triste, atemorizada, sometida y completamente incapaz de lanzar objetos al otro lado de la habitación. Pero ella estaba de pie al otro lado de la pesada mesa cuadrada que ocupaba el centro de la estancia. Sobre la superficie de ésta, junto a su mano, se hallaban alineadas todas las armas posibles que contenía la habitación. A verlo, Buchanan adoptó una pose autoritaria. Señalando la munición de Cecily, dijo en tono confiado:

–Mi querida niña, no hay razón para comportarse así, se lo aseguro.

–¡Embustero! –gritó ella, agarrando un pequeño salero–. Creo que está usted loco.

Edward Buchanan frunció el ceño.

–No debería decirle esas cosas a su futuro cuñado, querida mía.

Cecily tardó un minuto en digerir sus palabras.

–Pero Dorothea no se casará con usted.

–Le aseguro que sí –contestó él con aplomo. Acercó una silla a la mesa y se sentó, mirando con recelo el salero–. ¿Y por qué no, después de todo? Hazelmere no querrá saber nada de ella después del desplante que le hizo en el parque. Y sus otros admiradores no querrán verla ni en pintura. Y después de que venga aquí a pasar la noche conmigo... Bueno, imagínese qué escándalo si no nos casamos.

–¡Cielo santo! ¡Está usted loco de veras! Yo no sé qué ocurrió entre Dorothea y Hazelmere en el parque, pero sí sé que el marqués sólo se ha marchado de la ciudad porque tenía asuntos que resolver en sus tierras. Se espera que vuelva en cualquier momento. Si se entera de que está usted intentando... presionar a Dorothea para que se case con usted, él... –le faltaron las palabras al intentar imaginarse qué haría Hazelmere en tal situación.

Pero Edward Buchanan no se dejó impresionar.

–Para cuando el marqués se entere, será demasiado tarde. Su hermana será mi prometida y Hazelmere no se atreverá a formar un escándalo.

–¿Qué escándalo? Si lo mata a usted, le será muy fácil silenciar el asunto. Tony me ha dicho que hay pocas cosas que Hazelmere no sea capaz de hacer, si se le antoja.

Una insidiosa duda comenzó a formarse en el estólido cerebro de Edward Buchanan. El recuerdo de las historias que se contaban acerca de las proezas de Hazelmere en el salón de boxeo para caballeros de Jackson empezaron a reverberar en su cabeza. Y la advertencia de Desborough traspasó su conciencia. Pero apartó a un lado aquellos pensamientos sombríos.

–¡Tonterías!

Sin embargo, Edward Buchanan había de descubrir, como le había sucedido antes a Tony Fanshawe, que el intelecto de Cecily poseía una extraña tenacidad. La joven siguió hablando largo y tendido de lo que ocurriría cuando sus planes llegaran a oídos de Hazelmere. Nada podía persuadirla de que el marqués no se enteraría, y más pronto que tarde. A medida que su descripción de los posibles castigos que le infligiría el marqués pasaba de lo general a lo particular, Edward Buchanan se halló completamente incapaz de desviar la atención de la muchacha. Ésta estaba intentando describir los sufrimientos que comportaba el descuartizamiento cuando llamaron a la puerta. Buchanan se levantó con enorme alivio.

–Ésa debe de ser su hermana, querida.

Dorothea había pasado el viaje hasta Tadworth pensando más en el resultado de su encuentro con Hazelmere al día siguiente que en su entrevista inminente con Edward Buchanan. Ni siquiera se cuestionaba si sería capaz de enfrentarse a él, pues el bucólico señor Buchanan no le inspiraba ningún miedo. Pensaba entrar en la Posada del Castillo y volver a salir con Cecily sin mayores complicaciones. Si Edward Buchanan era tan insensato como para creer que podía obligarla a plegarse a su voluntad utilizando tácticas tan melodramáticas, pronto lo sacaría de su error. Su única preocupación era que su abuela accediera a las súplicas de Ferdie y acabara avisando a Hazelmere. Con un poco de suerte, lady Merion se mantendría firme. De ese modo, ella podía regresar a Londres con Cecily sana y salva y encontrarse con el marqués por la mañana sin haber perdido nada, salvo unas pocas horas de sueño.

Lang encontró fácilmente la posada. Al entrar, Dorothea advirtió al instante que aquélla era una casa respetable. Más tranquila, dejó a Betsy y a Lang sentados en la taberna y llamó a la puerta del saloncito. Cuando ésta se abrió, entró rápidamente, con la cabeza muy alta y sin dirigir una sola mirada al hombre que sostenía la puerta. Avanzó directamente hacia su hermana y le tendió los brazos.

–Aquí estás, cariño mío.

Las hermanas intercambiaron besos y Dorothea se quitó los guantes.

–¿Has tenido un buen viaje? –preguntó.

Edward Buchanan se acercó a la mesa tras cerrar la puerta y comenzó a sentir que las cosas no estaban saliendo como debían. Cecily le siguió la corriente a Dorothea. Ignorando a su captor, las dos se pusieron a charlar alegremente de trivialidades, como si no hubiera ocurrido nada fuera de lo común. Dorothea se acercó al fuego para calentarse las manos heladas. De pronto, Edward Buchanan no pudo soportarlo más.

–¡Señorita Darent!

Dorothea se volvió a mirarlo con expresión desdeñosa.

–Señor Buchanan. Confiaba, señor, en que a estas alturas hubiera entrado en razón y no me viera forzada a tener que hablar con usted.

A Buchanan le escoció su tono de desprecio, pero no había llegado tan lejos para rendirse a la primera de cambio.

–Mi querida señorita Darent, comprendo que los acontecimientos de esta noche le hayan causado una profunda impresión. Pero debe usted recapacitar, querida mía. Usted está aquí. Yo estoy aquí. Usted necesita casarse. Yo estoy dispuesto a ello. Si lo piensa bien, estoy seguro de que se dará cuenta de que Edward Buchanan no es tan mal partido.

Dorothea contestó desdeñosamente, con ojos centelleantes:

–Usted, señor, es a todas luces el personaje más despreciable que he tenido la desgracia de conocer. Supongo que pensará usted que ha sido muy listo. Yo, personalmente, lo dudo. No entiendo ni por asomo esa obsesión suya por casarse conmigo. Sin embargo, eso, aparte de causarme cierta irritación, no me preocupa lo más mínimo. Su conducta ha puesto en evidencia que dista usted mucho de ser un caballero, por más que se vanaglorie de ello. Ni mi hermana ni yo tenemos el más leve deseo de seguir conversando con usted.

Edward Buchanan enrojeció de manera alarmante al asimilar aquellas palabras.

Levantándose de pronto, le dio un puñetazo a su silla.

–Creo que cambiará usted de idea, querida. Imagino

que no querrá que se sepa que esta noche he pasado algunas horas a solas con su encantadora hermana.

Dorothea y Cecily se giraron para mirarlo con el desprecio inscrito en sus caras. Pero antes de que pudieran decir nada, Edward Buchanan continuó:

–Oh, sí. Creo que cambiará usted de idea. Ha echado usted a perder sus posibilidades con Hazelmere. No querrá que a su hermana también se le escape Fanshawe.

Cecily estuvo a punto de saltar de rabia.

–¡No lo escuches, Thea! ¡Espera a que Tony y Hazelmere se enteren de esto!

Dorothea apoyó la mano sobre el brazo de Cecily para sujetarla, pues su hermana parecía dispuesta a seguir insultando a Buchanan. Irguiéndose en toda su altura, dijo claramente, con una luz marcial en los ojos verdes:

–Señor Buchanan, no habrá ningún escándalo. Mi hermana y yo abandonaremos dentro de un momento esta encantadora posada y regresaremos a la ciudad en nuestro carruaje, acompañadas por nuestra doncella.

Edward Buchanan esbozó una sonrisa burlona.

–¿Y qué va a impedirme difundir la historia de lo ocurrido aquí esta noche?

Dorothea abrió los ojos de par en par.

–Hazelmere, por supuesto.

Habría dado cualquier cosa por no tener que recurrir al marqués, pero no veía mejor modo de disuadir a Buchanan. La felicidad de Cecily estaba en juego y ella haría cualquier cosa por proteger a su hermana pequeña.

Su referencia al marqués aturdió momentáneamente a Edward Buchanan. Pero luego se recuperó.

–Buen intento, querida, pero no servirá de nada. Aparte de que todo el mundo sabe que ha reñido usted con ese arrogante, da la casualidad de que Hazelmere está fuera de la ciudad. Para cuando vuelva, el mal ya estará hecho.

La mirada que Dorothea le lanzó habría dejado helados a hombres más enérgicos que el señor Buchanan.

–Mi querido señor, ya que está usted tan bien informado respecto a sus idas y venidas, supongo que sabrá que el marqués regresó a Londres ayer. En cuanto a nuestra relación, no tengo intención de concederle el beneficio de una explicación. Baste decir que lord Hazelmere me ha solicitado una entrevista para mañana por la mañana –hizo una pausa para que sus palabras hicieran efecto. Luego se volvió hacia Cecily–. Ven, querida. Debemos regresar. No quisiera llegar tarde a mi encuentro con Hazelmere.

Edward Buchanan, sin embargo, no se dio por vencido.

–Eso es fácil de decir, querida mía. Pero, aunque Hazelmere esté en la ciudad, ¿quién dice que se enterará de esto? No, me temo que no puedo dejarlas marchar.

Su terquedad inflamó la ira de Dorothea.

–¡Oh, qué hombre más estúpido! Espero que Hazelmere no se entere de esto. Sólo he venido hasta aquí para no implicarlo a él. Y si tuviera usted un poco de sentido común, nos ayudaría a partir con toda presteza.

–¡Ajá! Así que Hazelmere no lo sabe.

–No lo sabía cuando me fui, pero tal vez lo sepa ya.

–Aún hay tiempo para casarse –dijo el señor Buchanan–. Tengo una licencia especial y hay un párroco en la aldea.

Cecily se quedó boquiabierta.

–Usted está loco de atar –le dijo al señor Buchanan.

–Señor Buchanan –dijo Dorothea, apesadumbrada–, por favor, escúcheme. No voy a casarme con usted. Ni ahora, ni nunca.

–¡Sí que lo hará!

Dorothea abrió la boca para llevarle la contraria, pero la dejó abierta y sus palabras se evaporaron cuando una voz tranquila sonó desde la puerta.

–Lamento mucho desilusionarlo, Buchanan, pero me temo que en este caso la señorita Darent tiene mucha razón.

Los tres se giraron y vieron al marqués de Hazelmere apoyado tranquilamente en el quicio de la puerta.

14

Dorothea habría dado cualquier cosa por saber cuánto tiempo llevaba Hazelmere allí. Sus ojos se encontraron con los del marqués desde el otro lado de la habitación. Él sonrió levemente, se irguió y, acercándose a ella, le tomó la mano y se la besó, como era su costumbre. Dorothea procuró disimular su sorpresa al tiempo que el aturdimiento que siempre experimentaba al encontrarse a su lado se apoderaba de ella. Se sonrojó bajo la cálida mirada de los ojos castaños de Hazelmere. Éste retuvo su mano y se volvió para mirar a Edward Buchanan.

Fanshawe, que había permanecido detrás de Hazelmere, entró a su vez en la habitación y cerró la puerta tras él. Cecily dejó escapar un grito sofocado y corrió a su lado.

La llegada de los dos caballeros dejó a Edward Buchanan sin habla y sin saber adónde ir, al menos de momento. Apenas podía creer lo que veían sus ojos, y todo rastro de inteligencia había abandonado su cara, dejando en ella una expresión aún más bovina de lo habitual. Sintiendo que el suelo vacilaba bajo sus pies, miró nerviosamente a Hazelmere, quien permanecía de pie, observándolo con calma, con una luz pensativa en sus extraños ojos castaños.

–Antes de que prosigamos esta conversación particularmente absurda, he de informarle, señor Buchanan de que, tras su boda, las propiedades de la señorita Darent quedarán en manos de la propia señorita Darent.

Frías y precisas, las palabras de Hazelmere afectaron a Edward Buchanan como si le hubieran arrojado a la cara un cubo de agua helada. Durante unos segundos permaneció mudo de asombro. Luego dijo:

–Vaya, eso... eso es... ¡He sido vilmente engañado! –exclamó–. ¡Lord Darent me ha mentido! ¡Y sir Hugo también!

Cecily, Fanshawe y Dorothea recibieron aquella interesante revelación en un silencio fascinado. Hazelmere dijo:

–Exactamente. Y, siendo así, creo que necesita unas vacaciones para recobrarse de sus... esfuerzos, digámoslo así. Unas largas vacaciones, diría yo. ¿En sus propiedades en Dorset, quizá? No quiero volver a ver su cara, ni en Londres ni en ninguna otra parte. Si la veo, o si llega a mis oídos que ha vuelto a entregarse a la práctica del secuestro o que ha vuelto a molestar a alguien del modo que sea, enviaré cartas a las autoridades explicándoles detalladamente lo ocurrido. Dado que todas las notas están escritas de su puño y letra, y una de ellas convenientemente firmada, estoy seguro de que se interesarán mucho por usted.

Las palabras aceradas de Hazelmere redujeron el plan de Edward Buchanan a cenizas. Viendo que su gran oportunidad se iba al traste, miró nerviosamente a Fanshawe y a Cecily y luego a Hazelmere y a Dorothea, que seguían con las manos unidas.

–Pero el escándalo... –su voz se disipó cuando se topó con los ojos de Hazelmere.

–Me temo, señor Buchanan, que se halla usted en un error –su tono era tan gélido que Edward Buchanan sintió que se le helaba la sangre en las venas. De pronto, recordó las historias que se contaban sobre Hazelmere–. Las señoritas Darent van de camino a visitar a la familia de Fanshawe y a la mía en nuestras respectivas propiedades, acompañadas por su doncella y su cochero. Fanshawe y yo nos entretuvimos en la ciudad y acordamos encontrarnos con ellas aquí –hubo una breve pausa durante la cual los ojos de Hazelmere escudriñaron con calma a Buchanan–. ¿Sugiere usted acaso que haya algo indecoroso en ello?

Edward Buchanan palideció. Con los nervios deshechos, se apresuró a tranquilizar al marqués, trastabillando.

–¡No, no! ¡Nada de eso! Jamás se me ocurriría sugerir tal cosa –se llevó un dedo al corbatín, como si de pronto le apretara–. Se me está haciendo tarde. Debo irme. A sus pies, señoritas, señores –esbozando una reverencia, se acercó a la puerta, pero aminoró el paso al darse cuenta de que Fanshawe seguía apoyado en ella. Fanshawe abrió la puerta a una seña de Hazelmere, dejando que Edward Buchanan escapara atemorizado.

Un instante después llegó a sus oídos el ajetreo de una partida precipitada. Luego la puerta principal se cerró de golpe y todo quedó en silencio. Cecily se arrojó en brazos de Fanshawe. Viéndolo, Dorothea deseó poder mostrarse tan desinhibida como su hermana. Pero, tal y como estaban las cosas, apenas lograba mantener la compostura.

–¡Oh, Dios! ¡Menudo cobarde! –exclamó Fanshawe–. ¿Por qué lo has dejado escapar tan fácilmente?

–No merece la pena el esfuerzo –contestó Hazelmere distraídamente, observando el semblante de Dorothea–. Además, como ha dicho, estaba engañado.

Dorothea, que intentaba infructuosamente aparentar que su mirada no la afectaba, procuró conducir la conversación hacia terrenos menos espinosos.

–¡Engañado! Llevo semanas intentando librarme de él. ¡Ojalá lo hubiera sabido antes!

De pronto, dio por pensar en cómo se habría enterado Hazelmere y se sintió extrañamente aturdida.

Hazelmere observó su mirada abstraída. Viendo los objetos alineados sobre la mesa, preguntó para distraerla:

–¿Has usado al abominable señor Buchanan para hacer prácticas de tiro?

Dorothea siguió su mirada y mordió el anzuelo.

–No. Ha sido Cecily. Pero sólo le ha tirado un jarrón de flores.

Hazelmere miró donde ella indicaba y vio los fragmentos de un jarrón roto.

–¿Suele tirar cosas? –preguntó débilmente.

–Sólo cuando se enfada.

Mientras consideraba su respuesta, Hazelmere recogió su manto y se lo echó sobre los hombros.

–¿Y da en el blanco?

–Oh, sí –contestó Dorothea, extrañamente concentrada en los lazos del manto–. Lleva haciéndolo desde que era niña, así que tiene muy buena puntería.

Hazelmere miró a Fanshawe, que estaba absorto con Cecily, y no puedo reprimir una sonrisa malévola.

–Recuérdeme, querida, que alguna vez se lo cuente a Tony. Debo advertirlo de lo que lo espera.

Dorothea sonrió con nerviosismo. Hazelmere recogió sus guantes y se los entregó. Ella se los puso y, al alzar la mirada, vio que sus ojos le sonreían cálidamente.

–Creo que deberíamos dejar esta posada de inmediato. Hay demasiada gente para mi gusto.

Ella le devolvió la sonrisa, ignorando el leve estremecimiento de expectación que las palabras y el tono de Hazelmere le produjeron. Estaba perfectamente dispuesta a hacer lo que él quisiera, con tal de que siguiera sonriéndole de aquel modo delicioso. Como de costumbre, él había asumido el mando. Pero Dorothea no tenía nada que objetar al modo en que se había librado de Edward Buchanan. En aquellas circunstancias, tenía la sensación de que podía dejar la discusión acerca de sus modales autoritarios hasta que regresaran a Londres. Todavía tenían una entrevista pendiente, después de la cual sin duda hablarían de las posibilidades que les deparaba el futuro. Dorothea se recordó que Hazelmere aún no le había dado pruebas inequívocas acerca de la naturaleza de sus sentimientos hacia ella.

Hazelmere acompañó a Dorothea a la taberna y Fanshawe y Cecily los siguieron. Al ver que sus niñas salían sanas y salvas, Betsy dejó escapar un profundo suspiro de alivio y se acercó con Lang para recibir instrucciones. Hazelmere consultó su reloj. Eran ya casi las cuatro. Con la calesa, podían llegar a Hazelmere en poco más de una hora. El carruaje tardaría casi dos. Amanecería antes de las seis. Se volvió hacia Fanshawe con una sonrisa.

–Te cedo el carruaje, por supuesto. Y a Betsy.

Dorothea, que se había acercado con Cecily para tranquilizar a Betsy, levantó la mirada. Hazelmere le sonrió.

–Sí, ya me lo imaginaba –gruñó Fanshawe, disgustado ante la idea de pasar dos horas de viaje con su amor y una doncella–. Iremos directamente a Eglemont. Cecily puede ver el lago Hazelmere en otro momento. Y, preferiblemente, no al amanecer. ¡Y pensar que tendré que aguantarme con esto y ni siquiera podré recoger la recompensa! –intentó mirar a su amigo con mala cara, pero no puedo resistir la mirada divertida de Hazelmere.

–No te enfades –contestó Hazelmere, consciente de que Dorothea había oído la conversación–. Creo que yo tengo más cosas que explicar que tú –se acercó a Dorothea y le comunicó que debían proseguir viaje hasta Hazelmere. Sin darle más explicaciones, se disponía a conducirla fuera cuando ella recuperó el habla.

–Pero no hay necesidad alguna de hacer esto. ¿No podríamos regresar a Londres sin más?

Un largo viaje a solas con Hazelmere no figuraba entre sus planes. Él se detuvo y suspiró.

–No.

Dorothea aguardó a que se explicara, pero, viendo que volvía a agarrarla del brazo, se mantuvo en sus trece.

–Comprendo que no debamos regresar todos juntos, pero no hay razón para que Cecily y yo no podamos volver en el carruaje con Betsy y ustedes vayan a sus propiedades y regresen a Londres más tarde.

Hazelmere advirtió que Fanshawe sonreía. Viendo que Dorothea alzaba el mentón tercamente y que en sus ojos había un destello de determinación, procedió a silenciarla del único modo efectivo que conocía. Bajo la asombrada mirada de la posadera, de Betsy, Lang, Cecily y Fanshawe, la atrajo hacia sí y la besó. No se detuvo hasta que la juzgó incapaz de encontrar palabras con que seguir discutiendo.

Cuando finalmente se recobró de la impresión, Dorothea se hallaba sentada en la calesa de Hazelmere con el marqués a su lado conduciendo hábilmente a las yeguas fuera del patio de la posada y hacia la carretera que llevaba al sur. Dorothea miró su perfil, claramente visible a la luz de la luna, y sintió que su determinación de forzarlo a hacer una declaración en toda regla aumentaba. Dejando a un lado todo lo demás, si lo que acababa de ocurrir era una muestra de la forma en que Hazelmere pensaba resolver sus futuros desacuerdos, ella nunca podría ganar una discusión. Decidida, comenzó a sopesar sus opciones.

El camino entre Tadworth y Dorking era estrecho, pero estaba en buenas condiciones. Lo cual, pensaba Hazelmere, era una suerte. Los setos que lo bordeaban proyectaban sombras sobre la calzada y, pese a la luz plateada de la luna, Hazelmere apenas veía lo que tenía delante. Y su amada no permanecería en silencio mucho tiempo. Al salir de la posada la había mirado una vez y había bastado para convencerlo de que Dorothea estaba únicamente reagrupando fuerzas. Ahora la miró de nuevo y vio que lo estaba mirando pensativa. Ella enarcó las cejas inquisitivamente y Hazelmere le sonrió y volvió a fijar su atención en los caballos. No tenía intención de empezar una conversación. Quería que fuera ella quien diera el primer paso. Lo cual no tardó en suceder.

–¿No va a decirme nunca qué está pasando?

Hazelmere pensó que contestarle no hubiera sido lo más prudente, pero finalmente decidió decir:

–Es una larga historia.

–¿Cuánto queda para llegar a Hazelmere?

–Cosa de una hora.

–Entonces hay tiempo de sobra. Aun cuando lleve las riendas de las yeguas.

–Pero tenemos que llegar al lago Hazelmere antes de que amanezca.

–¿Por qué?

Él observó su expresión de desconcierto y sonrió con confianza.

–Porque ese es supuestamente el motivo de esta escapada nocturna, de modo que conviene que al menos una de ustedes vea el lago, ya que tanto han insistido en ello. Sólo por si acaso alguien como lady Jersey, que lo conoce, les pregunta cómo es.

Dorothea alzó los ojos hacia su cara y preguntó con cansina resignación:

–¿Se puede saber qué cuento han tejido? Será mejor que me lo cuente desde el principio, si quiere que convenza a lady Jersey y a los demás de que es cierto.

Contento de poder mantener la conversación en terreno relativamente seguro, Hazelmere decidió complacerla. Empezó por contarle qué había ocurrido tras su marcha de Merion House.

–Tendrá que hacer las paces con Ferdie.

–¿Estaba muy enfadado?

–Estaba furioso –él esbozó el relato a grandes rasgos, pero no le dijo que, supuestamente, ya estaban comprometidos. Invirtió más tiempo en explicarle la magnitud del sacrificio que habían aceptado Fanshawe y él para salvar la reputación de Cecily y la de ella. Al oírla reír cuando le contó que Ferdie tenía la misión de difundir el cuento a los cuatro vientos, confió en haber alejado su pensamiento de aquello que no le había explicado.

Cuando dejó de reírse, Dorothea revisó mentalmente lo que había oído, con los ojos fijos en el caballo de su lado. Aquella excursión en plena noche era posiblemente la mejor oportunidad que tendría de sonsacar a Hazelmere. En circunstancias normales, la presencia física del marqués la distraía hasta tal punto que entre su intelecto y su cuerpo se entablaba una batalla por formular preguntas sensatas y combatir las respuestas evasivas de él. Pero, dado que ahora él se hallaba encaramado en el pescante, a su lado, con las manos ocupadas por las riendas y la atención dividida entre las yeguas y ella, la situación era menos desigual. Ella sin duda tendría que animarlo a llevarla de excursión más a menudo en el futuro.

En silencio atravesaron Dorking y enfilaron el camino rural que llevaba a Hazelmere. Ella volvió a mirar el rostro del marqués y dijo en tono trivial:

–¿Qué otras notas había mandado el señor Buchanan?

Hazelmere recordó que Ferdie le había dicho que Dorothea tenía la costumbre de hacer preguntas imposibles de soslayar. Resignado a lo inevitable, respondió:

–Buchanan intentó secuestrarla otras dos veces. Eso es

algo que yo no había previsto cuando decidí convencer a todo el mundo de mi interés por usted.

La luz de la luna se había difuminado del todo y la aurora se acercaba. Habían cruzado las lindes de Hazelmere y el mirador que daba sobre la laguna ornamental de Hazelmere no estaba lejos. Tras un largo silencio durante el cual procuró analizar la conducta de Hazelmere, Dorothea dijo:

–Supongo que la primera vez fue en el baile de máscaras de los Bressington.

–Sí. No hay nada que no sepa usted al respecto, salvo que yo no me lo tomé a broma. Por eso de pronto me volví tan ridículamente solícito, y hasta asistí a esa aburridísima fiesta el domingo. No sé qué habría hecho si no hubiera podido mantenerme al corriente de sus compromisos sociales. ¿Sabía que uno de mis lacayos está en relaciones con su doncella? –Dorothea lo miró perpleja. Él sonrió y añadió–: La segunda vez que intentó secuestrarla fue en la comida campestre a la que asistió con Ferdie. Mi primo olvidó darle una nota que le habían llevado mientras estaba de paseo. No llevaba señas, así que la abrió al día siguiente, cuando la encontró su criado. Estaba supuestamente firmada por mí, pero Ferdie conoce mi firma, así que me la llevó para que la viera. Tony estaba conmigo, así que los dos se enteraron al mismo tiempo.

–¿Cuándo lo descubrieron el resto de sus amigos?

Era imposible negarlo.

–El miércoles, en un almuerzo. Yo tenía que salir de viaje, y Tony y Ferdie no podían mantenerla vigilada todo el tiempo.

–¿En ningún momento pensó en decírmelo? –preguntó ella.

–Sí. Pero no creía que sirviera de nada –viendo que ella fruncía el ceño, suspiró–. ¿Quién podía saber si habría otro intento, y cuándo?

Siguió un silencio completo. Al cabo de un minuto, Hazelmere se aventuró a mirar a Dorothea y vio que ella lo estaba mirando inquisitivamente.

–Es usted increíblemente dominante, ¿sabe?

Él sonrió dulcemente y dijo:

–Sí, lo sé. Pero sólo con las mejores intenciones.

La calesa alcanzó la cima de un pequeño otero y, nada más superar su cresta, Hazelmere hizo girar a los caballos hacia una pequeña explanada en la que la hierba había sido segada para formar un mirador.

–Y esto –anunció– es el lago Hazelmere.

Mientras el sol rompía en el horizonte lejano, la escena que se extendía a sus pies era de una belleza arrebatadora. Hazelmere se apeó de la calesa y ató firmemente las riendas a un arbusto. Ayudó a bajar a Dorothea y juntos se acercaron a un tramo de someros escalones excavados en la ladera. Éstos llevaban a una pequeña planicie situada por debajo de la cresta de la colina, en la que había un banco de piedra junto a un viejo roble. A sus pies se desplegaba una vista ininterrumpida del valle. El lago Hazelmere era en realidad una laguna artificial bordeada de sauces. En su centro había una isla en la que se alzaban más sauces y, entre cuyo lánguido follaje, se vislumbraba una casita de verano. Los cisnes se dejaban llevar lentamente por la corriente que provocaba el riachuelo que nutría el lago por un lado y lo desaguaba por otro.

A medida que se alzaba el sol, los colores del paisaje cambiaban sin cesar, desde los primeros y fríos matices del sepia, a los cálidos tintes rosáceos de la aurora y el fulgor dorado de la luz creciente, para finalmente, a medida que el sol aclaraba las colinas que se alzaban tras el lago y brillaba sin estorbos, alcanzar el verde reluciente de la hierba y los sauces y el profundo azul del lago que refulgía clara e intensamente.

Sentada en el banco, Dorothea observaba todo aquello en asombrado silencio. Hazelmere, que permanecía a su lado, había contemplado aquella vista muchas veces. Todavía hallaba placer en ella, pero ese día sólo tenía ojos para la mujer sentada junto a él. Al regresar a Londres dispuesto a aclarar su pasado y su futuro juntos, de una vez por todas, había descubierto que, en lugar de esperar pacientemente el momento propicio para una declaración, su impetuosa amada se había marchado en plena noche dispuesta a batallar con Edward Buchanan. En realidad, ello no debía haberlo sorprendido. A pesar de que apenas dudaba de que Dorothea podría haberse encargado de aquel asunto a su manera, su empecinamiento en hacer las cosas a su modo le había ofrecido la irresistible oportunidad de conducir su frustrante cortejo a su clímax inevitable. Ahora, sin embargo, y a pesar de su aparente calma, Dorothea se mostraba recelosa. A Hazelmere le parecía extraño que, pese a su independencia de carácter, su amada pareciera intentar mantenerlo a distancia después de todo lo ocurrido entre ellos. La observaba atentamente. Su expresivo rostro refulgía de placer ante la escena que se desplegaba ante ella. Hazelmere suspiró para sus adentros. Iba a tener que averiguar qué era lo que la preocupaba. Las riendas de su aventura amorosa se habían enredado continuamente. Él no recordaba haber tenido nunca tantas complicaciones con una mujer. Y ahora tenía la insidiosa sospecha de que, aunque había creído tener las riendas bien sujetas, sin saber cómo habían vuelto a escapársele otra vez.

Mientras el sol remontaba el cielo, Dorothea se volvió hacia él con los ojos brillantes.

–Ha sido la vista más hermosa que he contemplado nunca. Creo que lord Fanshawe tendrá que traer a Cecily al amanecer, después de todo.

Hazelmere había perdido interés en Fanshawe y Cecily.

–Mientras sea usted quien se lo diga... Después de haberlo condenado a dos horas de viaje en ese carruaje con Cecily y Betsy, dudo de que a mí me tenga en gran estima.

Dorothea, sintiéndose de pronto sin aliento, bajó la mirada y descubrió que él la había tomado de la mano. Sintió que se movía para apretarla contra sí. Sabiendo que, si la besaba, no podría conservar el suficiente dominio de sí misma para obligarlo a hacer una confesión, ya fuera positiva o negativa, Dorothea se resistió. Él se detuvo inmediatamente. Por un instante, un profundo silencio los envolvió. Dorothea, que tenía la mirada baja, no vio que los labios de Hazelmere se curvaban en una sonrisa irónica. Al marqués sólo se le ocurría un modo de precipitar las cosas, y lo aceptó.

–Dorothea –su voz carecía por completo de su habitual timbre burlón–, querida mía, ¿me harás el favor de convertirte en mi esposa?

A pesar de que ella esperaba la pregunta, por un momento sintió que el mundo dejaba de girar. Luego, con los ojos aún fijos en la mano de él, juntó las suyas y luchó por encontrar las palabras que la sacaran del atolladero en que la había metido aquella pregunta. ¡Cuán propio de él! Si se limitaba a decir que sí, nunca averiguaría la verdad.

–Señor mío, soy muy consciente... muy consciente del honor que me hace. Sin embargo, yo... yo no estoy convencida de que haya... razón alguna... de peso... para casarnos –dadas las circunstancias, Dorothea se sintió bastante complacida con el resultado. Era agradablemente difuso.

Aunque aquello no lo sorprendió, Hazelmere se sintió desconcertado. ¿Cómo demonios había llegado ella a tan fantástica conclusión? Estaba claro que iba a tener que explicarle ciertas cosas a su amada. Dando por sentado que eran sus motivos lo que ella cuestionaba, fue directo al grano.

–¿Por qué imaginas que quiero casarme contigo?

Ella percibió la sinceridad que emanaba de su voz y se sintió forzada a contestar honestamente. Aquél no era momento para melindres.

–Usted ha de casarse. Imagino que desea una mujer complaciente, que le dé herederos y dirija sus asuntos domésticos –hizo una pausa y añadió–: Alguien que no interfiera en su actual modo de vida.

Él no comprendió su alusión indirecta.

–No hay nada en mi actual modo de vida para lo que el matrimonio pueda ser un obstáculo –por alguna razón, lejos de tranquilizarla, aquella afirmación pareció causar el efecto contrario.

Dorothea tragó saliva. Por un instante, casi se convenció de que no quería saberlo. Luego sacudió la cabeza.

–En ese caso, no creo que... encajemos.

Hazelmere estaba perplejo. Ignoraba de qué estaba hablando Dorothea, pero notaba el temblor de su voz. Presintiendo que, de seguir así, pasarían un rato incómodo e infructuoso, decidió poner toda la carne en el asador. A fin de cuentas, cuando las riendas se enredaban, lo mejor era cortarlas. Siempre y cuando uno estuviera seguro de poder refrenar los caballos. Tomando a Dorothea de ambas manos, la hizo girarse para mirarlo.

–Si estás empeñada en que eso es así, naturalmente no insistiré más. Pero, si deseas convencerme de que es lo que sientes, tendrás que mirarme a la cara, amor mío, y decirme que no me amas.

Dorothea sintió que su corazón se hundía en su pecho como si fuera de plomo. ¿Cómo iba a hacer tal cosa? Durante el largo silencio que siguió, notó los ojos cálidos de Hazelmere clavados en ella. Si levantaba la vista, se perdería.

–¿Dorothea? –muda, ella no logró más que sacudir la cabeza–. Querida mía, tendrás que darme una explicación.

Su voz, insoportablemente suave y desprovista de su sorna habitual, la puso al borde de las lágrimas. Intentó alzar los ojos y fracasó. Desasiendo sus manos, se levantó y dio nerviosamente unos pasos, deteniéndose junto al tronco del roble. Su plan se estaba convirtiendo en una pesadilla. ¡Cielo santo! ¿Qué había iniciado?

Hazelmere la observaba. Estaba claro que ella luchaba con algún demonio imaginario, pero él no podía defenderse a menos que Dorothea le dijera qué le ocurría. Se levantó con calma y se acercó a ella por la espalda. Agarrándola de los hombros, la hizo girarse lentamente para mirarlo a la cara. Posó una mano en su talle y con la otra le alzó la cara. Ella mantuvo los ojos bajos.

–Dorothea, ¿por qué no quieres casarte conmigo?

Imposible no contestar. Al final, una vocecilla tan débil que ella apenas la reconoció como suya, dijo:

–Porque usted no me quiere.

Aturdido, Hazelmere permaneció un minuto en silencio. De pronto lo comprendió todo y sintió alivio. Dorothea, que también permanecía inmóvil, sintió que las manos de él empezaban de pronto a temblar. Sorprendida, alzó la mirada y vio, desconcertada, que se estaba riendo. ¡Se estaba riendo! Enfurecida, se apartó de él. O lo intentó, porque él, adivinando su intención en aquellos bellos ojos, la retuvo y, atrayéndola bruscamente hacia sí, la abrazó con todas sus fuerzas. La rabia embargó a Dorothea, dejándola extrañamente impotente. Luego la voz de Hazelmere, sofocada por su pelo y aún temblorosa por la risa, llegó a sus oídos.

–¡Ay, cariño! ¡Eres un tesoro! Ya ves, yo que me he tomado mil molestias para convencer a todo el mundo, o al menos a los que importaban, de que estaba perdidamente enamorado de ti, y resulta que la única que no lo ha notado eres tú.

Ella se quedó rígida y alzó la mirada.

–¡Tú no me quieres!

Él alzó las cejas. Sus ojos castaños, todavía rientes, la miraron inquisitivamente.

–¿Ah, no?

Ella apartó los ojos de su mirada hipnótica. Si quería obtener respuestas, tendría que formular las preguntas adecuadas.

–¿Qué hay de esa apuesta? –preguntó, intentando sin éxito mostrarse desdeñosa.

Él apoyó la espalda contra el roble, sin dejar de abrazarla.

–Los hombres jóvenes con dinero de sobra y poco seso siempre hacen apuestas sobre esas cosas. No es nada nuevo. También hay apuestas sobre Fanshawe y Cecily, Julia Bressington y Harcourt y unas cuantas parejas más.

Ella había vuelto a mirarlo a los ojos.

–¿De veras?

Él asintió, sonriendo. Ella bajó los ojos mientras consideraba su respuesta. Hazelmere contempló su rostro. Al ver que ella continuaba en silencio, añadió:

–Además, amor mío, me siento obligado a señalar que, si pretendiera únicamente buscarme una esposa dócil y conveniente, difícilmente habría elegido una mujer a la que he tenido que rescatar dos veces de situaciones comprometidas en posadas públicas.

–¡Pero no por culpa mía en ninguno de los dos casos! –protestó Dorothea, indignada. Había mirado un momento los ojos suavemente burlones del marqués, pero rápidamente desvió de nuevo la mirada. Con voz débil agregó–: Creí que tal vez pensabas que casarte conmigo sería más... más cómodo que casarte con la señorita Buntton.

–¿La señorita Buntton? –dijo Hazelmere con incredulidad, y se estremeció–. Querida mía, casarse con un puerco espín sería más cómodo que casarse con la señorita Buntton –Dorothea dejó escapar una risita–. ¿Quién demonios te ha metido esa idea en...? ¡Ah, Susan, supongo!

Dorothea asintió. Entonces se le ocurrió otra idea.

–¿No querrás casarte conmigo por... por el posible escándalo que cause lo ocurrido esta noche?

–¿Después de las molestias que me he tomado para que no haya ningún escándalo? Claro que no –como ella insistía en mantener la mirada gacha, remachó–. Además, si así fuera, ¿por qué le habría pedido ya permiso a Herbert para solicitar tu mano?

Ella alzó la cabeza.

–¡Le has pedido permiso!

–Mi querida Dorothea, convendría que te deshicieras de esas desatinadas ideas que tienes sobre mí. No te pediría que te casaras conmigo si antes no le hubiera solicitado permiso a Herbert para dirigirme a ti.

Su tono piadoso enojó a Dorothea.

–¿Y qué hay de tus amantes?

Él la miró a los ojos.

–¿Qué pasa con ellas?

Ella quedó atónita.

–¿Cómo voy a saberlo yo? –dijo exasperada.

–¡Exacto! –su tono irónico dejó a Dorothea sin dudas respecto a lo que pretendía decir. Sus ojos se encontraron y él suspiró–. Si quieres saberlo, despedí a mi última amante cuando regresé a Londres en septiembre pasado, después de conocerte. He tenido amantes de sobra para llenar una vida entera. Ahora quiero una esposa –ella había posado la mirada en su corbata, cuyos pliegues parecían alisar sus manos. Hazelmere suspiró–. Mi querida, encantadora y tonta Dorothea, mírame de una vez. Estoy intentando, al parecer sin éxito, convencerte de que te quiero. Lo menos que puedes hacer es prestar atención –Dorothea, que se había quedado sin preguntas, alzó obedientemente la mirada. Cuando sus ojos volvieron a encontrarse, Hazelmere asintió, complacido–. Eso está mejor. Para tu información, amor mío, creo que estoy enamorado de ti desde el momento en que te vi recogiendo moras en los bosques de Moreton Park. Lo que es más, a pesar de mi reputación, no tengo costumbre de seducir a mozas de aldea, ni a debutantes.

Los ojos verdes de Dorothea se agrandaron. Casi sin aliento dijo ella:

–Pensaba que eso formaba parte de la apuesta.

Aguijoneado, él contestó:

–La única razón por la que he intentado seducirte, aunque fuera poco a poco, es que según parece no puedo mantener las manos apartadas de ti –viendo su sorpresa, añadió–: ¡Oh, sí! Si tú crees que tengo poder sobre ti, tú tienes el mismo sobre mí –la sonrisa femenina que se extendió por el rostro encantador de Dorothea animó a Hazelmere a estrecharla entre sus brazos–. Y ahora que he conseguido llamar tu atención, amor mío, ¿qué puedo hacer para convencerte de que te quiero?

Comprendiendo que aquélla era una pregunta puramente retórica, Dorothea alzó la cara para recibir su beso. Los labios de Hazelmere rozaron los suyos en una serie de besos tiernos que no la satisficieron en absoluto. Ella desasió las manos y atrajo la cabeza de Hazelmere con firmeza hacia sí. Sintió, más que oír, la risa complacida de él, y luego sus labios se fundieron en un largo beso que, a pesar de las intenciones de Hazelmere, se hizo más apasionado con cada segundo. En cierto momento, él echó hacia atrás el manto de Dorothea, ganando acceso a su cuerpo, envuelto todavía en el vestido de fiesta de la noche anterior. Pronto alcanzaron el mismo punto en que se habían hallado en el salón de lady Merion. Hazelmere, todavía dueño de sí mismo a pesar de su deseo, maldijo para sus adentros. No debería haber permitido que las cosas llegaran tan lejos. No podía ni pensar en tomar a Dorothea allí mismo. Ella debía recordar su primera vez con alegría, no con desagrado. Pero él ya la había dejado en aquel estado una vez. No podía volver a hacerlo.

Alzó la cabeza para mirarla. Los ojos de Dorothea, enormes y fulgurantes, eran profundas esmeraldas bajo sus párpados pesados. Ella se movió, inconscientemente seductora, comprimiendo su cuerpo contra él. Con un áspero suspiro, Hazelmere se giró con ella, de modo que la espalda de Dorothea quedó apoyada contra el árbol. Bajó la cabeza y sus labios trazaron una senda ardiente hasta el hueco de la garganta de Dorothea. Él desabrochó la hilera de pequeños botones que cerraban su corpiño y desató los lazos de debajo. Cuando con la mano tomó suavemente su pecho desnudo, ella dejó escapar un débil gemido. Él la besó de nuevo en los labios, dejando que la pasión de ambos se desbocara. Había otros modos de satisfacerla. Y él los conocía todos.

Mucho después, cuando ella se hallaba de nuevo envuelta en su manto, descansando cómodamente entre los brazos de Hazelmere, éste la sintió respirar hondo y exhalar un alegre suspiro. Se echó a reír y depositó un beso en su coronilla.

–¿Significa eso que aceptas casarte conmigo?

Dorothea sonrió, soñolienta. Sin alzar la mirada, contestó:

–¿Acaso tengo elección?

–Lo cierto es que no. Si no consientes ahora, te llevaré a Hazelmere, te encerraré en mis aposentos y te mantendré allí hasta dejarte embarazada. Entonces no tendrás elección posible.

Ella alzó la mirada, riendo.

–¿Lo harías?

Los ojos de él brillaron.

–Sin dudar un instante.

Ella sonrió lentamente, satisfecha, y sintió que él la estrechaba entre sus brazos.

–En ese caso, será mejor que consienta.

Él asintió.

–Buena idea –escudriñó su rostro un momento, como si intentara adivinar su estado de ánimo. Luego suspiró–. Supongo que debería aprovechar que estás contenta para decir que el anuncio de nuestro compromiso aparecerá en la Gaceta de hoy.

Ella, al principio, no lo entendió. Luego preguntó:

–¿Se puede saber cómo...?

–Le pedí a Ferdie que lo pusiera. Hay que procurar mantener contentos a los chismosos, siempre que se pueda –enlazándola, echó a andar hacia los escalones.

Dorothea se detuvo en seco, fingiéndose indignada.

–Así que por eso estás tan empeñado en que me case contigo.

Él la estrechó con más fuerza, atrayéndola hacia sí una vez más.

–No empieces otra vez con ésas. Voy a casarme contigo, mujer incrédula, porque te quiero –la besó sonoramente y la subió sobre un escalón–. Además –continuó con desenfado–, si no te hago mía pronto, voy a volverme loco.

Hazelmere vio divertido cómo su amada se sonrojaba deliciosamente.

–La casa está al otro lado del siguiente otero. Conociendo a mi madre, seguro que están todos esperándonos.

Dorothea, que ansiaba con vehemencia ver Hazelmere, cuando la calesa alcanzó la cima del promontorio, bajó asombrada la mirada hacia la enorme mansión de piedra arenisca que, teñida por el sol de color miel, se desparramaba al otro lado del valle. Descendieron por la suave pendiente, cruzaron el puente sobre el río procedente del lago y la calesa traspuso las puertas del muro de piedra bajo que separaba los jardines de recreo del resto del parque. Hazelmere dejó trotar a las yeguas por el camino sinuoso que cruzaba los vastos jardines y praderas perfectamente cuidados, hasta que llegaron a la amplia plazoleta de gravilla que se extendía ante la entrada principal de la casa.

Jim Hitchin acudió corriendo a sujetar las riendas y sonrió satisfecho al ver a las yeguas de una pieza. No había dudado ni por un momento de que su señor regresaría sano y salvo con la dama a su lado, de modo que no había perdido el tiempo preocupándose por ellos.

Hazelmere se apeó de un salto y ayudó a bajar a Dorothea. Al sentir el ruido de las ruedas sobre la grava, lady Hazelmere, que esperaba desde las cinco en el saloncito de mañana, había salido a la puerta para darles la bienvenida. Ardía en deseos de saber por qué su hijo, de costumbre tan correcto, había decidido pasearse de noche en una calesa abierta y a solas con la señorita Darent. Pero, al mirar su rostro, comprendió que debía abstenerse de hacer preguntas.

Imaginando que habían pasado toda la noche despiertos, mandó de inmediato a Dorothea a la espaciosa alcoba que había preparado para ella en el piso superior. Fue entonces cuando Dorothea se quitó el manto y, al acercarse a la ventana, la luz cayó de lleno sobre ella. Lady Hazelmere se apresuró a corregir su juicio acerca de la conducta de su hijo y, volviéndose, despidió a la doncella que había acudido en su ayuda. Acompañó ella misma a la joven soñolienta a la cama y le prestó uno de sus camisones, absteniéndose de hacerle preguntas, ni siquiera relativas al paradero de la ropa que le faltaba. Los signos delatores de la pasión de su hijo, que la piel perfecta de Dorothea mostraba con toda claridad, se habrían difuminado cuando la joven se levantara. No hacía falta avergonzar a la chiquilla, ni exponerla a la estrechez de miras de una doncella observadora. Hazelmere la había informado de que la doncella de Dorothea, al igual que su ayuda de cámara, llegaría más tarde de Londres.

Lady Hazelmere dejó a Dorothea medio dormida y bajó en busca de su hijo. Hazelmere, consciente de la curiosidad de su madre, sabía que, si ésta lo pillaba, no lo soltaría hasta saber toda la historia. Así pues, se había negado en redondo a atender a Liddiard, el administrador, y se había retirado a toda velocidad a sus aposentos antes de que su madre apareciera y empezara a hacer preguntas.

Así burlada, lady Hazelmere pasó el resto de la mañana especulando gozosamente sobre qué andaban tramando su hijo y la encantadora Dorothea.

Hazelmere se despertó al oír el correr de las cortinas. La luz del sol entró a raudales en la habitación espaciosa. Cerró los ojos de nuevo. Había dado orden de que lo despertaran a la una. Supuso que sería esa hora.

Entonces comenzó a recordar los acontecimientos de esa mañana que reclamaban su atención. Sus labios severos se curvaron en una sonrisa de pura felicidad. Un discreto carraspeo interrumpió sus pensamientos. Hazelmere abrió los ojos de mala gana y vio a Murgatroyd de pie junto a la cama, con la cara muy larga.

–Me estaba preguntando, señor, qué desea usted que haga con esto –de su índice y su pulgar colgaba una prenda que Hazelmere reconoció al fin tras unos instantes de perplejidad–. Las encontré en el bolsillo de su chaqueta de viaje, señor –nunca, en todos los años que llevaba sirviendo como ayuda de cámara, se había encontrado Murgatroyd en semejante aprieto. Estaba completamente descompuesto.

Hazelmere alzó la mirada hacia la cara de su criado, ahora desprovista de expresión, y procuró contener la risa. Cuando al fin se sintió dueño de su voz, dijo casi sin aliento:

–Supongo que será mejor que se las devuelva a su propietaria.

Algo muy parecido al pavor se apoderó del semblante de su imperturbable ayuda de cámara.

–¿Milord? –su incredulidad quedó suspendida en el aire.

–A la señorita Darent –explicó Hazelmere.

Murgatroyd asimiló aquella información con cara de palo.

–Por supuesto, milord –hizo una reverencia y estaba casi en la puerta cuando Hazelmere dijo:

–Por cierto, Murgatroyd, la señorita Darent y yo vamos a casarnos dentro de unas semanas, así que imagino que tendrá que ir acostumbrándose a estas cosas.

–¿De veras, milord? –en el pecho de Murgatroyd comenzaron a bullir toda clase de emociones. Nunca antes había servido a un caballero casado, pues prefería las costumbres rutinarias de los solteros. Ésa era la razón de que hubiera dejado su anterior empleo. Pero se había sentido muy cómodo trabajando al servicio de Hazelmere. Y la señorita Darent, que pronto sería su señora, era una mujer encantadora. Y el marqués era... en fin, Hazelmere. Sus rasgos rígidos se distendieron en algo semejante a una sonrisa–. Les deseo que sean muy felices, señor.

Hazelmere sonrió agradecido y volvió a recostarse en las almohadas mientras Murgatroyd salía de la habitación en busca de Trimmer.

Los cinco días siguientes transcurrieron en un torbellino de actividad. Hazelmere había dispuesto que se casaran en la iglesia de San Jorge, en Hanover Square, dos semanas después. Había muchos pormenores que aclarar y muchas decisiones que tomar. Un constante ir y venir de mensajeros conectaba Londres y Hazelmere, llevando órdenes e información. Aquella primera tarde, Tony Fanshawe y Cecily pasaron por allí de regreso a Londres. Al saber la noticia, Cecily se puso loca de contento y Betsy rompió a llorar.

Lady Merion les mandó noticias de que la ciudad entera bullía de expectación ante la historia de su viaje al lago Hazelmere y que, lejos de levantar indeseables habladurías, todo el mundo consideraba aquel acontecimiento el romance de la temporada. Mientras Dorothea volvía a doblar la carta de su abuela, Hazelmere sonrió malévolamente desde el otro lado de la mesa del desayuno.

–Menos mal que nunca sabrán lo que realmente ocurrió en el lago Hazelmere.

Dorothea dejó escapar un gemido de sorpresa y, enojada por la mirada traviesa de Hazelmere, le tiró una rosquilla. Él agachó la cabeza y exclamó:

–Creía que era Cecily la que tiraba cosas.

Decidieron regresar a Londres el lunes. Hazelmere pasó la tarde del domingo con Liddiard. No podría dedicar ni un solo día a los asuntos de negocios mientras preparaban la boda, de modo que Liddiard tendría que encargarse de todo hasta que regresaran de su viaje de novios a Italia.

Dorothea, a la que el tiempo le pesaba en las manos, fue a sentarse a la rosaleda. Hacía cinco días que habían llegado; cinco días desde aquella mañana en el lago. Y en esos cinco días, Marc se había mostrado atento y cortés, pero extrañamente distante. No habían intercambiado más que castos besos. Nada de abrazos apasionados, ni de deliciosas caricias. Aquello era ridículo. ¿Qué demonios le pasaba ahora?

El frufrú de una falda de seda anunció la llegada de lady Hazelmere. Las dos mujeres se habían hecho grandes amigas. La madre del marqués se sentó sonriendo sobre el banco de piedra, junto a su futura nuera, y, tal y como era su costumbre, tomó al toro por los cuernos.

–¿Qué ocurre?

Acostumbrada a sus maneras, Dorothea hizo una mueca.

–Nada, de veras.

Los ojos astutos de lady Hazelmere escudriñaron a la joven.

–¿Marc aún no se ha acostado contigo? –Dorothea se sonrojó. Lady Hazelmere dejó escapar una risa musical y se apresuró a tranquilizarla–. No te enfades, pequeña. No tuve más remedio que reparar en que te faltaba una prenda sumamente importante cuando llegaste aquí. Imagino que no saliste de Londres así.

Dorothea sonrió a pesar de sí misma.

–No.

–Bueno –dijo lady Hazelmere, mirando las puntas de sus escarpines, que sobresalían bajo el elegante vestido–. Marc parece haber salido a su padre en más de un sentido. Resulta un tanto sorprendente pensar que vas a casarte con un libertino y descubrir de repente que, al menos antes de la boda, te trata como lo haría el hijo del arzobispo –Dorothea soltó una risita–. Bueno, quizá no igual –se corrigió lady Hazelmere–. Pero todos los Henry son iguales: escandaloso por un lado y puritano por el otro. Es muy desconcertante. Aunque, a decir verdad, dudo que de todos modos haya habido muchas novias vírgenes en la familia.

Dorothea se sentó más derecha.

–¿De veras?

–Permíteme que te dé un consejo, querida. Si no quieres verte forzada a esperar dos semanas enteras, hasta la boda, será mejor que hagas algo. Mañana os vais a Londres y, una vez allí, conociendo a Marc, no tendrás modo alguno de precipitar las cosas. Pero, por otro lado, si quebrantas ahora su resistencia, no creo que tengas problema en Londres.

–Pero él parece tan distante que me pregunto si tal vez...

–¿Distante? ¿Qué demonios pasó en el lago? –exclamó lady Hazelmere–. Esa clase de cosas, permíteme que te lo diga, no pasan si un hombre es distante. Marc procura mantenerse alejado de ti porque no se fía de sí mismo. Sabe que contigo podría perder el control, eso es todo. Si quieres que te haga el amor antes de la boda, tendrás que darle un pequeño empujoncito.

Dorothea miró a su futura suegra con ojos como platos. La idea de forzar a su terco y dominante prometido en semejante asunto poseía una peculiar atracción.

–¿Y cómo?

Lady Hazelmere le dio el brazo y sonrió alegremente.

–Vamos a echarle un vistazo a tu guardarropa, ¿quieres?

Esa noche, Hazelmere entró en el salón, como de costumbre, delante de Penton, para acompañar a su prometida y a su madre al comedor. Al cruzar el umbral, sus ojos se posaron en Dorothea. Parpadeó, volvió a mirar y luego se recobró poco a poco de la impresión.

Durante la cena, procuró mantener los ojos apartados de la beldad vestida de seda color marfil que permanecía sentada a su derecha. Pero, por una vez, su madre se mantenía extrañamente callada y dejaba que Dorothea y él llevaran el peso de la conversación. Al final, Hazelmere se vio obligado a mirar a Dorothea. ¿De dónde demonios había sacado ese vestido? Seguramente de Celestine, cuya marca de fábrica era la sencillez. El vestido, de color marfil, tenía un corpiño tan diminuto que era casi inexistente, con una túnica de muselina tan fina que era completamente transparente. Una sola hilera de diminutos botones de perla sujetaba por delante todo el vestido. Hazelmere nunca se había alegrado tanto de acabar una cena como esa noche.

Observó que Dorothea y su madre se retiraban al saloncito del piso de arriba. Dando un suspiro de alivio, entró en la biblioteca. Media hora después, mientras permanecía sentado en un gran sillón orejero, frente al fuego, con una copa de brandy a su lado, inmerso en la lectura de las últimas gacetas, oyó que la puerta se cerraba. Alzó la mirada y se levantó al ver que Dorothea se acercaba a él, tan plácida y serena como siempre, con un libro en las manos.

–Tu madre se ha retirado temprano para poder despedirnos mañana temprano. Se me ha ocurrido bajar a sentarme contigo un rato. No te importa, ¿verdad?

Él le devolvió la sonrisa y le indicó que se sentara en el sillón que había frente al suyo. Dorothea abrió el libro y pareció enfrascarse plácidamente en la lectura. Él volvió a sus periódicos.

Durante un rato, sólo se oyó el tictac del gran reloj de pared del rincón y de vez en cuando el crepitar del fuego. Alzando la mirada, Hazelmere vio que ella había dejado a un lado el libro y estaba contemplando serenamente las llamas. La luz del fuego rielaba en un fulgor rosado sobre su figura quieta, arrancando destellos cobrizos a su pelo oscuro. Hazelmere se obligó a fijar de nuevo su atención en los diarios.

Después de leer cuatro veces el mismo párrafo sin comprender qué decía, lo dejó por imposible. Dejó a un lado el periódico, se levantó ágilmente y, acercándose a ella, la tomó de las manos. Ella se alzó y Hazelmere la estrechó entre sus brazos, miró sus ojos esmeralda y luego inclinó la cabeza hasta que sus labios se encontraron. La habitación quedó en silencio; sólo las llamas subían y bajaban, iluminando las figuras entrelazadas ante la chimenea. Cuando al fin concluyó el beso, los dos respiraban trabajosamente. Sus ojos se sostuvieron la mirada un momento y luego Hazelmere se inclinó y rozó levemente con los suyos los labios de Dorothea.

–Te quiero.

Ella, que apenas se atrevía a hablar por temor a que la magia que los rodeaba se hiciera añicos, musitó casi sin aliento:

–Yo también te quiero.

Los labios severamente esculpidos de Hazelmere se alzaron en una sonrisa malévola.

–Vámonos a la cama.

Muchas horas después, Dorothea, gozosamente saciada, se acurrucó junto a la larga figura de su futuro marido. Habían subido a la habitación de Hazelmere; la suya, contigua a aquélla, aún no había sido redecorada. Sus ropas y las de él yacían esparcidas por el suelo, trazando una senda entre la puerta y la chimenea. Habían hecho el amor por primera vez, exquisitamente, en el amplio diván frente al fuego. Luego se habían trasladado a la gran cama de cuatro postes, donde ahora yacían. Con un suave suspiro de satisfacción, ella se dispuso a dormir con un brazo cruzado sobre el pecho de Hazelmere, quien a su vez la apretaba contra su cuerpo.

De pronto, en la oscuridad, Hazelmere se echó a reír.

–¡Ay, Dios! ¿Qué dirá esta vez Murgatroyd?

Dorothea murmuró algo, medio dormida, y depositó un beso sobre su clavícula. Ignoraba quién era Murgatroyd, y ello no le interesaba particularmente. Estaba demasiado absorta saboreando el inusitado placer de haber vencido un envite con su arrogante marqués. Aunque no ganara otro en mucho tiempo, dudaba de que ello le causara molestia alguna. Era demasiado feliz para que le importara.